ザ・サン　上
罪の息子

ジョー・ネスボ
戸田裕之 訳

集英社文庫

ザ・サン

罪の息子

上

ホルメンコーレン
↖ブスケルー
↗ベルグ
グレフセン
グロールー
ウッレヴォール
ウッレーンオーセン駅
エーケルン駅
アルナ
フログネル
カンペン
エーケベルグ
エステンショー
↙ドラムメン
モッセ通り
ノールストラン
↙ネースオッデン
0 SCALE 5km
アレクサンデル・
ヒェッラン広場
マリダール通り
オーモット橋
クーバ
公園
グルーネル橋
ハウスマンス通り
アーケル川
トルグ通り
ストール通り
ブルー通り
テイエン
イェンス・ビェルケス通り
エーネル
ハウグ通り96
プラザ・ホテル
グレンラン
カンペン
オスロ中央駅
オーケベルグ通り
警察本部
シュヴェイゴール通り
ヴォーレレンガ
オペラハウス
ガムレビーエン
エーケベルグ
N

オスロ中心部
マイヨルストゥーエン
テレーセ通り
コレット通り
ヴァルデマール・トラネス通り
フログネル
公園
ヘグデハウグ通り
オスロ大学
ウッレヴォール通り
ウラニエンボルグ
フログネル
王宮
ビグディ・アレー通り
シッレベック
ヘンリク・イプセン通り
フレデリクス通り
ローセンクランツ通り
アーケルス通り
大聖堂
ドラムメン通り
ルーセレック通り
市庁舎
国会
議事堂
カール・ヨハン通り
ロードフース通り
アーケル・ブリッゲ
クヴァドラトゥーレン
チューヴホルメン
アーケルスフース城址
0
SCALE
500m

主な登場人物

サニー・ロフトフース……………国家重犯罪者刑務所の服役者
アープ・ロフトフース……………サニーの父。故人
ヘレーネ………………………………サニーの母。故人
マルクス・エングセット…………サニーの家の隣人
シモン・ケーファス………………オスロ警察殺人課警部
エルセ…………………………………シモンの妻
カーリ・アーデル……………………オスロ警察殺人課巡査
ポンティウス・パル…………………オスロ警察本部本部長
ヘンリク・ヴェースター…………ブスケルー警察警部補
オースムン・ビョルンスター……クリポスの警視
シセル・トウ…………………………オスロ警察本部の清掃人
マルタ・リーアン……………………〈イーラ・センター〉のサブマネージャー
アンネルス……………………………マルタの婚約者
ヨニー・プーマ………………………〈イーラ・センター〉居住者
ベッティ………………………………プラザ・ホテルのフロント係
イングヴェ・モールサン…………海運会社経営者

ヒェルスティ……………………イングヴェの妻
イーヴェル・イーヴェルセン……不動産投資家
アグネーテ……………………イーヴェルの妻
フレドリク・アンスガール……投資会社勤務。元刑事
ラルス・ギルベルグ……………ホームレス
ペッレ・グラーネルー…………タクシー運転手
アーリル・フランク……………国家重犯罪者刑務所副所長
ペール・ヴォッラン……………刑務所付き牧師
エイナル・ハルネス……………弁護士
ゲイル・ゴルスルー……………国家重犯罪者刑務所の看守
グスタフ・ローヴェル…………国家重犯罪者刑務所の服役者
ヨハンネス・ハルデン…………国家重犯罪者刑務所の服役者
ヒューゴ・ネストル……………薬物・人身売買の元締め
カッレ・ファリセン……………ドラッグ・ディーラー
シルヴェステル…………………ネストルの手下
ボー………………………………ネストルの手下
フィーデル・レー………………犬のブリーダー
〝ザ・トウィン〟………………オスロの犯罪社会の黒幕とされる存在

そして、主は生者と死者を裁くために再来される。

第一部

1

ローヴェルは十一平方メートルほどの刑務所の房の白く塗られたコンクリートの床を見つめ、一本の少し長すぎる、金を被《き》せた前歯で下唇を噛みしめていた。懺悔は一番難しい部分にさしかかっていた。房内に聞こえているのは、前腕にある聖母のタトゥーを彼の爪が掻く音だけだった。向かいでベッドに胡座《あぐら》をかいている若者は、ローヴェルが入ってきてからずっと、うなずいたり、仏陀のような満ち足りた笑みを浮かべたりするだけで、ローヴェルの額に視線を当てたまま沈黙を保っていた。人々はその若者をサニーと呼び、彼がティーンエージャーのときに二人の人間を殺した、父親は汚職警察官だ、サニー自身は触れただけで病気などが治る癒しの手を持っている、などと噂していた。彼の顔の大半と緑の目はもつれた長い髪に隠れていて、ローヴェルの話を聞いているかどうかもよくわからなかったが、それでもよかった。ローヴェルとしては、明日、自分が真に浄められたのだという気持ちを抱いて国家重犯罪者刑務所を出られるよう、罪を赦され、サニーからはっきりと祝福されたいだけだった。信心深いわけではなかったが、変わろうとするとき、本気で真人間になるべく励もうとするとき、祝福を受けるのも悪くはないだろうと思われた。ローヴェルは深呼吸をした。

「彼女はベラルーシの出身だったと思う。ミンスクはベラルーシだよな？」ローヴェルはちらっと顔を上げたが、若者は答えなかった。「ネストルは彼女をミンスクという綽名《あだな》で呼んでいて」ローヴェルは言った。「おれに彼女を撃つよう言ったんだ」

頭のおかしいだれかに懺悔することの明白な利点は、名前と出来事がいつまでも相手の頭に残らないことであり、独り言を言っているのと変わらないという点にあった。だから、国家重犯罪者刑務所の服役囚は、牧師やカウンセラーよりこの若者を好むのかもしれなかった。

「ネストルは彼女以外にも八人の女の子を、エーネルハウゲンで拘束していた。東ヨーロッパとアジア出身の、十代の若い娘たちだ。せめてそのぐらいの年齢ではあったと思いたい。だが、ミンスクはほかの娘より年上で、体力があった。彼女はそこを逃げ出し、テイエン公園へたどり着いたところで、ネストルの犬に捕まった。アルゼンチン・マスティフだ――この先の予想はつくだろ？」

若者の目は動かなかったが、片手が上がり、自分の鬚に触れた。その鬚をゆっくりと指で梳《と》かしはじめると、サイズの大きすぎる汚いシャツの袖がずり落ちて、かさぶたと注射の痕が露わになった。ローヴェルはつづけた。

「恐ろしくでかい白い犬だ。飼い主が指さしたものは何だって殺してしまう。だから、飼い主は滅多に何かを指さしたりしないんだ。もちろん、ノルウェーでは飼育が禁じられている。レーレンゲンのある男がチェコから何頭か手に入れ、繁殖させて、ホワイト・ボクサーと偽って登録している。おれとネストルはそいつのところへ行って、子犬を一頭買った。即金で五万クローネ以上したんだ。子犬は実にかわいいから、だれも夢にも思わないだろうな、そいつがいずれ……」ローヴェルは口をつぐんだ。避けがたい話をするのを先送りするために犬の話をしているに過ぎないとわかっていた。「いずれにせよ……」

いずれにせよ。ローヴェルはもう一方の前腕のタトゥーに目をやった。二本の尖塔を持つ聖堂。このタトゥーも聖母のタトゥーもそれぞれ別の服役のときに入れたもので、どちらも今日の懺悔とは無関係だった。彼はかつて、暴走族に自分の工場で改造した銃を売っていた。そして、腕がよかった。捜査の目を長く逃れていることができず、捕まってしまったのは、あまりに腕がよすぎたからだった。一度目の服役のときにネストルが庇護してくれたのも、腕がよすぎたからであり、ネストルがローヴェルを確実に自分のものにしたのは、一番いい銃が暴走族やほかのライバルには行かず、自分のところだけに集まるようにしたいと考えたからである。ローヴェルが工場でのバイク修理で一生かかって稼ぎ出すより多くの金を、ネストルは数カ月の仕事で与えたが、金額に見合うだけの要求をしたし、実際のところ、ローヴェルにとってはまるで割に合わない仕事だった。

「ミンスクは藪のなかに倒れていて、そこらじゅうに血が飛び散っていた。仰向けで、死んだように動かず、おれたちを見上げていた。顔は犬に食いちぎられ、歯が剝き出しになって見えていた」ローヴェルは顔をしかめながら本題に入った。「あいつらに教訓を垂れるときだ、とネストルは言った。逃げ出そうなどとしたらどういう目にあわされるかを、娘たちに思い知らせてやるときだとな。それから、いずれにしても、この顔のざまを見れば、ミンスクにはもう価値がないとも言ったんだ……」そして、ごくりと唾を呑んだ。「というわけで、おれはやれ、と命じられた。とどめを刺せってことだ。わかるだろう、それでおれの忠誠心が証明されるんだ。おれは自分で改造した、古いルガーMKⅡ拳銃を持っていた。だから、やるつもりでいた。本気だった。人一人を撃つぐらい、どうってことはないと思っていたんだ……」

喉が締めつけられるような気がした。これまでも、たびたびあの晩のテイエン公園での数秒を思い返し、少女の顔を繰り返しよみがえらせていた。あのときはネストルとローヴェルの二人が主役で、ほかの者は黙ってそれを見ていた。犬までが沈黙していた。もう百回は反芻したのではないか？　いや、千回か？　しかし、言葉として声に出すことで、あれは夢ではなくて現実に起こったことなのだと認識するのは、いまが初めてだった。というより、いまになって初めて、肉体があの経験を受け入れたような気がした。吐き気がするのはきっとそのせいだ。ローヴェルは鼻で大きく深呼吸し、吐き気をおさめようとした。

「だが、できなかった。このまま放っておいても死ぬとわかっていても、だ。犬はいつでも襲いかかれた。そしておれは、自分なら犬に噛み殺されるより撃ち殺されるほうを選ぶはずだと思った。それでも、引鉄《ひきがね》がロックされているかのようで、おれはまったくそれを引くことができなかった」

若者がかすかにうなずいたように見えた。ローヴェルの話に対してかもしれないし、彼にしか聞こえていない音楽に対してかもしれなかった。

「無限に時間があるわけじゃない、考えてみろ、おれたちがいるのはだれでも入れる公園なんだぞ、とネストルは言った。そして、脚に装着した鞘から弓形《ゆみなり》の刃を持つ小振りのナイフを抜いて、一歩前に出た。娘の髪をつかんで引きずり起こし、喉の前でナイフを横に払っただけのように見えた。まるで魚でもさばくかのようだった。三度、四度と血が噴き出し、そのあとは出る血もなくなった。だが、おれの記憶に一番残っているのは何だと思う？　犬だ。血の噴き出す光景を見て激しく吼えはじめた、その様子が忘れられないんだ」

　ローヴェルは両肘を膝に突いて前かがみになり、耳を塞いで、前後に身体を揺らした。

「おれは何もしなかった。そこに立ち尽くして、見ているだけだった。そして、嘔吐した。娘が毛布にくるまれ、車に乗せられるのをただ見ているだけだった。彼女はエストマルクセートラの森へ運ばれ、車から降ろされ、放り出されて、ウルスルースヴァンネ湖へと坂を転げ落ちていった。あそこで犬を散歩させる人は多いから、死体は翌日に発見された。要するに、ネストルは彼女を見つけさせたかったんだ。なぜかわかるか？　ミンスクがどうなったか、その写真を新聞に載せたかったんだよ。そうすれば、ほかの娘たちへの見せしめになるだろう」

　ローヴェルは耳を覆っていた手を下ろした。

「おれは眠るのをやめた。目を閉じると、必ず悪夢が襲ってくるんだ。頰を抉《えぐ》り取られた娘がすべての歯を剝き出しにしておれに向かって微笑む。というわけで、おれはネストルに会いにいき、抜けたいと告げた。もう十分な数のウズィとグロックの製造番号を削り取ったはずだから、そろそろバイク修理の仕事に戻りたいと言ったんだ。四六時中警察に怯えずに、静かに暮らしたいんだとな。いいだろう、とネストルは答えた。たぶん、おれがそういうことをつづけられるほどのタフガイじゃないと見抜いていたんだろう。そして、もし口を割ったらどうなるかは、まったく誤解の余地がないぐらいはっきりと教えてくれた。これですっきり足を洗えた、とおれは思った。それ以降、話がきても仕事は全部断わった。手元には十分に使える状態のウズィが何挺も残っていたんだけどな。だが、何かありそうな気がずっとしてはいた。殺されるんじゃないかという懸念が拭えなかった。だから、警察がやってきて、刑務所へ放り込まれたときには、ほっとしたと言っていいぐらいだった。刑務所にいるほうが安全だと思ったんだ。捕まったのは、昔やったことが露見したからだ。おれは従犯に過ぎなかったんだが、逮捕されたやつが二人いて、そいつらが両方とも、おれが武器を提供したと供述したというわけだ。おれは容疑をその場で認めたよ」

ローヴェルはけたたましく笑い、ついには咳き込んで、椅子にもたれた。

「おれは十八時間のうちにここを出ることになってる。出たら何が待ってるか、さっぱりわからない。だが、刑期よりひと月早く釈放されるっていうのに、ネストルはそれを知ってるはずだ。ここでのことも、警察の動きも、あいつは全部知ってるんだ。それは間違いない。あいつは至るところに目と耳を持ってる。だから、おれの考えはこうだ――おれに生きていてほしくないとあいつが考えているなら、出所を待たずにここで殺したほうがいいはずだ、だ。おまえはどう思う？」

　ローヴェルは答えを待った。が、沈黙がつづくきりで、若者は何かを考えているようには見えなかった。

「何はともあれ」ローヴェルは言った。「ささやかな祝福ぐらいはしてくれてもいいんじゃないか？」

　〝祝福〟という言葉で、サニーの目に明かりが灯ったように見えた。もっと近くへきてひざまずくよう、右手を上げて彼は指示した。ローヴェルはベッドの前の礼拝用の敷物にひざまずいた。房に敷物を持ち込むことを、フランクはほかの服役囚には認めていなかった。国家重犯罪者刑務所で採用されているスイス式のやり方の一つで、余計なものは持たせないことになっているのだった。私物の持ち込みは二十点までと制限されていた。もし靴が一足欲しければ、パンツを二枚か本を二冊諦めなくてはならなかった。ローヴェルはサニーの顔を見上げた。若者は乾いてがさがさになった唇を舌の先でなめた。その声は驚くほど軽かったが、ゆっくり吐き出される言葉は明瞭で、完璧に聞き取ることができた。

「天上と地上にあるすべての神は汝に慈悲を垂れたまい、汝の罪を赦したまう。汝は死ぬが、悔い改めた罪人の魂は楽園へ導かれる。アーメン」

　ローヴェルは頭《こうべ》を垂れた。剃り上げた頭にサニーの手が置かれるのがわかった。彼は左利きだった。この場でなら、左利きが大半の右利きより短命であるという俗説をだれもがすんなり受け入れたことだろう。薬物の過剰摂取による死は、明日であってもおかしくないし十年後かもしれない――それはだれにもわからない。だが、この若者の手が、みんなが言うように自分を癒してくれているとは、ローヴェルはこれっぽっちも思わなかった。そもそも、祝福などというものを本気で信じてもいなかった。それなら、なぜここにいるのか？　まあ、言ってみれば、宗教は火災保険のようなものだ。本当に必要だとは思っていないが、この若者が他人の罪業を引き受けてくれて見返りを求めないと言われていて、それで多少なりとも心を安んじられるなら、否定する理由はないということだ。不思議なのは、サニーのような人間がどうやって冷酷に人を殺せたかだ。おれにはわからない。昔から言われているように、悪魔というのはたくさんの隠れ蓑を持っているのかもしれない。

「サラーム・アライクム」声がして、頭に置かれていた手が離れた。

ローヴェルは頭を垂れたまま、動かなかった。金歯の滑らかな裏側を舌で探った。もう準備はできたか？　それが運命であるならば、創造主と会う覚悟はできているか？　彼は顔を上げた。

「見返りはいらないことは知っているが、それでも……」

ローヴェルは片方の脚の下にたくし込まれている、若者の剝き出しの足を見た。甲に太く浮き上がっている血管の上に、いくつも注射の痕があった。「おれは以前、刑期をボーツェン刑務所でつとめた。あそこはドラッグを持ち込むのなんてどうってことなかった。ボーツェンは重犯罪者刑務所じゃないからな。噂だと、フランクは何であろうとここに持ち込むことができないようにしているんだそうだが……」そして、ポケットに手を入れた。「……それは絶対の真実ではないんだ」

ローヴェルはポケットから何かを出した。携帯電話ぐらいの大きさで、金めっきを施した拳銃のような形の物体だった。ローヴェルが引鉄にあたる部分を押すと、銃口から小さな炎が噴き出した。「こういうのを見たことがあるか？　あるよな、あるに決まってる。おれがここへきたとき身体検査をしてくれた連中は、確かに見たことがあった。あいつら、こう言ったんだ。だから、もし欲しいんなら、こっそり持ち込まれた煙草を安く売ってやってもいいぞ、ってな。だから、ライターは取り上げられずにすんだんだ。たぶん、おれの前科記録を読んでなかったんだろう。最近じゃ、仕事をまともにやるやつなんていないからな——これでよくこの国がもってるもんだと不思議に思うだろ？」

ローヴェルはライターを掌に載せて重さを量った。

「八年前に、おれは同じものを二つ作ったんだ。これ以上いい仕事ができるやつはノルウェーにはいないと言わせてもらうが、別に大口を叩いているわけじゃない。隠さなくてすむ銃——つまり、銃に見えない銃——を欲しがっている客がいるというブローカーが接触してきたことがあって、それで、これを考えついた。人のものの見方なんて面白いもんだな。一見したときには、銃以外の何物でもないと思うんだ。だけど、ライターとして使えるところを見せてやると、銃だなんて考えはあっという間にどこかへ行ってしまう。歯ブラシかねじ回しかもしれないとは思っても、銃だとは思わない、これっぽっちもだ。それで……」

ローヴェルはグリップの裏側の螺旋《ねじ》を回した。

「九ミリの弾丸が二発入る。おれは〝幸福な二人殺し《ハッピー・カップル・キラー》〟と呼んでるよ」そして、銃口を若者に向けた。「一発はきみに、愛する人よ」そのあと、自分のこめかみに向け直した。「一発はぼくに……」ローヴェルの笑う声が、狭い房に妙に寂しく響いた。

「それはまあいい。作るのは一挺だけという約束だった。その客というのが、おれのささやかな秘密の発明をだれにも知られたくなかったんだな。だが、おれはもう一挺作って、ここに護身用として持ち込んだ。ここにいるあいだに、ネストルがおれを殺そうとするかもしれないと考えたからだ。だけど、明日、おれは出所する。だから、もう必要がなくなった。いまからおまえさんのもんだ。それから、これもだ……」

　ローヴェルはもう一つのポケットから煙草を取り出した。「だって、ライターを持ってるのに、煙草を持ってなかったらおかしいだろう」そして、〝ローヴェルバイク修理工場〟の黄ばんだ名刺を取り出し、それを煙草の箱に挿し込んだ。

「これに住所が書いてあるから、バイクの修理が必要になったら連絡してくれ。あるいは、極上のウズィが欲しくなったときでもいい。言ったとおり、まだ手元に――」

　ドアが外に向かって開き、声が轟いた。「出ろ、ローヴェル！」

　ローヴェルが振り向くと、入口に立っている看守のズボンが目に入った。腰のベルト――発酵したパン生地のように膨らんだ腹がその一部を隠していた――にぶら下げた大きな鍵束の重みで、そのズボンが下がっていた。「聖下に面会だ。近い親戚、と言ってもいいんじゃないか」そして、いきなりけたたましく笑い、自分の後ろにいる男を見た。「気を悪くしたりはしないよな、ペール？」

ローヴェルは銃と煙草を若者のベッドの上掛けの下に滑り込ませ、最後に彼を一瞥した。

そして、足早に立ち去った。


刑務所付きの牧師はサイズの合わない聖職者用カラーを無意識に引っ張りながら、笑顔を作ろうとした。近い親戚、だと？　気を悪くするな、だと？　にやにや笑っている看守の脂肪で膨らんだ顔に唾を吐きかけてやりたかったが、それを思いとどまり、房を出てきた服役囚に向かってうなずいた。だれかわかっている振りをし、左右の前腕のタトゥーに目を走らせた。聖母と聖堂。しかし、だれだか区別はつかなかった。長い年月のあいだにあまりに多くの顔とタトゥーを見てきたために、だれがどんなタトゥーを入れているかを覚えきれなくなっていたのだ。

房に入ると、香の匂いがした。あるいは、香を思わせる何か、と言うべきか。ドラッグを作っているときのような匂いだった。

「やあ、サニー」

ベッドの上の若者は顔を上げなかったが、ゆっくりとうなずいた。ペール・ヴォッランはそれを、自分の存在を彼が認識し、記憶にとどめ、ここにいる許可を出したという意味だと解釈した。

椅子に腰を下ろすと、さっきまで坐っていた者の温もりがまだ残っていて、いつもながらの心地悪さを感じずにはいられなかった。ヴォッランは携えてきた聖書をベッドに坐る若者のそばに置いた。

「今日、ご両親の墓に花を供えてきた」彼は言った。「そうしてくれときみが頼んでないことはわかっているが、それでも……」

ペール・ヴォッランは若者と目を合わせようとした。彼にも二人の息子がいて、二人とも成人し、実家を出ていた。ヴォッラン自身も家を離れていたが、二人の息子は彼と違って帰ってくるといつも歓迎されていた。

法廷で、被告側証人——教師だった——は、サニーは優等生であり、優れたレスリング選手であり、人気者で、面倒見がよく、父のような警察官になりたいと実際に口にしていたと証言した。しかし、その父親が自分は汚職警察官だったと告白する遺書を脇に置いて死体で発見されて以降、サニーは学校へ姿を見せなくなった、と。ヴォッランは十五歳の少年が感じた恥辱を想像しようとし、自分の息子たちが父親の所業を知ったときの恥辱を想像しようとした。そして、聖職者用カラーをもう一度引っ張った。

「それはどうも」サニーが言った。

どうしてこんなに若く見えるのか、とヴォッランはサニーを見て訝《いぶか》った。そろそろ三十が近いはずなのに。そう、彼が収監されたのは十二年前、十八のときだった。年を取らずにいられるのはドラッグのせいかもしれない。ドラッグが加齢を妨げ、髪と鬚が伸びるだけで、無邪気な赤ん坊のように驚嘆の目で世界——この邪悪な世界——を見つめつづけているのではないか。世界は確かに悪に満ちている。ペール・ヴォッランは四十年以上も刑務所付きの牧師をしていて、世界が罪深さを増していくのを目の当たりにしていた。悪は癌のように増殖し、吸血鬼の一噛みで毒を注ぎ込んで健康な細胞を冒し、堕落の所業へと引きずり込んでいた。一度噛まれて逃げおおせた者はいない。一人として。

「元気かね、サニー？　外出日は楽しかったか？　海を見に行ったのか？」

返事はなかった。

ペール・ヴォッランは咳払いをした。「きみは海を見に行ったと看守は言っている。新聞で読んだかもしれないが、翌日、きみがいたところからそう遠くない場所で、ある女性の他殺死体が発見された。自宅のベッドで、だ。彼女は頭を……いや、まあいいだろう。詳細はすべてここにある……」そして、聖書を指で叩いた。「看守の作成した報告書によれば、きみは海にいるときに逃亡し、一時間後に道路のそばで発見されているが、その間《かん》どこにいたかについて弁明を拒んでいる。この看守の報告に対してきみが一切反論しないことが重要なんだ、わかるか？　いつものように、できるだけ何も言わないことだ。いいかね、サニー？」

ペール・ヴォッランはついに若者と目を合わせることに成功した。その表情から頭のなかがどうなっているかをうかがい知ることはほとんどできなかったが、サニー・ロフトフースは指示に従い、必要でないことは警察官や検察官には何一つ言わないはずだった。罪状認否のときに、〝有罪を認めます〟と小さな声でさりげなく答えるだけでいいのだ。矛盾しているようだが、サニーの持つ目的意識、意志の力、生存本能が彼と、転落の一途をたどり、歯止めがきかず、何らの計画も持っておらず、どん底まで真っ逆さまに落ちていくのが相場のほかの薬物常用者とを分けているのではないか、とヴォッランはときどき感じることがあった。これらの意志が、閃《ひらめ》くような突然の洞察力の発露や、すべての物事を注意深く見聞きしていたことを示すような問いかけ、もしくはほかの薬物常用者には見られない、急な動作でも柔軟に、バランスを保った滑らかな立ち上がり方ができることなどとして外に表われる。そうでないときは、いまのように何も見ず、何も聞いていないように見えるのだが。

ヴォッランは椅子のなかで身をよじった。

「もちろん、しばらくは外出などできない。だが、いずれにせよ、きみは外が好きではないんだよな？　それに、海はこの前見に行ったことだし」

「あれは川だった。犯人は夫なのか？」

ヴォッランは飛び上がった。予期せぬものが目の前の黒い水面からいきなり姿を現わしたかのように。「それはわからない。大事なことなのかな？」

返事はなかった。ヴォッランはため息をついた。また吐き気がした。最近、こういうことが多くなっているように思われる。医者に診てもらったほうがいいかもしれない。

「犯人のことは心配しなくていい、サニー。きみのような者たちは、ここの外にいたら一日じゅう、次の薬物を手に入れようと血眼にならなくてはならないんだ、それを覚えておくことだ。このなかにいれば、何から何まで世話をしてもらえるということをな。それから、時は過ぎるものだということも覚えておいてもらいたい。昔の罪を償って服役を終えてしまえば、その瞬間にきみはここでは用なしになる。だが、今度の殺人事件に関与しているとなったら、服役期間が延びる可能性がある」

「犯人は夫なんだな。金持ちなのか？」

ヴォッランは聖書を指さした。「このなかに、きみが押し入った家の情報がある。大きくて、内装も立派な家だ。だが、その富をすべて守ってくれるはずの警報のスイッチが入っていなかった。玄関は鍵すらかかっていなかった。モールサンという一家だ。眼帯をした海運会社の経営者だよ。新聞で見ただろ？」

「見た」

「見たのか？　まさか、きみが――」

「ああ、ぼくが彼女を殺した。いいだろう、どんなふうにしてやったかは、これから研究させてもらう」

ヴォッランは息を吐いた。「よかった。彼女がどんなふうに殺されたかの詳細が記されている。きみが記憶しているはずのことがな」

「いいだろう」

「彼女は頭頂部を切り取られていた。きみは鋸《のこぎり》を使った。わかるか？」

そのあとに長い沈黙がつづいた。いまにも嘔吐してしまうのではないかと気が気ではなく、ヴォッランは言葉がつづけられなかったのだ。この若者を利用するよりは吐くほうがいいような気がした。彼はサニーを見た。何が人生の結末を決めるのだろう？　自分ではどうにもできない偶発的な出来事の連なりだろうか？　それとも、定められた方向へすべてを引きつける秩序正しい重力のようなものなのか？　ヴォッランは妙に着け心地の悪い聖職者用カラーを緩め、吐き気を抑え込んで、気持ちを奮い立たせた。いま何が問題となっているのか、それを思い出したのだ。

ヴォッランは立ち上がった。「私に連絡する必要があれば、いまはアレクサンデル・ヒェッラン広場の〈イーラ・センター〉にいる」

若者が怪訝《けげん》な顔をした。

「しばらくのあいだだけだよ」ヴォッランは短く笑った。「妻に放り出されたんだが、そのセンターのスタッフを私がたまたま知っているものでね。その人たちは――」

不意に口が動かなくなった。どうしてここまで大勢の服役囚がこの若者に話を聞いてほしがるのか、その理由が突如はっきりしたのだ。沈黙のせいだ。反応も判断もしないでただ聞いてくれるだれかに、手招きされているような気がして吸い寄せられるのだ。自分の言葉や秘密を、一切何もしないで引き出してくれるだれかに。ヴォッランは刑務所付きの牧師になって以来、その能力を身につけようと日夜努力してきた。だが、服役囚たちは彼に何らかの裏があることを感じ取るようだった。どんなものかはわからないけれども、自分たちの秘密を知ることによってヴォッランが何かを手に入れようとしていると察知しているのだ。自分たちの魂に触れること、さらには、天国へ行く者を増やしたことで神に褒めてもらおうとしているのだということを。

若者はすでに聖書を開いていた。それには滑稽なほど簡単な細工が施してあった。ページが刳《く》り抜かれてできた洞《うろ》に、サニーが自供するのに必要な情報が記された紙が折りたたんで入れてあるのだ。それと、ヘロインの小袋が三つ。

2

「入れ！」アーリル・フランクは机の書類に目を落としたまま、大声で短く応じた。

ドアが開く音が聞こえた。刑務所付きの牧師が来ているとフロント・オフィスにいる秘書のイーナから聞かされたとき、フランクは一瞬、多忙を理由に断わろうかと考えた。満更嘘ではなかった。三十分後に、オスロ警察本部で本部長と会うことになっているのだ。しかし、このところのペール・ヴォッランは安定を欠いていたから、彼がまだ正気を保っていられているかどうかをもう一度確かめても害はないだろうと思われた。この件に不適格者を関わらせるつもりは少しもないのだ。

「わざわざ坐るまでもない」アーリル・フランクは書類にサインをして、立ち上がった。「歩きながら話そう」

出入り口へ向かいながら、途中でコート掛けから制帽を取った。背後で、床を擦るようなヴォッランの足音が聞こえた。フランクは一時間半で戻るとイーナに告げ、階段吹き抜けへ出るドアのセンサーに人差し指を押し当てた。刑務所は二階建てで、エレベーターはなかった。エレベーターには上下動のため縦の空間部分、シャフトが必要で、シャフトの数だけ脱獄ルートができてしまうからだ。火災のときには封鎖しなくてはならないし、火災とそれにともなう避難の際の混乱は、ほかの刑務所で抜け目のない囚人が使ってきた多くの脱獄方法の、まさに一つだった。同様の理由で、電線、ヒューズ・ボックス、水道管は、囚人が近づくことができないよう、すべてが建物自体の外側に設置されるか、壁に埋め込まれるかしていた。というわけで、この刑務所では、脱獄の潜在的可能性は何一つ残されていなかった。他でもない、このアーリル・フランクが、そうしたのだった。彼は建築家や世界じゅうの刑務所の専門家と額を突き合わせて相談しながら、国家重犯罪者刑務所の青写真を描いたのである。実を言うと、その着想を得る手助けをしてくれたのはスイスのアールガウ州にあるレンツブルク刑務所だった。超現代的だが簡素で、快適さより警備と効率に重きが置かれた刑務所だ。しかし、ここの創造主は彼、アーリル・フランクにほかならず、ここはアーリル・フランクであり、逆もまた真だった。では、賢明この上ないはずの評議員会が、揃いも揃って愚かなことに彼を副所長にとどめ置き、ハルデン刑務所からあの低能を所長として引っ張ってきたのはなぜか？　フランクが荒削りながらダイヤモンドであるのは確かでも、過去の改革もまだ反映されていない刑務所システムのさらなる改良に関して口を出してくる政治家に、いちいち新たな名案だとおべっかを使って機嫌を取るタイプではないからだ。だが、彼は自分の仕事――囚人を病気にもさせず、死なせもせず、結果的に目に見えてもっと悪い人間にもしないで閉じ込めておくこと――を熟知していた。また、忠実であるに値する相手には忠実で、自分の面倒は自分で見られる男でもあった。しかしながら政治的な動機を持つ、この芯まで腐った階級制度のなかにいる上司たちにしてみれば、彼は資質を満たしているとは言い難かった。そういう意図が働いて刑務所長の地位から遠ざけられる前、アーリル・フランクは、退職したら小さいものでも、記念として正面入口に自分の胸像を――首が短くて、顔はブルドッグみたいで、しかもバーコード頭なんだから、胸像にはふさわしくないんじゃないかと妻は言っていたが――置いてもらえるのではないかと思っていた。しかし、自分の実績がまるで報われないと、人は他人は当てにならないと認めざるを得なくなる。

「これ以上、こんなことはつづけられませんよ、アーリル」後ろをついてくるペール・ヴォッランが言った。

「こんなこととは？」

「私は刑務所付きの牧師なんですよ。われわれがあの若者にしていること、つまり、犯してもいない罪で彼をここに服役させていることですよ。ある女性の夫の身代わりとして――」

「黙れ」

コントロールルーム――フランクは〝船橋《ブリッジ》〟と呼んでいたが――の前で床をモップで拭いていた老人が手を止め、フランクに友好的に会釈をした。ヨハンネスはこの刑務所で最年長の、フランクの心にかなった服役囚だった。前の世紀に、麻薬の密輸が本当に偶然に露見して捕まったのだが、もう何年も蠅一匹殺していない優しい男で、ここでの決まり切った平和な生活に慣れ切ってしまったせいで、出所の日がくることだけを恐れていた。残念ながら、ここのような刑務所にとっては、相手にし甲斐のある種類の服役囚ではなかった。

「良心の呵責というやつか、ヴォッラン？」

「ええ、ええ、そのとおりですよ、アーリル」

　職員がいつから上司をファーストネームで呼ぶようになったか、また、所長たちがいつから制服ではなくて私服を着るようになったのか、フランクははっきり憶えていなかった。看守まで私服を着ている刑務所もあった。サンパウロのフランシスコ・デ・マール刑務所で暴動が起こったとき看守同士が催涙ガスのなかで撃ち合ったのは、同僚と囚人の区別がつかなかったからだ。

「抜けさせてもらえませんか」ヴォッランが探りを入れた。

「それでいいのか？」フランクは小走りに階段を下りながら訊いた。定年まで十年を切った男にしては体形に緩みがないのは鍛えているおかげ、肥満が例外のない規則であるかのような業界では忘れられた美徳のおかげだった。かつて自分の娘が将来を嘱望されていたとき、地元の水泳チームのコーチをしていた賜物であり、高福祉社会であるこの国へ、余暇に地元のコミュニティのために何がしかをすることで、多少なりと恩を返してきた賜物だった。本来なら、評議員会はそういう彼をないがしろにはできないはずだった。「あの少年たちについては、あんたの良心はどう言ってるんだ？　あんたが性的に虐待してきた少年たちだよ。証拠もあるんだぞ、ヴォッラン？」フランクは人差し指を次のドアのセンサーに押し当てた。そのドアを開けて通路を西へ行けば房へ、東へ行けば職員の更衣室と駐車場への出口へ向かうことができた。

「あんたの罪もサニー・ロフトフースに償ってもらっているんだと、そう考えたらどうなんだ、ヴォッラン？」

　またドアがあって、またセンサーがあった。フランクはまたそれに指を押し当てた。彼はこの発明を大いに気に入っていた。日本の帯広刑務所釧路刑務支所に倣《なら》ったもので、紛失や複製や誤用の恐れのある鍵を使う代わりに、データベースに登録された指紋の持ち主だけがそこを通過することができる仕組みだ。鍵を使う場合に生じる可能性のある不都合をすべて除去できるだけでなく、だれが、いつ、どのドアを通ったか、記録が保存されるのだ。もちろん監視カメラも設置されているが、顔が映らないようにするのは不可能ではない。だが、指紋はそうはいかない。ため息のような音とともにドアが開き、二人は中間区画に入った。この小部屋の両端には鉄格子の嵌《は》まった金属扉があって、一方を開けるには必ずもう一方を閉めなくてはならない。

「もうつづけられないと言っているんですよ、アーリル」

　フランクは唇に指を当てた。監視カメラがほぼ刑務所全体に目を光らせているうえに、中間区画には何らかの理由でそこに閉じ込められてしまった場合にコントロールルームと意思の疎通を図れるよう、双方向通信設備が整えられていた。二人は中間区画を出ると、更衣室のほうへ歩きつづけた。そこにはシャワーが備えられ、着るものや私物をしまっておくためのロッカーが職員一人一人にあてがわれていた。フランクの独断により職員たちには知らされていなかったが、そのロッカーすべてを開けることのできるマスター・キイを副所長は持っていた。知らせてしかるべきだったのだが。

「ここで自分がどういう連中を相手にしているか、あんたは知っているものと思っていたんだがな」フランクは言った。「抜けるなんて無理だ。連中にとっては、忠誠心は生き死にの問題なんだ」

「わかっています」ペール・ヴォッランが答えた。息遣いが切迫していた。「しかし、私が言っているのは永遠の生と死なんです」

フランクは出口のドアの前で足を止め、左側のロッカーにちらりと目を走らせて、そこにいるのが自分たちだけなのを確かめた。

「危険はわかっているのか？」

「神に誓って、私はだれにも一言も漏らさない。いまから言う言葉を正確に伝えてほしいんです、アーリル。私は完全に沈黙すると、彼らに話してください。私はどうしても抜けたいんです。お願いだから、手助けをしてもらえませんか？」

フランクは視線を落として、センサーを見た。出口だ。この刑務所から出る方法は二つしかない。ここを通って裏へ出るか、受付の前を通って正面玄関から出るかだ。換気ダクトも、非常用出口も、排水パイプも、人一人が通り抜けられるだけの幅を持ったものは一つもない。

「いいだろう」フランクは言い、指をセンサーに押し当てた。ドア・ハンドルの上で小さな明かりが赤く瞬き、データベースを検索中であることを示した。やがてその瞬きが消え、代わりに緑の明かりが灯った。フランクはドアを押し開けた。眩い陽光に目がくらんだ二人はサングラスをかけ、広い駐車場を突っ切っていった。「あんたが抜けたがっていることは伝えよう」フランクは言い、車のキイを取り出しながら、警備員詰所を横目でうかがった。そこには三百六十五日、二十四時間体制で二人の武装警備員が詰めていて、進入道路にも退出道路にも、フランクのポルシェ・カイエンの新車でも無理矢理に押し通ることのできない、鉄の遮断棒が降りていた。ハマーH1なら可能かもしれないが、フランクが手に入れたくてたまらないその車は、大型車両を間違いなく止められるよう狭く作ってある入口には幅が広すぎるだろう。フランクは同じく大型車両を念頭に置き、刑務所全体を高さ六メートルのフェンスで囲っただけでなく、その内側に鉄のバリケードを設置していた。フランクはフェンスに電流を流すよう提案したが、計画立案当局はその提案を却下した。オスロのど真ん中にあるから、何の罪もない民間人に被害が出る恐れがある、というのがその理由だった。何の罪もない民間人とはお笑いぐさだった――だれであれ通りからそのフェンスに触ろうと思ったら、その前に、上端に有刺鉄線を巡らせた高さ五メートルの壁をよじ登らなくてはならないのだ。

「ところで、どこへ行くんだ？」

「アレクサンデル・ヒェッラン広場ですが」ペール・ヴォッランが期待の口調で答えた。

「悪いな」フランクは言った。「方向違いだ」

「いいんですよ。すぐそこにバス停がありますから」

「よかった。また連絡する」

フランクは運転席に乗り込むと、警備員詰所へ車を走らせた。規則では、彼自身の車も含めて、すべての車がそこへ行き、搭乗者を確認してもらわなくてはならなかった。ただし今回は、彼が刑務所の建物を出てきて車に乗り込むのを警備員が見ていたので、車を止めるまでもなく遮断棒が上がり、そのまま走り抜けることができた。フランクは警備員に敬礼を返した。幹線道路の手前で赤信号で停まると、愛する国家重犯罪者刑務所をルームミラー越しに一瞥した。完璧ではないが、ほぼ完璧に近い。何であれ足りない点があるとすれば、責められるべきは計画立案委員会、役人どもが作る、新たな、意味のない規則、そして、半ば堕落した職員だ。おれが常に欲しているのは、全員にとっての最善、安全である程度の水準の生活をするにふさわしい、勤勉で誠実なオスロ市民一人一人にとっての最善、それだけだ。だが残念なことに、いつも思いどおりに物事が動いていくとは限らない。物事がいまのような方向へ進まざるを得ないのは面白くないが、おれだって水泳を習いにくる者たちにいつも言っているではないか——溺れるにせよ、泳ぐにせよ、だれも助けてはくれないんだ、と。やがて、思いはこれからのことへ戻っていった。伝えるべきメッセージがあるのだった。そして、その結果どうなるかは疑いの余地がなかった。

信号が青になり、フランクはアクセルを踏んだ。

3

　ペール・ヴォッランはアレクサンデル・ヒェッラン広場の近くの公園を通り抜けようとしていた。雨が多くて季節外れに寒い七月だったが、いまは太陽がふたたび姿を現わし、公園は春の日と同じくらい緑が鮮やかだった。夏が戻ってきてくれたため、園内の人々は腰を下ろして顔を上に向け、目を閉じて、まるでいまにも尽きてしまうとでも言わんばかりに陽光を貪っていた。舗道ではスケートボードががらがらと音を立て、緑地やバルコニーでは、六本セットのビールの缶の触れ合う音がバーベキューの前祝いをしていた。しかし、気温の上がった喜びが大きいのは、公園の周囲を走る車の排気ガスが全身にこびりついたかに見える人々である。粗末な格好でベンチや噴水の周囲にかたまっている男たちが、しわがれた、幸福そうな、鷗《かもめ》が啼《な》くような声でヴォッランに呼びかけてくる。彼はトラックやバスがひっきりなしに行き交うウーエランス通りとヴァルデマール・トラネス通りの交差点で、信号が青になるのを待った。目の前を走る車の切れ間から、通りの反対側に並ぶ建物を見た。窓がビニール・シートで覆われているのが、悪名高いパブ〈トラーネン〉だった。そこは一九二一年の開店以来、からからに渇いたこの街の住人の喉を潤してやっていて、三十年前からは、カウボーイの出で立ちのアーニー・〝スキッフル・ジョー〟・ノース（スキッフルは一九二〇年代にアメリカで流行った、手作りの楽器を交えたジャズのスタイル）が、年寄りで目の不自由なオルガン弾きと、タンバリンを叩いてカー・ホーンを鳴らすタイ人女性を伴奏者にして、一輪車に乗りながらギターの弾き語りをしていた。ペール・ヴォッランは〈イーラ・ペンショナート〉と鋳鉄の文字がセメントで埋め込まれている同じ建物の正面へ目を移した。戦争中は未婚の母を収容し、いまは最重度の依存症患者、すなわち離脱を望まない者、そこで死を迎えることになる者たちの居住施設になっていた。

ヴォッランは通りを渡ると、その施設の正面入口に立ち、ドアベルを鳴らしてカメラのレンズを覗き込んだ。ブザーの音とともにドアが開き、なかへ入った。昔のよしみで、二週間の約束で部屋を提供してもらったのはもうひと月前のことだった。

「お帰りなさい、ペール」茶色の目の若い女性が下りてきて、階段へつづく鉄格子の柵を開けてくれた。だれかが鍵を壊してしまい、外からは開けられなくなっていたのだ。「カフェはもう閉まってるけど、いますぐ行けば、夕食には間に合うわよ」

「ありがとう、マルタ。だけど、腹は空いていないんだ」

「疲れてるみたいね」

「刑務所からずっと歩いてきたんだ」

「そうなの？　バスがあるんじゃなかった？」

マルタは早くもふたたび階段を上りはじめていて、ヴォッランもちょこちょこと彼女の後ろについていった。

「ちょっと考えなくちゃならないことがあってね」彼は言った。

「そういえば、あなたを訪ねてきた人がいたわよ」

ヴォッランは凍りついた。「だれだった？」

「訊かなかったわ。でも、警察かもしれない」

「どうしてそう思うんだ？」

「何としてもあなたと連絡をつけたいって感じだったから、あなたの知り合いの囚人についての何か知りたいんじゃないかとか、そんなふうに思ったの」

ずいぶん早いな、とヴォッランは思った。やつらはもう襲いかかろうとしているのか。

「きみは何かを信じているか、マルタ？」

マルタが階段の途中で振り向いた。笑顔だった。若い男なら一発であの笑顔の虜《とりこ》になるだろうな、とヴォッランは思った。

「神とかキリストとかのようなな？」彼女が受付へつづくドアを押し開けながら訊き返した。

壁の開口部が受付窓口で、その奥がオフィスになっている。

「宿命のようなもの、秩序に対抗する運みたいなものかな」

「マッド・グレータなら信じてるけど」マルタが書類をめくりながらつぶやいた。

「亡霊は信じる対象にならない――」

「昨日、赤ん坊の泣き声が聞こえたって、インゲルが言ってたわ」

「インゲルはひどく神経質になっているんだ、マルタ」

マルタが窓口から顔を覗かせた。「ちょっと話があるんだけど、ペール……」

ヴォッランはため息をついた。「わかってる。ここはいっぱいで、だから——」

「今日、スポールヴェイ通りのセンターから電話があって、あの火事のせいで、少なくともあと二カ月は何部屋かを閉鎖しなくてはならないだろうと言ってきたの。ここだって、いまや四十人以上が相部屋を強いられているのよ。こんな状態をつづけるわけにはいかないわ。互いに盗みを働いて、あげくが喧嘩になるんだもの。怪我人が出るのは時間の問題だわ」

「わかってる、こんなに長くここに世話になるつもりじゃなかったんだ」

マルタが首をかしげ、怪訝そうにヴォッランを見た。「なぜ彼女はあなたを自宅で寝かせてくれないの？　いったい何年夫婦をしてるのよ？　四十年だっけ？」

「三十八年だ。あの家は彼女のもので、それに……複雑な事情があるんだよ」ヴォッランは力なく微笑んだ。

マルタと別れて、廊下を歩いていった。二つのドアの向こうで音楽が鳴り響いていた。アンフェタミンをやっているのだろう。今日は月曜だ。週末が終わって、福祉事務所は仕事を再開し、給付金の支払いを行なっている。ということは、至るところで揉め事が起こっているに違いない。ヴォッランは部屋の鍵を開けた。シングルベッドとクローゼットがあるだけの狭くて粗末な部屋で、部屋代は月に六千クローネ。オスロの外ならアパートを丸まる一階分借りられる金額だった。

ヴォッランはベッドに腰を下ろし、汚れた窓の向こうを見つめた。車の行き交う音が、低く、眠気を誘うように聞こえていた。陽の光が薄いカーテンを突き抜けていた。窓台では蠅がもがいていた。死が近いようだった。それが生きるということだ。死ではなくて、生なのだ。死は重要ではない。おれがその結論に達してから、一体何年になるだろう？　死以外のすべて、おれが説教したことのすべては、人々が死への恐怖に抗うべくでっち上げたものでしかない。それにまた、おれがかつて信じていたものに、意味のあるものなど一つもない。自分たちにわかっていると人間が信じているものなど、恐怖や苦痛を麻痺させるために信じる必要のあるものと較べれば無に等しい。結局、おれは一周回って元に戻った。寛大な神と死後の生への信仰を取り戻したのだ。いま、おれはいつよりも強く神を信じている。ヴォッランは新聞の下からノートパッドを取り出し、書きはじめた。

書くべきことは多くなかった。紙は一枚で足りたし、文章も数行で終わった。それですべてだった。アルマの弁護士から郵送された封筒に書かれていた自分の名前を消した。なかには短い手紙が入っていた。夫婦の共有財産のヴォッランの取り分を通告する内容だったが、その取り分は多いとは言えなかった。

ヴォッランは鏡を見て聖職者用カラーを直し、ロング・コートを着て部屋を出た。受付にマルタの姿はなかった。インゲルが封筒を受け取り、確かに渡すと約束した。

いまや太陽は低いところにいて、昼が退場しようとしていた。ヴォッランは公園を突っ切りながら、目の隅で、すべてのものが、すべての人が、大きな失敗もなくいかにそれぞれの役を演じているかを確認した。彼が通り過ぎるとき、ベンチから立ち上がるのがわずかでも早すぎる者は一人もいなかったし、考えを変えてサンネル通りを川のほうへ歩くことにしたときも、こっそり路肩を離れる車はなかった。だが、やつらはそこにいる——穏やかな夏の夕刻を映している窓の奥に、さりげなく視線を送ってきている通行人のなかに、家並みの東側から伸びてきて、徐々に陽光を追い払いながら領土を広げつつある、冷たい影のなかに。ペール・ヴォッランは思った。彼のこれまでの人生すべてがこんなふうだった、と。闇と光のあいだの、常なる、無意味な、ためらいながらの苦闘。どちらも最終的に勝利することがないように思われる苦闘。それとも、どちらかが勝利したのだろうか？　毎日、闇が少しずつ光を浸食している。闇は長い夜へ向かっている。

ヴォッランは足取りを速めた。

4

シモン・ケーファスはコーヒー・カップを口へ持っていった。キッチンのテーブルから、ディーセンのファゲルリー通りの自宅の、小さな前庭を見ることができた。ゆうべの雨で、芝生はいまも朝の光にきらめいていた。その芝が、目に見えてわかるほど伸びているような気がした。それはまたもや芝刈り機を引っ張り出さなくてはならないということだった。喧《やかま》しくて、汗と悪態を誘発する肉体労働だが、かまわなかった。なぜ近隣の人たちのように電動芝刈り機を手に入れないのかとエルセが訊いたことがあったが、答えは簡単だった。金がかかるから、である。彼が子供のころ、この家あるいはこの界隈では、大半の話し合いを終わらせていた答えだった。だが、それは住人が普通の人々、つまり、教師、理容師、タクシーの運転手、公務員、あるいは、彼のような警察官だった時代のことである。いまの住人が何か特別というわけではないが、広告業界やＩＴ業界の人間だったり、ジャーナリストや医者だったり、好みのうるさい人向けの食品を扱う店を持っていたり、小さくて素朴な家を買えるだけの金を相続した者たちだったりすることがこの界隈の地価を押し上げ、社会的な梯子を上らせているのだった。

「何を考えているの?」エルセが背後に立ち、彼の髪を撫でながら訊いた。それは目に見えて薄くなりはじめていて、上から照らすと頭皮が透けて見えるほどだった。が、彼女はそれがいいのだと言っていた。いまの彼、定年間近の警察官である彼、ありのままの彼が好きなのだと、同じく自分もいつかは老いるであろうことが好きなのだと。彼のほうが二十歳も年上なのだけれど。新たな隣人の一人、そこそこ有名な映画製作者など、彼女をシモンの娘と勘違いしたことがあったが、それはそれでよかった。

「自分は何て幸運な男なんだろうと考えていたところさ」彼は言った。「だって、きみを手に入れられたんだから。この生活を手に入れられたんだから」

エルセが夫の頭頂部にキスをした。彼女の唇が軽く肌に触れるのがわかった。ゆうべ、シモンは夢を見た。彼女のためなら視力を失ってもいいという夢だった。そして、目が覚めたとき、何も見えなかった――直後に、それは夏の早朝の太陽をさえぎるためにアイマスクをしているからだと気づいた――のだが変わらず彼は幸福なままだった。

ドアベルが鳴った。

「エディットだわ」エルセが言った。「着替えなくちゃ」

彼女は妹のためにドアを開けてやってから、二階へ消えた。

「こんにちは、シモンおじさん!」

「おや、だれかな? よく見せてくれ」シモンは少年の笑顔を見つめた。

エディットがキッチンへ入ってきた。「ごめんなさい、シモン。この子が早く行こうってきかなかったの。あなたが出勤する前に、警官の制帽をかぶってみたいんですって」

「それはかまわないが」シモンは言った。「学校はどうしたんだ、マッツ？」

「今日は先生の研修でお休みなの」エディットがため息をついた。「それがシングル・マザーにとってどれほどの悪夢か、学校は知らないのよ」

「それなら、きみには特に礼を言わなくちゃな、エディット、エルセを車で送ってくれるんだそうだな」

「そんなの何でもないわよ。わたしの知る限りでは、あの人は今日と明日しかオスロにいないんでしょ？」

「だれのこと？」マッツがシモンの腕をつかんで椅子から立ち上がらせようとしながら訊いた。

「目の手術がとても上手なアメリカ人のお医者さんだよ」マッツに引っ張られて、シモンは実際よりも動きにくそうに装いながら立ち上がった。「さあ、警官の帽子を探しに行こう。コーヒーなら好きにやってくれ、エディット」

　シモンとマッツは廊下に出た。おじさんがワードローブの棚から白黒の警官の制帽を取るのを見て、少年は歓声を上げた。が、帽子をかぶらせてもらうときには、口を閉ざして畏《かしこ》まった。鏡の前に立つと、少年は鏡に映るおじさんに人差し指を向け、銃声を真似た。

「だれを撃ってるんだ？」シモンは訊いた。

「悪いやつらだよ」マッツが舌足らずな口調で言った。「ばんい！　ばんい！」

「それなら、射撃訓練ってことにしようか」シモンは言った。「たとえ警察官でも、許可無しで悪いやつらを撃つことはできないんだ」

「いや、できるよ！　ばん！　ばん！」

「そんなことをしたら、刑務所へ行くことになるんだぞ」

「そうなの？」少年が銃を撃つ真似をやめ、戸惑いを顔に浮かべてシモンを見た。「どうして？　だって、警官なんだよ」

「どうしてかというと、逮捕できるのに、そうしないでだれかを撃ったら、われわれのほうが悪いやつらになってしまうからだ」

「でも……そいつらを捕まえたら撃ってもいいんでしょ？」

　シモンは笑った。「だめだ。捕まえたら、裁判官がそいつらを何年刑務所に入れるか決めるんだよ」

「おじさんが決めるんじゃないの？」

　少年の目に失望が宿るのを見て、シモンは言った。「いいことを教えてやろうか、マッツ。それを自分が決めなくていいのを、おじさんは喜んでいるんだ。犯罪者を捕まえるだけでいいのが嬉しいんだ。だって、それがこの仕事のなかで一番面白い部分なんだからな」

　マッツが片目を細め、制帽の庇を押し上げた。「シモンおじさん……」

「何だ？」

「おじさんとエルセおばさんにはどうして子供がいないの？」

シモンはマッツの背後に回ると、彼の両肩に手を置き、鏡に映る姿に向かって微笑した。

「おじさんたちに子供は必要ないんだ、おまえがいるからな。そうだろ？」

マッツは二秒ほど物思わしげに伯父を見ていたが、やがて、顔を輝かせた。「そうさ！」

携帯電話が鳴りはじめ、シモンはポケットに手を入れた。

同僚だった。シモンは耳を澄ませた。

「アーケル川のそばのどこだ？」

「クーバの先の、美術大学の近くだ。歩道橋があって――」

「そこならわかる。三十分で行く」

シモンは靴を履いて紐を結ぶと、ジャケットを羽織った。

「エルセ！」妻を呼んだ。

「何？」階段の上から彼女が顔を覗かせた。何て美人なんだ、とシモンは改めて感動した。かわいらしい鼻とその周囲にそばかすの散った小さな顔の左右を、長い髪が赤い川のように流れ下っていた。あのそばかすはおれがいなくなってもほぼ間違いなくそこにとどまるんだろうな、と彼はふと思った。そしてすぐに、抑え込もうとしたにもかかわらず、次の思いが浮かんできた。そのときはだれが彼女の世話をするんだろう？　いま彼女のいるところからはシモンが見えないだろうと思われた。見える振りをしているだけなのだ。シモンは咳払いをした。

「仕事に行くよ、スウィートハート。医者の診断は電話で教えてくれないか」

「わかった。気をつけて運転してね」

中年の二人組が歩いている公園はクーバという名前でよく知られていて、その名前はキューバと何か関係があるのだろうと大半の人々が思っていた。政治集会がしばしばそこで開かれるし、かつてのグルーネルレッカは労働者階級の住む界隈だと見なされていたからその可能性はある、と。長く住んでいなければ知るよしもないことだが、実はかつてそこには大きなガスタンクがあり、その骨格が立方体《キューブ》だったからなのだ。中年の二人は、いまは美術大学になっている工場跡へつづく歩行者用の橋を渡った。日付とイニシャルを記した南京錠を、恋人たちが橋の欄干に取り付けていた。シモンは足を止めて、その一つを見た。彼はエルセと十年、三千五百日を超える日々を一日も欠かすことなく一緒に過ごし、彼女を愛していた。自分の人生に別の女性はいるはずがなかったし、南京錠を象徴にしてそれを確認する必要もなかった。それはエルセも同じだったが、シモンの望みとしては、自分より長く、新しい男が現われるぐらい長く、彼女には生きてほしかった。そうなれば、すべてがうまくいったことになる。

いま立っているところから、オーモット橋を見ることができた。この控えめで小さな首都を東と西に分けている、控えめで小さな川にかかる、控えめで小さな橋だ。昔々、長い時間を遡った時代、彼が若くて愚かだったとき、まさにあの橋からあの川に飛び込んだことがあった。酔っぱらった若造三人組《トロイカ》で、そのうちの二人は自分と自分の将来に揺るぎない自信を持って三人のなかで自分が一番だと信じていた。三人目のシモンはとうの昔に、頭のよさ、強さ、社交的な手腕、女性へのアピールとなると、とてもほかの二人には敵わないと気づいていた。だが、勇敢さでは一番だった。あるいは、別の言い方をするなら、危険を引き受けることを厭わなかった。汚い川に飛び込むのには知性も運動能力も必要なく、向こう見ずであればいいだけだった。さしたる価値がないと思っている将来を賭けたがるのは、他人より失うものが少ないと、生まれながらにしてわかっているという自分のペシミズムによるものではないかと、あのころのシモン・ケーファスはたびたび考えていた。やめろ、正気の沙汰じゃないという友人たちの制止の叫びを聞きながら、彼は欄干に登って危なっかしくそこに立ち、そして、ダイブした。橋から、生の外へ、運命という回転しているルーレットへ。飛び込んだ水のなかに表面はなく、泡だけがあって、その下に、氷のように冷たい抱擁が待っていた。その抱擁のなかに、静寂、孤独、そして、平安があった。無傷で、ふたたび水面に浮かび上がると、友人たちが歓声を上げた。シモン自身も同じだった。しかし、漠然とではあったが、戻ってきたことにがっかりしていた。失恋というのは、若者をびっくりするようなことに駆り立てるものだった。

シモンは追憶を振り払い、二つの橋のあいだの滝に焦点を合わせ、そこに見える人形《ひとがた》に目を凝らした。それは写真のようにそこに静止していて、まるで落下の途中で凍りついたかのようだった。

「上流から流れてきて」シモンの隣りに立っている現場検証班の警官が言った。「着衣が水中から突き出している何かに引っかかったのだろうと思われる。この川のあのあたりは普段は浅くて、歩いて渡れるんだが」

「なるほど」シモンは嚙み煙草を舌で上唇の下に押しやりながら、首をかしげた。人形は両腕を横に突き出してまっすぐにぶら下がっていて、その頭と身体の周囲で、流れ落ちる水が白い光の輪を形作っていた。それを見て、シモンはエルセの髪を思い出した。別の現場検証班員たちのボートがようやく現場に着き、死体の引き揚げが始まった。

「自殺だよ、ビールを一本賭けてもいい」

「それは違うと思うな、エリアス」シモンは鼻の下で指を曲げると、上唇と歯茎のあいだから嚙み煙草をつまみ出し、それを下の流れに捨てようとして思いとどまった。時代が違う。彼はあたりを見回してごみ箱を探した。

「では、ビールは賭けない？」

「ああ、エリアス、賭けないよ」

「ああ、すまない、忘れてた……」現場検証班員が当惑して謝った。

「いいさ」シモンは答えて歩き出し、通りかかったブロンドの女性にうなずいた。背が高く、黒いスカートに短いジャケットという服装で、警察官であることを示す身分証が首からぶら下がっていなければ、銀行員と見間違えただろう。シモンは橋を渡りきったところにある緑色のごみ箱に嚙み煙草を捨て、地面を観察しながら、川岸を下った。

「ケーファス警部でしょうか」

エリアスは顔を上げた。声をかけてきたのは、外国人が想像するとおりの、典型的なスカンジナヴィアの女性だった。きっと背が高すぎるという自覚があるんだろう、とエリアスは推測した。だから少し猫背で、踵の低い靴を履いているんだ。

「いや、私じゃない。あんたは？」

「カーリ・アーデル」彼女はぶら下げている身分証を掲げた。「殺人課に配属になったばかりです。警部はここにいるはずだと言われてきたんですけど」

「ようこそ。で、シモンにどんな用なんだ？」

「わたしの教育係になるそうなんですが」

「それは運がいい」エリアスは言い、川沿いを歩いている男を指さした。「彼だ」

「あそこで何を探しているんですか？」

「証拠だよ」

「でも、証拠があるとすれば川の中の死体があるところであって、下流ではないんじゃないですか？」

「そのとおりだ。だから、死体があるあたりはもうおれたちが調べたと彼は考えているんだ。実際、調べたしな」

「ほかの現場検証班の人に聞いたんですが、自殺らしいですね」

「おれもそう考えてる。おかげで、ビールを一本賭けないかと彼を誘うなんて間違いをしでかしてしまったよ」

「間違い？」

「彼は問題を抱えてるんだ」エリアスは言った。「いや、抱えていた、だな」カーリが眉を上げた。「秘密でも何でもないし、一緒に仕事をするんなら、おまえさんも知っておいたほうがいいだろう」

「アルコール依存症患者と仕事をするなんて、だれも教えてくれませんでした」

「アルコール依存症じゃない」エリアスは訂正した。「ギャンブル依存症なんだ」

カーリがブロンドの髪を耳の後ろへ掻き上げ、眩しそうに太陽を見た。「どういう種類のギャンブルなんでしょう」

「おれの理解している限りでは、負ける種類のギャンブルだ。だが、これからあいつと組むんだったら、おまえさんが自分で訊いてみることもできるだろう。前はどこにいたんだ？」

「薬物対策課です」

「そうか、それなら、この川についてはよく知ってるんだろうな」

「はい」彼女が眼を細めて死体を見た。「確かに薬物絡みの殺人の可能性もありますが、それなら場所が全然違っています。こんな川の上流で強い薬物が取引されることはまずありません。だって、ショウス広場とか新橋《ニーブルーア》まで、はるばる下っていかなくちゃなりませんからね。それに、普通、大麻のために人を殺したりはしません」

「よし」エリアスはボートのほうへ顎をしゃくった。「ようやく引き揚げられたみたいだな。

死体が身分証を持っていてくれれば、身元はすぐに――」

「身元ならわかっています」カーリ・アーデルが言った。「ペール・ヴォッラン、刑務所付きの牧師です」

エリアスは彼女を上から下まで眺め回した。いまはアメリカのテレビドラマに出てくる女性刑事みたいな洒落た服装をしているが、それもすぐに諦めることになるだろう。しかし、それを別にすれば、ただの女警官じゃなさそうだ。高いところまで上っていく連中の一人かもしれない。そういう稀種に属している可能性もある。だが、おれがそう思ったのは、これまでに彼女だけじゃない。

5

取調室は淡い色で塗装されていた。調度は松材で、赤いカーテンがコントロールルームに面した窓に掛かっていた。いい部屋だ、とブスケルー警察のヘンリク・ヴェースター警部補は思っていた。以前、ドラムメンからオスロへやってきて、まさにこの部屋に腰を下ろしたことがあった。そのときは人体解剖模型を持ち込み、性的虐待の被害者である子供たちの事情聴取を行なった。今回は殺人事件の尋問だった。彼はテーブルの向かいに坐っている、長髪で鬚の男を観察した。サニー・ロフトフース。ファイルに記録されている年齢より若く見えた。それに、薬物の常用者のようにも見えなかった。瞳孔の拡散もなかった。だが、薬物への耐性が強い者も、稀にいる。ヴェースターは咳払いをした。

「では、彼女を縛り、普通の弓鋸で切断し、立ち去ったんだな？」

「そうだ」男が答えた。彼は弁護士をつける権利を放棄していたが、ほとんどすべての質問に素っ気ない答えを返すだけなので、ヴェースターは最終的に、〝はい〟か〝いいえ〟かで答える形の質問の仕方に切り替えていた。それがうまくいったようだった。もちろん、とてもうまくいっていた。そこから自白を引き出せているのだから。だが、どこかおかしいという感触もあった。ヴェースターは目の前の写真を見た。女性の頭頂部が鋸で頭蓋骨ごとほぼ切り取られ、辛うじて皮一枚で繋がって横に傾《かし》いで、脳の表面が剝き出しになっていた。本人を見ればどんな残虐なことをしでかせるかがわかるという考えを、ヴェースターはとうの昔に捨ててはいたが、この男からは……冷酷さも、攻撃性も、愚かさも、ほかの残虐な人殺しから感じ取れたような特徴が、微塵も感じられなかった。

ヴェースターは椅子に背中を預けた。「自白しようと思った理由は何だ？」

男が肩をすくめた。「ＤＮＡ鑑定の材料が現場で見つかったからだ」

「われわれがそれを見つけたことを、どうして知っているんだ？」

男が、刑務所の監督部門がその気になれば短くしろと命令できるはずの、豊かな長い髪に触った。「髪がよく抜け落ちるんだ。長いこと薬物をやっているせいだ。もういいかな」

ヴェースターはため息をついた。自白も得た。現場に物証もある。だとしたら、これ以上疑う理由がどこにある？

彼は二人のあいだにあるマイクのほうへ身を乗り出した。「十三時四分、容疑者サニー・ロフトフースの尋問を終了する」

赤い明かりが消え、外にいる係官が録音装置のスイッチを切ったことがわかった。ヴェースターは立ち上がり、ドアを開けた。看守が入ってきてロフトフースに手錠を掛け、房へ連れて帰った。

「どう考える？」ヴェースターがコントロールルームへ入っていくと、警官が訊いた。

「考えるだと？」ヴェースターはジャケットを着ると、苛立たしげな荒い手つきでファスナーを上げた。「考える材料なんか、何一つ与えてくれなかったよ」

「今日の午前中にあった事情聴取についてはどうなんだ？」

ヴェースターは肩をすくめた。被害者の友人が事情聴取に応じてくれて、情報を提供してくれたのだ——被害者から聞いたのだけれど、彼女の夫のイングヴェ・モールサンは、妻である被害者のヒェルスティ・モールサンが浮気をしていると責め、殺すと脅したんだそうです。彼女は怯えていました。夫が疑うに十分な材料があったから尚更です。彼女はある人と出会い、夫と別れることを考えていましたから。これ以上古典的な殺人の動機を考えつくのは難しかった。だが、あの若造の動機についてはどうだ？　被害者の女性は性的暴行を受けていないし、自宅から盗まれたものもない。バスルームの薬を入れてある戸棚が破られていて、睡眠剤が何錠かなくなっていると夫は言っている。だが、腕の注射痕から判断して、もっと強力な薬物を簡単に入手できるはずの男が、たかだか睡眠剤を、しかもたかだか数錠手に入れるために、わざわざ人を殺す理由は何だ？

すぐさま、次の疑問がおのずと浮かんだ——容疑者が自白を認めてサインした記録を持っている捜査官が、なぜそんな些細なことを気にするのか？

ヨハンネス・ハルデンがA棟の房の外の床にモップをかけていると、二人の看守があの若者をあいだに挟んで近づいてきた。

若者は笑みを浮かべていた。手錠が掛かっているにもかかわらず、二人の友だちとどこかいいところへ行こうとしているかのようだった。ヨハンネスは手を止め、右腕を上げた。

「見ろよ、サニー。肩がよくなったぞ。ありがとう」

若者は両手を上げなくてはならなかったが、それでも、老人に向かって両方の親指を立ててみせた。看守がある房の扉の前で足を止め、若者の手錠を外した。扉の鍵を開ける必要はなかった。すべての房の扉は毎朝八時に自動的に開き、夜の十時までそのままになっているからだ。ヨハンネスはコントロールルームのスタッフに、一回の操作ですべての房の扉を施錠したり解錠したりできるところを見せてもらっていた。彼はコントロールルームが好きで、いつもそこの床を拭くのに時間をかけていた。コントロールルームはスーパータンカーの操舵室、彼が一生を終えるはずだったところに似ていた。

〝事件〟の前、彼は有能な船乗りとして働き、航海学を勉強していた。甲板部士官になり、二等航海士から一等航海士それから船長に昇り詰める計画だった。そして、最終的にはファールスン郊外の自宅で待つ妻と娘のところへ戻り、港で水先案内人をしようと考えていた。では、なぜ計画通りにならなかったのか？　なぜすべて台無しにしてしまったのか？　なぜタイのソンクラーの港から大きな袋を二つ密輸することに同意したのか？　中身がヘロインだと知らなかったわけではない。刑法を知らなかったわけでもない。当時は薬物密輸と殺人を同程度の犯罪と見なしていた、理性的とは思えないノルウェーの法体系を知らなかったわけでもない。その袋をオスロのある住所へ運ぶ報酬として提示された、決して少なからぬ金を必要としていたからですらない。では、いったい何だったのか？　刺激か？　それとも、またあの娘に会いたいという思いか？　艶やかな長い黒髪の、シルクで装った、タイの美しい娘に。彼女のアーモンド形の目を覗き込み、サクランボのようなかわいらしい唇から、聞き取りにくい英語でささやかれる柔らかな声を、もう一度聞きたかったからか。あのとき、彼女はこう言った——わたしのために、チェンライにいるわたしの家族のために、あなたにやってもらうしかない。それがわたしやわたしの家族を救う唯一の道なの、と。彼女の話は信じなかったが、彼女のキスは信じた。そのキスのせいで、彼はいくつも海を渡り、税関を通り抜けようとして拘置され、法廷に立たされ、面会室に坐ることになった。そこには妻とすっかり成長した娘が待っていて、もうあなたとの繋がりを断ちたいと家族は告げた。そして、離婚が成立し、イーラ刑務所の房に入ることになった。あのキスが彼の欲しかったただ一つのもので、あのキスの約束が、彼の唯一の心残りだった。

刑期を終えたとき、外で待ってくれている者はいなかった。家族には縁を切られていたし、友人は離れてしまっていた。船の仕事には二度とつけなかった。というわけで、自分を受け入れてくれる、唯一の者たちを探し出した。犯罪者である。そして、きた道を引き返すことになった。非合法物資の運び屋だ。雇い主はネストルというウクライナ人だった。タイ北部のヘロインは、昔の薬物ルートを使い、トルコとバルカン諸国を経由してトラックで密輸された。荷物はドイツでスカンジナヴィア諸国へ振り分けられ、その最終区間を車で輸送するのがヨハンネスの仕事だった。後に、彼は警察の情報屋になった。

そうなったときも、やはり十分な理由があったわけではない。ただ、一人の警官がヨハンネスの内側の、自分でもあると知らなかった何かに訴えかけたのだ。その気持ち――疚《やま》しくない心――を持つことに美人のキスより価値があるとも思えなかったにもかかわらず、その警官を本当に信じてしまった。警官の目には何かがあった。そのまままいっていれば、もしかしたらヨハンネスは更生し、まっとうな道を進んでいたかもしれない。しかし、ある秋の夕刻、その警察官が殺された。そのときヨハンネスは初めて、後にも先にも一度だけ、その名前を聞いた。恐怖と畏怖の入り混じった声でささやかれるのを聞いた。〝双子の片割れ《ザ・トゥイン》〟と。

そのときから、ヨハンネスがふたたび元の仕事に引き戻されるのは時間の問題に過ぎなくなった。引き受ける危険が増していき、運ぶ荷物の大きさが増していった。いっそ捕まってしまいたかった。しでかしたことの償いをしたかった。だから、スウェーデン国境の税関で止められたときはほっとした。トラックの荷台の家具にはヘロインがぎっしり詰め込まれていた。裁判官は陪審員に、密輸量の膨大さだけでなく、ヨハンネスが初犯でないことを強調した。それが十年前のことで、ヨハンネスは四年前、国家重犯罪者刑務所が開所したときからの服役囚だった。以来、やってくる囚人、出ていく囚人、やってくる職員、出ていく職員を見てきたが、常にその人物にふさわしいだけの敬意を持って接していた。その見返りに、自分もそれにふさわしいだけの敬意を持って接せられていた。少なくとも、古株に対して表わされる敬意を楽しんでいた。もはや脅威ではない男だった。だがそれは、だれも彼の秘密を知らないからだ。後ろめたく思っている裏切り、この罰を自らに科した理由を。彼は最後まで大事だと考えていたものを手に入れるのをすっかり諦めていた。忘れられた女性が約束してくれたキスを、死んだ警察官が約束してくれた疚しくない心を。A棟に移されて、人を癒すことができると言われている、あの若者に出会うまでは。彼の苗字を聞いたとき、ヨハンネスはびっくりしたが、何も言わなかった。俯いた顔に笑みを浮かべて床にモップをかけながら、こういう場所での人生を耐えられるものにするべく、ささやかなことをしたり、してもらったりしていた。そういう一日が一週間になり、ひと月になり、一年になることが繰り返され、飛ぶように月日が流れていくうちに、間もなく人生が終わることになった。癌だった。肺癌である。病巣は小さいけれども、と医者は言った。進行の早い最悪の種類で、急いで処置しないと手後れになる。

急いで処置は行なわれなかった。

だれにも手の施しようがなかったのだ。サニーでさえも。どこが悪いかと訊いたとき、若者は見当外れの推測をし、股間だろうとほのめかして、ヨハンネスをつつきながらウインクした。そして、ヨハンネスの肩は本当のことを言えば勝手によくなったのであり、明らかに平熱が三十七度より高くないどころか、実ははるかに冷たいサニーの手のおかげではなかった。それでも、彼はいいやつだった。本当にいいやつだったから、もし彼が本気で自分は癒しの手を持っていると思っているのなら、それが事実でないことを暴いてがっかりさせたくなかった。

だから、ヨハンネスは黙っていた。自分の病気のことも、自分の裏切りのことも。しかし、時間がなくなりつつあった。この秘密を墓まで持っていくわけにはいかなかった。そこで安らかに眠りたいのであれば、虫に食われ、捕らわれて、永遠の責め苦を負うべく呪われたゾンビのように目を覚ます恐怖に苛まれたくないのであれば、それはできない。ヨハンネスはどんな人間がどういう理由で永遠の責め苦を負わされるかについて、宗教の教えるところを信じてはいなかったが、これまでの人生であまりに多くのことについて間違ってきた。

「多すぎるぐらいだ……」ヨハンネスは独りつぶやいた。

そのあと、モップを脇に置くと、サニー・ハルデンの房へ行ってドアをノックした。返事がなかった。もう一度、ノックした。

そして、待った。

ヨハンネスはドアを開けた。

サニーは前腕の肘のすぐ下をゴムチューブで縛り、その一方の端を歯でくわえて、浮き上がった血管の真上で、最適挿入角度と言われる三十度に注射器を構えていた。

サニーが静かに顔を上げて微笑した。「何？」

「すまない、ちょっと……いや、あとでいい」

「ほんとに？」

「本当だ……急ぎじゃないんだ」ヨハンネスは笑った。「一時間後でいいよ」

「四時間後じゃだめかな」

「わかった、四時間後にしよう」

老人は注射針が血管に沈んでいくのを見ていた。若者がピストンを押した。沈黙と闇が、黒い水のごとく部屋に満ちるように思われた。ヨハンネスは静かに房を出て、ドアを閉めた。

6

シモン・ケーファスは携帯電話を耳に当てて両足を机に上げ、椅子を後ろに傾けていた。その姿勢は三人組《トロイカ》が互いに競い合った遊びで、椅子を深く傾けて、一番長くその態勢を保っていられた者が勝者だった。

「それで、そのアメリカ人の医者は自分の所見を教えたがらなかったのか？」彼は小声で言った。プライベートな問題に殺人課の仲間を巻き込む理由がないからでもあり、妻と電話で話すときにはいつもそういうふうにしているからでもあった。小声で、親密に、あたかもベッドで抱き合っているかのように。

「もちろん、教えてくれるわよ」エルセが答えた。「でも、いまはまだなの。その前に、検査結果と画像データを見たいんですって。明日にはもっと詳しいことがわかるわ」

「そうか。で、気分はどうだ？」

「いいわ」

「どのぐらい？」

エルセが笑った。「そんなに心配しなくても大丈夫よ、ダーリン。じゃ、夕食のときにね」

「了解。で、エディットは……」

「ええ、一緒にいるわ。帰りも送ってくれるって。そろそろおしゃべりをやめて電話を切ったらどう？　仕事中なんでしょ！」

シモンは渋々電話を切った。そして、自分の視力を彼女にやる夢を見たことを考えた。

「ケーファス警部ですか？」

シモンは顔を上げ、さらに上げた。机の前に立っている女性は背が高かった。とても高くて、痩せていた。蜘蛛のそれのように細い脚が、洒落たスカートから突き出していた。

「カーリ・アーデルです。あなたを補佐するよう言われています。犯行現場で探したんですが、あなたが消えてしまって」

それに、彼女は若かった。とても若かった。警察官よりも野心満々の銀行員のように見えた。シモンは椅子をさらに後ろに傾けた。「どこの犯行現場だ？」

「クーバです」

「あれが犯行現場だと、どうしてわかるんだ？」

彼女が体重を移し替えた。取り繕い方を探しているようだったが、そんなものはなかった。

「犯行現場の可能性があるということです」ややあって、彼女が答えた。

「おれが補佐を必要としているとだれが言ってるんだ？」

彼女が親指で背後を示し、命令の出所を教えた。「でも、本当に補佐が必要なのはわたしだと思うんです。ここへ配属されたばかりですから」

「研修を終えたばかりの新人か？」

「薬物対策課に一年半いました」

「だったら、新人だ。それなのに、もう殺人課へ異動か？　おめでとう、アーデル。おまえさんは本当に運がいいか、よほどのコネを持ってるか……」彼は身体が水平になるぐらい椅子の上でそっくり返り、噛み煙草の入ったブリキの箱をジーンズのポケットから何とか引っ張り出した。

「女だからか、ですか？」カーリがほのめかした。

「賢いか、と言おうとしていたんだ」

　カーリが赤くなり、目に不快を宿すのがわかった。

「おまえさんは賢いのか？」シモンは訊き、噛み煙草を上唇と歯茎のあいだに押し込んだ。

「同期で二番でしたけど」

「で、殺人課にはいつまでいる予定なんだ？」

「どういう意味でしょう？」

「薬物に魅力を感じないのに、殺人に魅力を感じるってことがあるか？」

　彼女がふたたび体重を移し替えた。予想どおりだな、とシモンは思った。あちこちの部署を腰掛けで通過して、徐々に高い階へ上がっていき、階級も高くなっていく連中の一人というわけだ。確かに賢い。もしかしたら、しまいには警察も辞めるんじゃないか。重大不正捜査局の抜け目のない連中がいままでもそうしてきたように、だ。技術をすべて会得したら、おれを窮地に捨て置くつもりだろう。警察なんて、頭がよくて、才能があって、野心があって、まっとうな人生を送りたいやつがいつまでもいるところじゃない。

「おれが現場からいなくなったのは、探しているものがそこになかったからだ。で、教えてくれ、おまえさんならどこから始める？」

「近親者の話を聞くところから始めたいですね」カーリ・アーデルが目で椅子を探しながら言った。「被害者が川で死ぬ前の動きを地図化したいんです」

彼女が西オスロの東側の出であることが、その訛りからうかがえた。そのあたりの出身者は、訛りがあると馬鹿にされるのではないかと恐れているふしがある。

「上出来だ、アーデル。それで、被害者の近親者だが――」

「――妻です。もっとも、もうすぐ元妻になるところでしたけど。被害者は最近彼女に追い出されています。〈イーラ・センター〉に彼が滞在していたことを妻に伝えました。薬物依存症患者のための施設です。あの……坐ってもいいでしょうか……？」

賢いな。間違いなく賢い。

「もうその必要はないよ」と言って、シモンは立ち上がった。少なくとも十五センチは彼より背が高そうだった。しかし、身長差はあれど、シモンが一歩ですむところを、彼女は二歩必要とした。タイトスカートのせいだった。それはかまわないが、服装はすぐに変わるだろうと思われた。犯罪はジーンズで解決するもんだ。

「いいですか、あなたたちはここに立ち入ることを認められていないんです」

マルタは二人連れを見て、〈イーラ・センター〉の正面入口に立ちふさがった。女性のほうは以前に見た記憶があった。これだけ背が高くて、これだけ痩せていれば、忘れるのは難しい。薬物対策課だったかしら？　ブロンドの髪には生気がなく、化粧もほとんどしておらず、顔にはかすかだが辛そうな色がある。そのせいで彼女は、裕福な家の抑圧された娘を思わせる。

男性のほうは彼女と丸っきり正反対だった。身長はざっと百七十センチ、六十代のどこか、顔に皺がある。それに、笑い皺も。髪は白髪交じりで薄くなりはじめ、〝親切〟で、〝ユーモア〟があって、〝頑固〟だと、その目が物語っていた。人の性質を読むというのは、その人物がどういう性向を持っていて、どういうトラブルを起こしそうかを予想するために、新たな住人をここに受け入れるときに必須の面接で、彼女が無意識のうちにしていることだった。的中率十割とは言えなかったが、外れることは滅多になかった。

「なかに入れてもらう必要はありません」ケーファス警部と名乗った男が言った。「ペール・ヴォッランさんのことで殺人課からきたんですが、彼はここに住んでいた――」

「住んでいた？」

「ええ、彼は死んだんですよ」

マルタは息を呑んだ。だれかが死んだと告げられたときの、いつもの最初の反応だった。自分がまだ生きていることを確認するためなのだろうか、と彼女は考えた。そのあとで訪れたのは、驚き、もっと正確に言えば、驚いていないという事実だった。しかし、ペール・ヴォッランは薬物常用者ではなかったし、そういう連中と一緒に死の待合室に坐っていたわけでもない。いや、実はそうだったのだろうか？　わたしはそれをどこかで見たことがあって、意識下でそうと知っていたのか？　だから、いつものように息を呑み、それから、いつもと同じく、特に驚きもしなかったのだろうか。そうに決まっている。いや、そうではない。今回は違う。

「アーケル川で発見されたんです」男は話しつづけていた。女のほうは明らかに新人のようだ。

「そうですか」

「驚いておられないようですね」

「ええ、そうかもしれません。もちろん、いつだってショックではあるけれど、でも……」

「……でも、われわれの仕事ではよくあることだ、ですよね？」男が隣りの窓を手振りで示した。「〈トラーネン〉が店仕舞いしたとは知りませんでしたよ」

「高級パティスリーになるんです」マルタは答え、寒さを防ごうとするように自分の身体を抱いた。「カフェラテ好きのお洒落な若い母親用の店ですよ」

「ついにここらにもそういう人種がやってくるようになるんですね。やれやれ」男がおぼつかない足取りで通り過ぎようとする薬物依存の老人の一人にうなずき、のろのろとうなずき返されながら言った。「ここには顔馴染みがたくさんいるんですよ。しかし、ヴォッランは刑務所付きの牧師でした。検死報告書はまだなんですが、腕に注射の痕は見つかってません」

「ペールは麻薬をやっているからここにいたわけではないんです。ここに住んでいる常習者とわたしたちがトラブルになったときに助けてくれていたんですよ。彼らはペールを信用していましたからね。それで、彼が家を出なくてはならなくなったときに、当面寝泊まりする場所を提供したんです」

「それはわかっているんです。私が訊いているのは、彼が麻薬をやっていないと知っているのに、彼が死んだと聞いて、あなたがなぜ驚かれなかったかなんです。彼の死は事故の可能性もあるんですよ」

「そうだったんですか？」

警部は痩せて背の高い女性を見た。彼女はためらっていたが、上司がうなずくのを見てようやく口を開いた。「暴行を受けてはいませんでしたが、川の周辺のあの一帯は悪名高い犯罪者の溜まり場ですからね」

マルタは彼女の話し方に気づき、ディナーの席で厳格な母親に矯正されたに違いないと結論した。店の売り子のような話し方では、きちんとした夫は見つけられないと娘を叱るような母親なのだろう。

警部が首をかしげた。「あなたはどう思います、マルタ？」

マルタは警部を気に入った。気を遣ってくれる人のようだった。

「ペールは自分が死ぬことを知っていたんだと思います」

「どうしてそう思うんです？」訝しげに片眉が上がった。

「彼から手紙を受け取ったからです」


マルタは二階の受付の向かいの会議室のテーブルを回っていった。そこはゴシック様式を何とか維持していて、建物のなかでは飛び抜けて美しい部屋だった。もっとも、比較対象はそう多いわけではなかったが。彼女は警部のためにコーヒーをカップに注いだ。彼は腰を下ろして、ペール・ヴォッランがマルタ宛に受付に置いていった手紙を読んでいた。相棒の女性のほうは警部の隣りに腰掛け、携帯電話でメールを打っていた。彼女はコーヒーも、お茶も、水も、すべて丁重に辞退した。ここの水道の水には好ましからざる微生物が混じっていると疑っているかのようだった。警部が相棒のほうへ手紙を押しやった。「所有物はすべて、このホステルに処分を任せると書いてある」


相棒がメールを送り終えて、咳払いをした。警部が彼女を見た。「何だ、アーデル？」

「今後、ここをホステルと呼ぶのはやめてください。居住センターと言われているんですから」


ケーファス警部は本当に驚いたようだった。「なぜだ？」

「ここにはソーシャル・ワーカーがいて、病室があるからです」マルタが説明した。「だから、単なる簡易宿泊所《ホステル》ではないんですよ。もちろん、本当の理由は〝ホステル〟という言葉が、いまやあまりよろしくない意味を暗に含んでいるからなんですけどね。たとえば、飲酒、喧噪《けんそう》、劣悪な生活環境といったようなね。だから、呼び方を変えることで、そういう悪い意味を覆い隠そうとしているんですよ」

「ですが、そうだとしても……」ケーファス警部が言った。「ヴォッランはすべての所有物の処分を本気でここに任せるつもりだったんでしょうか？」

マルタは肩をすくめた。「すべてと言っても、持ち物はそんなに多くなかったんじゃないでしょうか。署名の下の日付に気づきましたか？」

「この手紙は昨日書かれたことになりますね。自分が死ぬとわかっているから、彼はこの手紙を書いたんだと、あなたはそう思われますか？　彼は自殺したとお考えですか？」

マルタは考えてから答えた。「わかりません」

痩せて背の高い女性がまた咳払いをした。「わたしの知る限りでは、四十代以上の男性の場合、結婚生活の破綻が自殺の理由になるのは珍しくありません」

この寡黙な女性はそれ以上のことを知っているのではないか、とマルタはそんな気がした。完全に正確な数字を把握してるのではないか。

「彼は落ち込んでいるようでしたか？」ケーファス警部が訊いた。

「落ち込んでいるというような生やさしいものではなかったんじゃないかしら」

「自殺願望のある人物ならうつ状態から抜け出しつつあるときに自殺することも珍しくありません」警部の相棒の女性が言った。本でも読んでいるような口振りだった。マルタとケーファスは彼女をじっと見つめている。「うつの特徴としてしばしば表れるのが感情の鈍麻で、それが高じると自殺への第一歩となる場合があります」そのとき、彼女の携帯電話が鳴ってメールの受信を知らせた。

ケーファス警部がマルタを見た。「中年の男が妻に捨てられ、別れの手紙とも取れるものをあなた宛に残している。だとしたら、自殺でない理由は何でしょう?」

「自殺でないとは言っていません」

「でも?」

「彼は怯えているみたいでした」

「何に怯えていたんでしょう?」

マルタは肩をすくめた。わたしは不要なトラブルを自分で招き寄せているのではあるまいか。

「ペールはよくない過去を持った人らしくて、それを隠そうともしませんでした。自分が牧師になったのは、何をおいても赦しを必要としたからだと、わたしに言ったことがあるんです」

「みんなが赦すわけではないようなことを過去にやったと、そういうことですか?」

「誰一人赦さないであろうこと、です」

「なるほど。われわれがいま話しているのは、聖職者に多すぎるタイプの罪のことですか?」

マルタは答えなかった。

「それで妻に捨てられたわけですか？」

マルタはためらった。この警部はこれまでに出会った警官よりはるかに頭が切れる。でも、信用できるだろうか？

「わたしのような仕事をしていると、赦せないことを赦す術《すべ》が身につくものなんですよ、警部さん。もちろん、ペールが最終的に自分を赦せず、だからこの世から出ていくことを選んだ可能性はあるでしょう。でも、それと同時にあり得るのは――」

「だれか――そうですね、性的虐待を受けた子供の父親とでも言っておきましょうか――が、被害者にも汚名を着せることになるであろう告発を避けたかった、というところですか。それに、そのだれかはペール・ヴォッランが有罪になる、もしくは彼の受ける刑罰が十分なものになるという確信を持てなかったのかもしれない。だから、自分が裁判官と陪審員と刑の執行官を兼ねることにした」

マルタはうなずいた。「自分の子供がそんな目にあわされたら、そうしたいと思うのが人情じゃないでしょうか。あなたたちは法が適切に働かなかった事件に遭遇したことはないんですか？」

ケーファス警部が首を横に振った。「警察官がそういう類いの誘惑に屈したら、法は意味をなさなくなります。それに、私は法の支配を実際に信じているんですよ。裁きは公正でなくてはならないんです。あなたは特定のだれかを疑っているんですか？」

「いいえ」

「ドラッグのせいで借金があったというようなことはないでしょうか」カーリ・アーデルが訊いた。

マルタは首を振った。「彼が薬物をやっていれば、わたしにもわかったはずです」

「なぜこの質問をしているかというと、ついさっき薬物対策課の同僚にメールをしたんですが、その返事がきたからなんです。それによると……」カーリがタイトな上衣のポケットから携帯電話を取り出した。そのとき、ビー玉が一緒に出てきて床に落ち、東へ向かって転がっていった。「彼がネストルのディーラーの一人と話しているところがときどき目撃されている」彼女はビー玉を探そうと立ち上がりながら、メールを読み上げた。「一包み受け取ったところは目撃されているが、金は払っていない」カーリは携帯電話をポケットにしまい、壁にぶつかる前にビー玉を拾った。

「それで何がわかったんだ？」警部が訊いた。

「この建物がアレクサンデル・ヒェッラン広場のほうへ傾いていることです。たぶん、そっち側のほうが青粘土が多くて、花崗岩が少ないからでしょうね」

マルタはにやりとした。

警部の相棒の口元がちらりと緩んだ。「それから、ヴォッランには借金がありました。ヘロイン一包の価格は三百クローネです。しかも、そこには〇・二グラムしか入っていません。一日に二包として——」

「ちょっと待て」警部がさえぎった。「ヘロイン依存の連中ってのはつけでは売ってもらえないのが普通なんだ、そうだろ？」

「ええ、それが普通です。彼はだれかに便宜を図ってやっていて、そのお礼をヘロインでもらっていたのかもしれません」

マルタは大きく両腕を広げた。「言ってるでしょう、彼はヘロインなんかやっていませんって！　いいですか、わたしの仕事の半分は、ここへくる人々が依存者かどうかを見極めることなんです」

「もちろん、おっしゃるとおりです、ミス・リーアン」警部が顎を撫でながら言った。「もしかすると、ヘロインは自分のためのものではなかったのかもしれません」そして、立ち上がった。「いずれにせよ、検死報告書を待たなくてはなりません」

「薬物対策課へメールするというのはいい考えだったな」シモンはウーエランス通りを市の中心部へと車を走らせながら言った。

「ありがとうございます」カーリが答えた。

「あのマルタ・リーアンだが、なかなか感じのいい女性じゃないか。これまでに会ったことはあるか？」

「いいえ。でも、会っていても、ベッドから蹴り出したりしたことはなかったと思いますよ」

「何だって？」

「すみません、つまらない冗談です。おっしゃったのは、わたしが薬物対策課にいたときに会ったことがあるかという意味なんですよね。その答えなら、イエスです。確かに、感じのいい女性ですよね。それなのに、どうして〈イーラ・センター〉で働いているのか、昔から不思議だったんです」

「不思議なのはかわいらしいからか？」

「平均的な知性と能力しか持っていない人たちにとっては、見目のよさが出世の階段を上る材料になることは、よく知られた事実です。でも、〈イーラ・センター〉で働くことは、わたしの知る限り、何の飛躍のきっかけにもなりません」

「価値ある仕事だと考えているのかもしれない」

「価値ある仕事ですか？　あの人たちの給料がどれほどのものか、ご存じですか？」

「やっていることに価値があるという意味だよ。警察だって、そんなに給料がいいわけじゃあるまい」

「確かにそうですね」

「ただ、法学の学位を持っていれば、警察はキャリアの出発点としてはいい場所だ」シモンは言った。「で、第二段階はいつまでつづける気だ？」

またもや彼女の首回りがかすかに赤くなったので、神経に障ったことがわかった。

「いいじゃないか」シモンは言った。「取り柄を生かすのは悪いことじゃない。おまえさんはすぐにおれの上司になるだろうな。それとも、民間企業に転職して、おれたちのような技能しかない者のざっと一・五倍ほどの給料を手にするのかな？」

「そうかもしれません」カーリが答えた。「でも、あなたの上司になることはないと思いますよ。だって、あなたは来年の三月で退職じゃありませんか」

シモンは笑うべきか、泣くべきか、よくわからなかった。グレンランスレイレで左折して、警察本部のほうへ向かった。

「給料が一・五倍になれば、住むところの修繕をするにしても、ずいぶん助かるだろうな。アパートか？　それとも、戸建てか？」

「戸建てです」カーリが答えた。「子供は二人欲しいと考えているので、もっと部屋数が必要なんです。オスロ中心部の一平米当たりの値段を考えると、大金でも相続しない限り、修繕の必要な家を買うしかないんですよ。わたしの両親もサムの両親も健在なんですけど、金銭的な援助を頼むのは堕落だと、わたしもサムも考えているんです」

「堕落？　本気でそう考えてるのか？」

「ええ」

見ると、パキスタン人の商店主たちが店内の暑さに耐えかね、通りへ出ておしゃべりをしたり、煙草を喫ったり、行き交う車を眺めたりしていた。

「おまえさんが家を探しているとどうしておれにわかったか、気にならないか？」

「ビー玉ですよね」カーリが答えた。「子供のいない大人がポケットにビー玉を入れているのは、中古の戸建てかアパートを探していて、いずれは修理が必要になるほど床が傾いていないかどうかチェックしようとしているからとしか考えられませんからね」

彼女は本当に頭が切れる。

「憶えておくといい」シモンは言った。「百二十年ものあいだ建っている家なら、少しは床も歪んでいるものだ」

「そうかもしれません」カーリはそう言うと、身を乗り出して、グレンラン教会の尖塔を見た。「わたしは水平な床のほうが、好ましいと思うんですけどね」

シモンは笑い出した。この子を好きになれるような気がした。彼も水平な床がよかった。

7

「おまえの親父さんを知っていたんだ」ヨハンネス・ハルデンは言った。

外は雨が降っていた。晴れて暑い日だったのだが、地平線に雲が湧き上がり、夏の小糠雨が街を覆っていた。ヨハンネスは刑務所に入る前を思い出した。雨の滴が陽を浴びた肌に触れたとたんに温まることを。舗道から立ち昇る埃の匂いを。花や草や葉の香りを嗅ぐと、血が騒ぎ目が眩み活力が湧いてくることを。そう、若返る気分だ。

「おれは親父さんの情報屋だった」ヨハンネスは言った。

サニーは壁際の暗がりに坐っていて、顔は見えなかった。時間はあまりなかった。夜の施錠時間が迫っていた。ヨハンネスは深呼吸した。ついにこのときがきた。言わなければならないのに、結果が怖くて口に出せなかったあの言葉。あまりに長いあいだ胸に収めていたせいで根が生えてしまったのではないかとすら思えるあの言葉を、ようやく解き放つときがきたのだ。

「親父さんは自殺じゃないんだ、サニー」

やったぞ、とうとう言うことができた。

静寂が返ってきた。

「眠ってはいないよな、サニー?」

暗がりで、身体が動くのが見えた。

「おまえとお袋さんはさぞ辛かっただろう。親父さんが死んでいるのを発見したこともちろんそうだし、親父さんが警察に潜り込んでいた犯罪組織のモグラ《スパイ》で、麻薬の売人や運び屋に便宜を図っていたとか、強制捜査や証拠物件、容疑者について犯罪組織に情報を流していたとか、そういうのが遺書に書かれてたことだってそうだ……」

瞬きする目の白い部分が見えた。

「だが、それは違うんだ。逆なんだよ、サニー。親父さんは警察にいた犯罪組織のモグラ《スパイ》を見つけようとしていたんだ。ネストルがボスに電話で話しているのを、おれはたまたま聞いてしまった。ロフトフースって警官を早く排除しないと、自分たちが破滅するってな。おれはそれを親父さんに教えて、警察はすぐにも動かないとだめだ、さもないと、あんたの命が危ないって忠告した。だが、それはできない、ネストルに取り込まれている警官だっているから、自分一人でやるしかない、他人は巻き込めないと親父さんはおれの忠告を聞こうとしなかった。そして、決して他言しないことをおれに約束させた。だから、おれはいままでその約束を守ってきた」

これでわかってくれただろうか? たぶん、わかっていないだろう。だが、重要なのはサニーが聞いているかどうかでも、どんな結果を招くかでもなく、おれが胸の内を吐き出せたことだ。やっと話せた。話すべき相手に話すことができた。

「あの週末、親父さんは一人で家にいた。おまえとお袋さんはレスリングの試合に行って、町にいなかった。親父さんはやつらがくるとわかっていたから、ベルグの黄色い自宅に立て籠もっていた」

　暗がりのなかで、気配が感じられた。サニーの息遣いと拍動に変化が起きているのだ。

「そうやって準備をして立て籠もっていたにもかかわらず、ネストルたちは押し入る術を持っていた。警官を殺したとなるとあとが面倒だから、遺書を書かせて自殺に見せかけることにした」ヨハンネスはごくりと唾を呑んだ。「そして、自分たちの言うとおりの遺書を書いたら、おまえとお袋さんの命は助けてやると約束した。そうやって遺書を書かせ、そのあとで、親父さんの拳銃を使って、至近距離から射殺した」

　ヨハンネスは目をつぶった。とても静かだったが、耳元でだれかが叫んでいるような気がした。もう何年も感じることのなかった、胸と喉を締めつけるあの感覚に襲われた。最後に泣いたのはいつだったか？　娘が生まれたときだろうか？　だが、ここでやめることはできない。始めたことは最後までやり通さなくてはならない。

「ネストルがどうやって押し入ったか、気になっているよな？」

　ヨハンネスは息を詰めた。若者も息を詰めているようだった。耳の奥をごうごうと血が流れていく音だけが聞こえていた。

「おれと親父さんが話しているのをだれかが見ていたんだ。そして、ネストルは最近自分たちのトラックが止められたことについて、警察は少し運がよすぎると疑っていた。おれは否定した——あれはおれがおまえの親父さんに垂れ込んだからじゃない、親父さんとはちょっとした知り合いという関係に過ぎないし、あのときは何か情報はないか訊かれただけだとな。すると、ネストルがこう言ったんだ。『おまえが情報屋になってくれるかもしれないとロフトフースって警官が信じているんなら、おまえが行けば玄関を開けてくれるはずだろう。そうすりゃ、おまえの忠誠心がどっちにあるか、はっきりするんだがな……』」

若者がふたたび息をしはじめているのがわかった。早くて荒い息遣いになっている。

「親父さんは玄関を開けてくれたよ。なぜなら、人は自分の情報屋を信用するものだからだ、そうだろ？」

動きは感じられたが、何も見えず、何も聞こえないまま、いきなり殴り倒された。床にひっくり返り、血に含まれている鉄の味と、喉を下っていく歯の感触を味わいながら、終わる気配のない若者の叫び、房の開く音、看守の怒鳴り声、若者が拘束されて手錠を掛けられる音を聞きながら、ヨハンネスはこの薬物依存者に、こんなにも素速く反応し、正確で力強い一撃を繰り出す能力があることに驚き、それについて考えた。そして、赦しについて考えた。得られなかった赦しについて。さらに、時間について、刻々と過ぎていく時間について、近づきつつある夜について。

8

アーリル・フランクがポルシェ・カイエンで一番気に入っているのは、音——というより、音の静かなところだった。四・八リッターV8エンジンの低音を聞いていると、幼いころにハーマル近郊の故郷、スタンゲで聞いた母のミシンの音を思い出す。あれも静かな音だった。静けさと平穏と集中の音だ。

助手席のドアが開き、エイナル・ハルネスが乗ってきた。オスロの若い弁護士たちがどこでスーツを買うのか知らないが、フランクの行きつけの店でないことだけは確かだった。薄い色のスーツのどこがいいのかもわからない。スーツといえばダークスーツだ。それも五千クローネ以下のもの。自分のスーツとハルネスのスーツの差額は、養うべき家族がいてこれからノルウェーの将来を担っていく次世代のための貯蓄口座に入れるべきだろう。あるいは早期退職して快適な老後を送るための資金にするほうがいい。さもなければ、ポルシェ・カイエンを買うか。

「彼は隔離房に入ったそうですね」壁に落書きのあるハルネス&ファルバッケン法律事務所の玄関前の路肩からフランクがポルシェ・カイエンを出すと、ハルネスが言った。

「ほかの囚人を殴ったんだ」フランクは答えた。

ハルネスが手入れの行き届いた眉を上げた。「ガンジーが暴力を？」

「薬物依存者は何をやらかすか、まったく予想がつかないからな。まあ、もう四日も薬物を断たせているから、いまごろはすっかり協力的になっているだろうがね」

「なるほど。血は争えないということですか――聞いた話ですがね」

「何を聞いたんだ？」フランクはのろのろと前を行くトヨタ・カローラをクラクションで脅した。

「だれでも知っていることですよ。ほかに何かあるんですか？」

「いや」

アーリル・フランクはメルセデスのコンバーティブルの前に出た。隔離房を訪ねたのは昨日、嘔吐物は職員が片づけたあとで、若者はウールの毛布をかぶり、部屋の隅で身体を丸めていた。

アープ・ロフトフースに会ったことはなかったが、その息子が父親と同じ道を進んだことは、フランクも知っていた。父親のあとを追ってレスリングを始め、十五のときには、国内でも有数のレスラーになるだろうとアフテンポステン紙が予想したほどだった。それがいまや、悪臭漂う隔離房で身体を縮め、木の葉みたいに震えながら、幼女のようにすすり泣いている。禁断症状はだれにでも平等だ。

警備員詰所の前で一旦停止し、エイナル・ハルネスが身分証を見せて鉄の遮断棒が上がるのを待ってから、フランクは定位置にカイエンを駐めた。そして、正面玄関を入って、ハルネスに面会者名簿に記入させた。いつもはそんなことをせずに、二人とも職員更衣室脇の裏口から入っていた。ハルネスのような評判を持った弁護士がいったい何の用で国家重犯罪者刑務所に頻繁に出入りしているのか、勘繰られたくなかったからだ。

新たな犯罪事件への関与が疑われる服役囚は警察本部で取り調べを受けるのが通例だが、サニー・ロフトフースは現在隔離房に収容されているという理由で、フランクが刑務所内での取り調べを提案したのだった。

取調室は空いている房を掃除して転用したものだった。男女一人ずつの私服警察官がテーブルの片側に坐っていた。初対面ではないが、フランクは名前を思い出せなかった。二人の向かいに坐っている若者の顔の色は、壁の乳白色に溶け込んでしまいそうなほど白かった。首を垂れ、部屋がぐるぐる回ってでもいるかのように、テーブルの縁を両手で握り締めていた。

「さて、サニー」ハルネスが明るく声をかけ、若者の肩に手を置いた。「始めてもいいかな？」

女性警察官が咳払いをした。「始めてもいいかな、ではなくて、終わったのか、と訊くべきでしょうね」

ハルネスが薄い笑みを浮かべ、眉を上げて女性警官を見た。「どういう意味かな？　まさか弁護士不在で取り調べをしたとか？」

「弁護士を待つ必要はないと本人が言ったんですよ」男性警官が答えた。

フランクは若者を見つめた。嫌な予感がした。

「では、もう自白したのかな？」ハルネスがため息をつき、ブリーフケースから三枚綴りの書類を取り出した。「文字にして記録に残すのであれば――」

「いや、自白したのではなくて」男性警官が言った。「否認したんです。あの殺人とは一切無関係だと言っているんですよ」

部屋が完全に静まり返り、外の鳥のさえずりが聞こえた。

「彼が何を言ったって？」ハルネスの眉が、いまや髪の生え際まで吊り上がった。自分の怒りを煽っているのが、弁護士が眉を整えていることなのか、それとも、災厄が口を開けつつあることをわからないこの男の鈍さなのか、フランクにはわからなかった。

「それ以外には何も言ってないのか？」フランクは訊いた。

女性警官が副所長を見、それから、弁護士を見た。

「心配には及ばない」ハルネスが言った。「私が依頼して副所長に同席してもらったんだ。ロフトフースを一日外へ出したことについて、あなたたちへの情報提供がさらに必要な場合に備えてね」

「おれが許可したんだ」フランクは言った。「こんな悲劇的な結果になるような兆候はまるでなかったんだよ」

「そういう結果になったのかはまだわかりません」女性警官が言った。「自白があったわけではないんですから」

「しかし、証拠は――」フランクは言いかけ、思いとどまった。

「証拠について、何か知ってるんですか？」男性警察官が訊いた。

「証拠はあると思ったんだが」フランクは言い繕った。「何しろ、ロフトフースは容疑者だからな。そうじゃないのかな、ええと……」

「ヘンリク・ヴェースター警部補です」男性警官が答えた。「私が最初にロフトフースを取り調べたんですが、いま、ここへきて供述が変わったんです。殺人があった時間のアリバイがあるし、証人もいるとまで言っているんです」

「そりゃ、証人はいるだろう」ハルネスが沈黙している依頼人を見下ろした。「外出に同行した看守だ。そして、その看守はこう言っている――ロフトフースは姿を消して――」

「別の証人です」ヴェースターがさえぎった。

「別の証人だ？　いたら会わせてもらいたいもんだな」フランクは鼻で嗤《わら》った。

「レイフという男に会ったと、ロフトフースは言っています」

「苗字は？」

全員が長髪の囚人を見つめた。彼ははるか遠くにいて、ここにいる人間がまったく目に入っていないかのようだった。

「知らないと言ってます」ヴェースターが答えた。「旧幹線道路の退避車線でちょっと話をしただけだそうです。〝I♥ドラムメン〟というステッカーが貼ってある青いボルボに乗っている男で、ロフトフースはその男が病気か、心臓に障害があるんじゃないかと思ったとのことです」

フランクは爆笑した。

「では」エイナル・ハルネスが書類をブリーフケースにしまいながら、無理矢理平静を装って言った。「今日はここまでにしよう。そうすれば、私もこれからの方針を依頼人と相談できるから」

フランクには腹が立つとにやりと笑う癖があった。頭のなかが沸騰している薬缶《やかん》さながらに怒りで煮えくり返っているいま、ふたたび爆笑してしまわないよう、自分を抑えなくてはならなかった。彼はハルネスが言うところの〝依頼人〟を睨みつけた。サニー・ロフトフースは頭がおかしくなったに決まっている。ハルデン老人を襲ったかと思えば、今度はこれだ。ヘロインでとうとう脳が腐ってしまったに違いない。だが、供述を翻したからと言って、はいそうですかと引き下がるわけにはいかない。ことが大きすぎる。フランクは深呼吸をした。スイッチが切れる音が聞こえたような気がして、頭のなかで煮えくり返っていた怒りが自然と収まった。時間を与えて、冷静を保てるようにしてやればいいだけのことだ。薬物離脱のための時間をもう少しくれてやればすむ話だ。

シモンはサンネル橋に立って、八メートル下を流れる川を見下ろしていた。午後六時、殺人課の残業規則についてカーリ・アーデルに訊かれたところだった。

「知らんな」シモンは言った。「人事部に訊いてくれ」

「下に何か見えるんですか？」

シモンは首を横に振った。梢の下、川の東側には、並木の遊歩道が川沿いにオスロ・フィヨルドに面した新しいオペラハウスのほうへ延びていた。男が一人、ベンチに坐って鳩に餌をやっている。退職者だ、とシモンは思った。退職するとああいうことをするようになる。西側にはモダンなアパート群があり、川と橋の両方が見える窓とバルコニーが並んでいる。

「それなら、ここで何をしているんです？」カーリが焦れた様子で舗道を蹴った。

「おまえさん、何か予定があるのか？」そう訊きながら、シモンは周囲を見回した。車が一台、ゆっくりと通り過ぎていった。二百クローネ札を崩せるかと物乞いが笑顔で訊いてきた。乳母車の下段に使い捨てのバーベキュー・コンロを載せた、デザイナー・サングラスのカップルが笑い合いながら歩いていった。シモンは夏休みの時期のオスロが好きだった。町から人がいなくなると、自分の知っていたオスロが戻ってきたような気がするのだ。子供のころのオスロはちょっと大きくなりすぎた村といったところで、大したことは何も起こらず、何かが起こるのには必ず意味があった。あのころのオスロは自分にも理解できた。

「友だちがわたしとサムをディナーに招待してくれているんです」

友だちか、とシモンは思った。おれにも友だちがいたときがあった。彼らはどうしているだろう？　向こうも同じことを思っているのかもしれない。おれはどうしているだろうか、と。その問いにきちんと答えられる自信は、おれにはない。

川の深さはせいぜい一メートル半、水面から岩が顔を出しているところもあった。検死報告書には、死体にはある程度の高さから落下して生じたであろう傷が見られ、直接の死因である頸骨《けいこつ》の折損もその落下が原因と思われるとあった。

「なぜここにいるかというと、アーケル川の岸を上ったり下ったりしてみて、ここが、落下した場合にあれだけの傷の原因になりうる高さの橋と浅瀬のある、唯一の場所だと思ったからだ。しかも、あのホステルから一番近い橋だ」

「居住センターです」カーリが言い直した。

「おまえさん、ここで死のうとするか？」

「いいえ」

「自殺しようとするときに、ってことだ」

カーリが足踏みをやめて、欄干から下を覗いた。「わたしならもっと高い場所を選ぶでしょうね。死に損なう可能性も、死ぬまで車椅子暮らしになる可能性も高すぎます……」

「だとしたら、だれかを殺そうとするときも、この橋から突き落としはしないよな」

「ええ、そうかもしれません」カーリが欠伸《あくび》をした。

「であれば、おれたちが探すのは、ペール・ヴォッランの首を先に折ってから、ここから川へ突き落とした人物だ」

「思うにそれはあなたが仮説と呼ぶところのものですよね」

「いや、おまえさんとおれが仮説と呼ぶところのものだ。ところで、そのディナーとやらだが……」

「はい？」

「ほかの連中に電話をして、欠席すると伝えろ」

「は？」

「これから、事件を目撃した可能性のある家を一軒一軒回る。まずは川を望むバルコニーのある家で聞き込みをして、そのあと、ヴォッランの首をへし折る可能性のある人物を資料で虱《しらみ》潰しにする」シモンは目をつぶって、深呼吸した。「夏のオスロは最高じゃないか？」

9

エイナル・ハルネスは世界を救おうという野心など持ち合わせていなかった。救いたいのはほんの一部、より正確に言えば、自分の分だけだった。というわけで、法律を学んだ。それもほんの一部分、より正確に言えば、試験に受かる分だけだった。そして、オスロの法曹界の底辺でしか仕事をしないと決めている法律事務所に職を得、資格を取ったらすぐにそこを辞めて、老境にさしかかりつつあるアルコール依存症一歩手前のエーリク・ファルバッケンと自前の事務所を開き、二人で底辺の屑仕事を漁りはじめた。絶対に勝ち目のない案件を引き受け、案の定、ほとんどそのすべてで負けた。しかし、そうしているうちに、社会の最下層の守護者という評判が勝手に立ってくれた。彼らの依頼人の性質上、〈ハルネス&ファルバッケン法律事務所〉が料金を取りはぐれることは――請求書など滅多に出さなかったにもかかわらず――ほとんどなく、たいていの場合、福祉給付金の受取日に支払われた。エイナル・ハルネスはほどなく気づいたのだが、彼は正義を提供しているのではなく、債権取立て人や社会福祉事業者、占い師などに、少しばかり余計に金のかかる選択肢を提供しているに過ぎなかった。だれかを脅してくれと頼まれれば料金を取って訴訟をちらつかせて脅し、町で一番使いものにならない役立たずを最低賃金で雇用し、依頼人になる可能性があると見れば例外なく法廷での勝利を約束した。彼には一人の顧客がいて、その顧客こそが、ハルネスがいまもこの仕事をつづけている本当の理由だった。この顧客は事務所のファイリング・システムに記録がなかった。もっとも、たいていいつも病気で休んでいる秘書が管理しているとは名ばかりの、ファイル・キャビネットのなかのまったくの混沌を〝システム〟と呼ぶことができれば、だが。この顧客は必ず料金を、それも現金で払ってくれたし、請求書を要求することも滅多になかった。ハルネスがこれからの何時間かを費やそうとしている仕事についても、請求書を出す必要はなさそうだった。

　サニー・ロフトフースはベッドの上で胡座をかき、目に白い絶望を燃やしていた。あの不評だった尋問から六日、若者は苦しみながらも、周囲の予想以上に持ち堪えていた。ハルネスが接触しているほかの囚人たちも、異口同音に意外な報告をした。サニーは麻薬を手に入れようとしていなかったし、それどころか、中枢神経刺激剤《スピード》や大麻《カンナビス》をやると言われても断わっていた。ジムで二時間、一度も休まずランニングマシンで走り、さらに二時間、バーベルを持ち上げつづけるところまで目撃されていた。以前は夜になるとサニーの房から絶叫が聞こえたものだが、いまはそれも止んでいた。十二年ものあいだ、ヘロインを常習していた男が、だ。ハルネスが聞いた限りでは、ヘロイン常習から抜け出すことができたのは、ヘロインと同じぐらい依存性が強く、同じぐらい強い刺激があり、強い動機となる何かと出会った者たちだけで、その数も少なかった。その動機や刺激とは、神を見つけたとか、恋に落ちたとか、子供ができたとか、つまりはそういうことだった。要するに、人生に新しくていままでにない目的を与えてくれるものをついに見つけた者たちだ。あるいは、溺れかかった男が二度と浮かび上がれなくなる前に何とか水面へ顔を出そうともがくようなものなのかもしれないが。エイナル・ハルネスに確かにわかっているのは、自分の金づるが答えを欲しがっているということだけだった。いや、答えではない。結果だ。

「DNAという証拠があるから、おまえさんが自白しようがしまいが有罪は決まりだろう。だとしたら、理由もないのになぜ苦しみを長びかせるんだ？」

返事はなかった。

ハルネスは撫でつけた髪を、根元が痛くなるぐらい乱暴に掻き上げた。「一時間もあれば〝スーパーボーイ〟の一包みぐらい持ってきてやれるんだぞ、だとしたら、いったい何が問題なんだ？　ここにサインするだけでいいんだ」そして、膝に置いたブリーフケースの上の、A4サイズの紙三枚を指で叩いた。

若者が乾いてひび割れた唇を舌で舐めて湿した。その舌のあまりの白さに、塩をふいているんじゃあるまいな、とハルネスは思った。

「ありがとう、考えておく」

ありがとう？　考えておく？　禁断症状に苦しんでいる哀れな依存者が、薬物の提供を申し出られて言うことじゃないだろう！　それとも、こいつには常識が通用しないのか？

「聞いてくれ、サニー――」

「面会にきてくれてありがとう」

ハルネスは首を振って立ち上がった。そういつまでもこうやって持ち堪えられるわけはないんだ。きっと、一日待てばすむことだ。そうすれば、奇跡的な忍耐も尽きているだろう。ハルネスは看守にともなわれて鍵のかかった扉をいくつも通り抜け、受付へ戻った。そこで呼んでもらったタクシーを待ちながら、顧客は何と言うだろうかと、いや、自分が世界を救えなかったら、顧客はどうするだろうかと、ハルネスは考えた。

世界のうちの自分に必要な分、ということだが。

ゲイル・ゴルスルーは椅子から身を乗り出してモニターを凝視した。

「あいつ、いったい何をしてるんだ？」

「だれかの注意を引こうとしてるみたいだな」コントロールルームのもう一人の看守が答えた。

ゴルスルーは若者を見た。長い鬚が裸の胸に届いていた。椅子の上に立って監視カメラの一つに向かい、そのレンズを人差し指の関節で叩きながら、意味不明の言葉を口にしていた。

「フィンスター、一緒にきてくれ」ゴルスルーは言い、立ち上がった。

二人は通路で床を拭いているヨハンネスの前を通り過ぎた。その光景が、映画で見た何かを、ゴルスルーにぼんやりと思い出させた。階段を一階へ下り、なかへ入って共同炊事場を通り過ぎ、通路を歩いていった。サニーはさっきまで上に立っていた椅子に腰を下ろしていた。

その上半身と両腕は最近身体を鍛えていることを物語り、皮膚の下で筋肉と血管がくっきりと浮き上がっていた。薬物を静脈注射で取り込む筋金入りの依存者のなかには、注射をする前にジムでダンベルトレーニングをする者がいると、ゴルスルーは聞いたことがあった。所内ではアンフェタミンをはじめとしてあらゆる錠剤が出まわっていたが、ここはノルウェーでは珍しい刑務所の一つ――恐らく、実際には唯一――で、ヘロインの持ち込みを実質ある程度まで抑えることに成功していた。それでも、サニーが手に入れるのに苦労していた様子はなかった、これまでは。ゴルスルーは若者の震え方を見て、もう何日もヘロインを取り込んでいないことを悟った。絶望的になるのも無理はなかった。

「助けてくれ」二人がやってきたのを見て、サニーが懇願した。

「いいとも」ゴルスルーは答え、フィンスターにウインクした。「一包み、二千だ」

冗談のつもりだったが、フィンスターには通じていないらしく、曖昧な顔が返ってきただけだった。

若者が首を振った。首回りにも筋肉がついていた。若者がかつては将来を嘱望されたレスリング選手だったという噂を、ゴルスルーは聞いたことがあった。どこの筋肉であれ、十二歳までについたものは大人になってからでも数週間で取り戻せるという噂も本当かもしれなかった。

「おれの房に鍵をかけてくれ」

「十時まではそれはできないんだ、ロフトフース」

「頼む」

なぜだ、とゴルスルーは訝った。自分の房に鍵をかけて監禁してくれと囚人が頼むことはないではないが、そういう場合、彼らはだれかを恐れている。常にではないが、その恐れにはもっともな理由があることもあった。恐怖は犯罪者の人生につきものだ。逆もまたしかり。しかし、サニーはこの刑務所で恐らくたった一人の、囚人のなかに敵がいない囚人だった。それどころか、まるで聖者のように扱われていた。これまで恐怖を外に表わしたこともないし、大半の依存者に較べて肉体的にも精神的にも強く、依存症にうまく対応しているのも明らかだった。それなのに、なぜ……？

若者が前腕の注射痕にできたかさぶたをつまんだ。ゴルスルーはすべての注射痕にかさぶたができていることに気がついた。新しい注射痕は一つもなかった。こいつはやめたんだ。だから、鍵をかけてくれと頼んでいるんだ。離脱の最中に薬物を差し出されたら、何であれ受け取ってしまうとよくわかっているからだ。

「やめろって」ゴルスルーは若者に言った。

「足を上げてもらえるかね、シモン？」

シモンは顔を上げた。年配の清掃係はとても小柄で腰が曲がっていたから、清掃カートの上部に手を届かせるのに苦労していた。彼女は前世紀にシモンがここに勤務しはじめる前から、この警察本部で仕事をしていた。彼女は揺るぎない意見の持ち主で、自分のことを——そして、性別の如何《いかん》にかかわらず、同僚のことも——清掃レディと呼ぶのを常としていた。

「やあ、シセル、もうそんな時間か？」シモンは腕時計を見た。四時過ぎ、ノルウェーの公式終業時間をわずかに過ぎていた。実際、労働法では、国王と国のために時間どおりに業務を終えなくてはならないと、事実上規定されていた。シモンも昔は定時の退勤規定など知ったことではなかったが、それはそのときの話だ。いまはエルセが待ってくれているのだ。彼女が何時間も前からディナーの支度にかかっていて、彼が帰宅すると、あり合わせのもので急いで作った料理だという振りをし、きちんと片づけて、何かがこぼれたり飛び散ったりしているのが彼に見つかり、視力がまた低くなったのがばれないようにしているのもわかっていた。

「最後に一緒に一服してからずいぶん経つね、シモン」

「いまは噛み煙草にしてるんだ」

「若い奥さんにやめさせられたんだろ、そうに決まってるよ。子供はまだなのかい」

「まだ退職しないのか、シセル？」

「もうどこかに子供がいるんじゃないのかね。だから、もう欲しくないんだろう」

シモンは苦笑し、彼の足の下にモップをかけている彼女を見ながら、何度目かになることを考えた。シセル・トウのこの小さな身体から、どうやったらあんなでかい赤ん坊が生まれるんだろう。ローズマリーの赤ちゃん、か。シモンは書類を片づけた。ヴォッランの一件は棚上げになっていた。サンネル橋付近のアパートの住人は何も見ていなかったし、名乗り出てくる目撃者もいなかった。犯罪を示唆する証拠が見つかるまでは捜査の優先順位を下げると上司が言い、シモンは解決済みの二件の殺人事件の報告書をこの二日でもっと厚くするよう言われた。検察に〝不足部分を補足するよう〟言われた件である。検察は実際に過失を見つけたわけではなく、〝一定レベル以上の詳細〟が欲しいだけだった。

シモンはコンピューターを切り、ジャケットを着て出口へ向かった。まだ夏で、休みを取っていない職員の多くは三時には退勤していた。オープンプラン方式のオフィスは陽に暖められた古い間仕切りの接着剤の臭いがして、キイボードを叩く音もちらほらとしか聞こえない。仕切りの向こうにカーリがいて、足を机に載せて本を読んでいた。シモンは顔を覗かせた。

「ここにいるところを見ると、今夜は友人とのディナーはなしか？」

彼女が反射的に本を閉じ、苛立ちと後ろめたさの入り混じった顔でシモンを見上げた。シモンは本のタイトルを一瞥した――『会社法』。仕事の指示を受けているわけではないのだから、就業時間中に勉強をしていても後ろめたく感じる理由はないことは彼女もわかっているはずだった。当然のことながら、殺人事件が起こらなければ殺人課の仕事はない。それなら、とシモンは結論づけた。彼女が赤くなったのは、自分は法学の学位を持っているからいずれは別の部署へ移るとわかっていて、それを裏切りのように感じているからだ。苛立ったのは、こんなふうに自分の時間を使ってもまず問題にはならないという確信があるにもかかわらず、おれが現われたとたんに本を閉じたという、自分の本能的な反応に対してだ。

「この週末、サムは西ノルウェーへサーフィンをしに行っているんです。家にいるより、ここで本を読もうかと思って」

シモンはうなずいた。「警察というのは暇なときがあるんだ。殺人課でもそうなんだよ」

彼女がシモンを見た。

彼は肩をすくめた。「殺人課は特に、だ」

「それなら、どうして殺人課の刑事になったんですか？」

彼女は靴を脱ぎ、裸足の足を椅子の端に引き上げていた。長い返事が欲しいみたいだな、とシモンは思った。たぶん、独りでいるより仲間といるほうを好むタイプなんだろう。平和と静寂が保証されている自宅の居間より、仲間と出くわすチャンスのある閑散としたオープンプラン方式のオフィスにいるほうが好きなんだ。

「信じないかもしれないが、刑事になったのは反抗したからなんだ」彼は言い、机の端に腰掛けた。「おれの親父は時計職人で、おれに跡を継がせたがっていた。おれは父親の複製になりたくなかった。親父を抜けないこともわかっていたしな」

カーリが細長い、昆虫のような脚を抱いた。「後悔はまったくないんですか？」

シモンは窓のほうを見た。外の空気が熱気で揺らめいていた。

「時計を売って儲けている人もたくさんいるじゃないですか」

「親父はそうじゃなかった」シモンは言った。「それに、偽物も嫌いだった。時代の流れに乗って安い模造品やプラスティックのデジタル時計を作るのを拒否した。せめてもの抵抗だと考えたんだ。そのあげく、破産した」

「そういうことがあったのなら、時計職人になりたくなかった説明がつきますね」

「いや、そうじゃないんだ。おれは結局、それでも時計職人になったんだ」

「どういうことです？」

「現場検証班の鑑識技官、弾道の専門家だ。弾道分析とか、そういうことの一切だな。時計を修理するのとほとんど同じなんだよ。われわれは思っている以上に親に似てるんだろうな、たぶん」

「それで、どうなりました？」彼女が微笑した。「あなたも破産しましたか？」

「そうだな」シモンは腕時計を見た。「おれは〝どのようにして〟よりも〝なぜ〟に関心を持つようになったんだと思う。犯罪捜査官になったのが正しい判断だったかどうかはわからないが、弾道や銃創は人間の脳より意外性に欠けるんだ」

「それで、そのときに重大不正捜査局に移ったんですね」

「おまえさん、おれの経歴書を読んだな」

「一緒に仕事をする人の経歴書は必ず読むことにしているんです。血や腸《はらわた》を見るのはもうたくさんだと、そう思ったんですか？」

「そうじゃないが、妻のエルセがそうなんじゃないかと思ったんだ。結婚したとき、もっと普通の時間で働いて、もうシフト勤務はしないと約束した。おれは重大不正捜査局が好きだった。あそこの仕事も時計職人の仕事と似ていなくもなかったんだ。妻と言えば……」シモンは机から腰を上げた。

「そんなに気に入っていたのに、どうしてそこを移ったんですか？」

シモンは疲れた笑みを浮かべた。そうだろう、それは経歴書を読んでもわからないはずだ。

「ラザニアだ。妻はたぶんラザニアを作ってる。じゃあ、また明日」

「たまたまですけど、元の同僚から電話があったんです。聖職者用カラーをつけてうろついている薬物依存者を見たと言っていました」

「聖職者用カラー？」

「ペール・ヴォッランがつけていたようなカラーです」

「その情報をどうした？」

カーリがまた本を開いた。「どうもしませんでした。あの件は棚上げになったと彼に伝えただけです」

「捜査の優先順位が下がっただけだ。新しい証拠が出てくれば、話は別だ。その薬物依存者の名前は何で、どこへ行けば見つけられる？」

「ギルベルグです。あのホステルにいるそうです」

「居住センターだろ。そろそろ読書も一休みしたらどうだ？」

カーリがため息をついて本を閉じた。「ラザニアはどうするんです？」

シモンは肩をすくめた。「かまわんよ。電話をすれば、エルセはわかってくれる。それに、ラザニアは温め直したほうがうまいんだ」

10

ヨハンネスは汚れた水をシンクに流し、バケツとモップを清掃具置き場にしまった。二階の通路もコントロールルームの床もすべて拭き終えた。房に戻れば本が待っている。『キリマンジャロの雪』だ。短編集だが、そのうちの一編を繰り返し読んでいた。足に壊疽《えそ》ができて、自分でも死ぬとわかっている男の物語、死ぬとわかったからといって、いい人間になるわけでも悪い人間になるわけでもなく、洞察力と正直さは増すけれども辛抱が足りなくなっていくだけの男の物語だ。ヨハンネスはとりたてて読書好きだったわけではなかったが、刑務所司書から勧められて読みはじめたのだった。リベリアとコートジボワールへ航海して以来、アフリカに興味があったので、サバンナのテントで死にゆく、一見罪のない男の物語の初めの数ページを読んでみた。最初はざっと目を通しただけだったが、いまは一語一語ゆっくりと、自分でも何だかわからない何かを探して読んでいた。

「やあ」

ヨハンネスは振り向いた。

サニーの「やあ」はささやくような声で、目の前にあるその顔は頬がこけ、目がぎらつき、肌は向こうが透けて見えそうなほどに白かった。天使みたいだ、とヨハンネスは思った。

「やあ、サニー。隔離房に入ってたそうだな。調子はどうだ？」

サニーが肩をすくめた。

「いい左フックだったよ」ヨハンネスはにやりと笑い、以前は前歯だった隙間を指さした。

「赦してもらえるといいんだけど」

ヨハンネスは息を呑んだ。「赦しが必要なのはおれだよ、サニー」

二人は正面から顔を見合わせた。サニーが通路に目を走らせる一瞬の間があった。

「ぼくの代わりに脱獄してもらえないかな、ヨハンネス？」

ヨハンネスは頭のなかでゆっくりと、なるべくつじつまが合うように言葉を組み立ててから訊いた。「どういうことだ？　おれは脱獄なんかしたくないぞ。それに、行くところもない。すぐに見つかって連れ戻されてしまうのが落ちだ」

サニーは答えなかったが、その目には黒い必死さがあったのでヨハンネスは理解した。

「おまえは……おれを脱獄させて、スーパーボーイを手に入れさせようという魂胆だな」

サニーは依然として何も答えず、老人の視線に切羽詰まった鋭い視線を絡ませていた。かわいそうに、とヨハンネスは同情した。ヘロインなんかやるからだ。

「なぜおれなんだ？」

「コントロールルームに入れる唯一の人間だからさ。つまりあんたにしかできないんだ」

「それは違うぞ。コントロールルームに入れる唯一の人間だからこそ、できないことがわかっているんだ。ドアはデータベースに登録された指紋でないと開かない。そして、おれの指紋は登録されてない。申請用紙を四枚提出して上層部が認めない限り、登録されることはないんだ。その用紙を見たことがあるが――」

「コントロールルームですべてのドアをロックしたり解除したりできるんだ」

ヨハンネスは首を振り、周囲を見回して、通路にはほかにだれもいないことを確かめた。

「外に出られたとしても、駐車場の警備員詰所には武装警備員がいる。出入りする人間全員の身分証をチェックするんだ」

「全員?」

「そうとも。勤務交替のときは馴染みの車と職員なら、外に出ていくままにしてるがな」

「ひょっとして、そこには看守の制服を着た人間も含まれるのかな?」

「ああ」

「つまり、看守の制服を手に入れて、職員の勤務交替のときに出ていくしかないということか?」

ヨハンネスは人差し指と親指を顎に当てた。顎はいまも痛かった。

「制服を手に入れるにはどうしたらいい?」

「更衣室のセーレンセンのロッカーかな。ねじ回しでこじ開けるしかないだろうがな」

セーレンセンは二カ月近く病欠している看守だった。診断は神経衰弱。近ごろでは違う言い方があるらしいが、同じことだ。ヨハンネスにも経験がある。気持ちが落ち込んでどうにもならなくなるんだ。

ヨハンネスはふたたび首を横に振った。「交替のときの更衣室は看守だらけだぞ。気づかれるに決まっている」

「変装するさ」

ヨハンネスは笑った。「そうだな。だけど、首尾よく制服を手に入れたとして、どうやって看守連中を脅してそこを出ていくんだ？」

サニーは長いワイシャツの裾を持ち上げ、ズボンのポケットから煙草を出すと、乾いた唇に一本をくわえて、ピストルの形をしたライターで火をつけた。ヨハンネスはゆっくりとうなずいた。

「ドラッグ絡みじゃないな。外で何かをしてほしいんだな？」

サニーがライターの火もろとも煙草を喫いつけ、煙を肺に送り込んで目を細めた。

「やってもらえるかな？」穏やかな声だった。

「おれの罪に赦しを与えてくれるか？」ヨハンネスは訊いた。

角を曲がるとき、アーリル・フランクは二人に気づいた。頭《こうべ》を垂れ、目を閉じて立っているヨハンネスの額に、サニー・ロフトフースが手を置いていた。同性愛のカップルのように見えた。コントロールルームのモニターで見たときからそうだったから、二人は長いこと話し込んでいたことになる。所内の監視カメラ全機にマイクをつけなかったことを、アーリルはときどき後悔することがあった。なぜなら、二人が用心深く横目でちらちらあたりをうかがう様子から、次のサッカーくじの話をしているのでないことは明らかだったからだ。そのあと、サニーがポケットから何かを出した。若者は監視カメラに背を向けて立っていたから、頭上に煙がたなびくまで、それが煙草だとわからなかった。

「おい！　指定区域以外での喫煙は禁止だぞ」

白髪交じりのヨハンネスの頭ががくりと落ち、サニーの手も額を滑り落ちた。

フランクは二人に歩み寄り、親指で肩の後ろを指した。「さあ、床掃除に行くんだ、ヨハンネス」老人が声の届かないところまで離れるのを待って、フランクはサニーに言った。

「何の話をしていた？」

サニーが肩をすくめた。

「まさか、神聖な懺悔の邪魔をするなどとは言わないよな」アーリル・フランクは言ったとたんに哄笑した。その声が剝き出しの通路の壁に反響した。「それで、サニー、ハルネスの言ったことを考える時間は持てたか？」

若者は箱に押しつけて煙草を消し、ポケットにしまうと腋を掻いた。

「痒いのか？」

若者は答えなかった。

「痒みより嫌なことがあるんじゃないかな。いきなり麻薬をやめるよりひどいことがな。おまえの前に三一七号房に入っていたやつのことを聞いたか？　照明のコードで首を吊ったと思われてるが、踏み台にした椅子を蹴ったあとで気が変わったらしい。だから、首を掻きむしったんだ。何という名前だったかな？　ゴメス？　ディアスか？　以前はネストルのもとで働いていたんだが、口を割る心配が出てきた。証拠はないが、不安要素ではあった。それで、あの始末だ。傑作じゃないか？　夜、ベッドに横になり――刑務所にいるというのに――、房のドアに鍵がかかっていないんじゃないかと怯えなくちゃならないなんてな。コントロールルームのだれかがボタンを押して、自分の房に殺し屋が殺到するんじゃないかなんてな」

若者は俯いていたが、フランクには額に浮かぶ汗が見えた。こいつは正気に返るはずだ。そうでなくては困る。ここはおれの刑務所で、ここで囚人に死なれてはまずい。どれほど自然な死に方に見えても、不審を抱く人間はいるものだ。

「わかった」

あまりに小さな声だったので、フランクは思わず身を乗り出して訊き返した。「わかった？」

「明日だ。明日、自供する」

フランクは身体を反らして腕組みをした。「よし。そういうことなら、明日の朝早く、ミスター・ハルネスを連れていく。今度は真面目にやるんだぞ。今夜ベッドに入ったら、天井の照明器具をもう一度見てみることだ。わかったか？」

若者が顔を上げ、副所長の目を見た。目が魂の鏡だという考えを、フランクはとうに捨てていた。赤子のように無邪気な青い目で白々しい嘘をつく囚人を見すぎていた。そもそも〝魂を映す鏡〟というのはおかしいだろう。理屈を言うなら、他人の目に映るおのれ自身の魂を見るという意味だろう。だから、おれはこいつの目を覗き込むのがこれほど不快なのか？　フランクは目を逸らした。余計なことを考えるな。考えてもどうにもならないことに気を取られないことだ。

「亡霊が出るんだよな？」

ラルス・ギルベルグはやにで黄色くなった指で細く巻いた煙草をくわえ、目を細くして、立っている二人の警察官を見上げた。

シモンとカーリはギルベルグを三時間探して、ようやくグルーネル橋の下で見つけたのだった。まずは〈イーラ・センター〉で捜索を開始したが、この一週間、彼を見た者はいなかった。次いで、シッペル通りの教会がやっているカフェ、そのあと、いまだに麻薬が売買されているオスロ中央駅付近のプラータ、そして、ようやくウッテ通りの救世軍ホステルで得た情報で、アーケル川方向のエルゲンにたどりついた。エルゲンにある彫刻が、スピードとヘロインの境界だった。

道々、カーリがシモンに説明したのだが、エルゲンの南側からヴァーテルラン橋までの一帯では、アルバニア人とアフリカ人がアンフェタミンとメタンフェタミンを売っていた。フードを深くかぶった四人のソマリア人が、夕陽を浴びながらベンチのまわりに所在なげにたむろしていた。そのなかの一人がカーリの差し出した写真を見てうなずいた。ヘロインの縄張りの側を指さし、旅の連れにクリスタル（メタンフェタミンの粉末）はどうだとウインクした。彼らの笑い声を背中で聞きながら、シモンとカーリはグルーネル橋へと小径を歩いていった。

「〈イーラ・センター〉に泊まりたくないのは亡霊が出るような気がするからだと、そう言ってるのか？」シモンは訊いた。

「〝気がする〟んじゃないんだ。わかるんだよ。だれもあそこでは眠れない、先客がいるんだ。なかに入ったとたん、気配を感じる。夜中に目が覚めると、だれもいないはずなのに、だれかが顔に息を吹きかけていたような感じがするんだ。おまけに、それはおれの部屋だけじゃない。あそこにいるやつに、だれでもいいから訊いてみるんだな」ギルベルグが名残惜しそうに吸殻を見つめた。

「それで、野宿したほうがましだと？」シモンは煙草の缶を差し出しながら訊いた。

「亡霊が出ようと出まいと、実を言えば、狭いところが苦手でね。閉じ込められたような気がするんだ。それに、ここは……」ギルベルグがかたわらの新聞で作ったベッドとみすぼらしい寝袋を指さした。「リゾートとしても最高だ」そして、橋をさした。「雨漏りはしない。海も見える。金はかからない。公共の交通機関も施設もすぐそばだ。文句なしだな」彼はシモンの缶から嚙み煙草を三つつまみ、上唇の裏に一つ、ポケットに二つ押し込んだ。

「仕事は牧師なの？」カーリが口を挟んだ。

ギルベルグは首をかしげてシモンを見上げた。

「聖職者用のカラーをつけてるじゃないか」シモンは言った。「ここからほんの上流で刑務所付き牧師の死体が発見されたのは新聞で読んだよな」

「知らんね」ギルベルグはポケットから嚙み煙草を出し、二つとも缶に返してシモンに渡した。

「鑑識にかければ、二十分でそのカラーがあの牧師のものだったと判明するぞ、ラルス。そうなったら、牧師殺しで二十年の刑は固いだろうな」

「殺し？　そんなことはどこにも――」

「そうだよな、おまえさんだって犯罪記事ぐらい読むよな？　彼は川に投げ込まれる前に死んでいた。皮膚の痣でわかるんだよ。岩にぶつかったようだが、生きてるときと死んだあとじゃ、痣のつき方が違うんだ。ここまではわかったか？」

「わからんね」

「詳しく説明してやろうか？　それとも、独房がどんなに狭いか教えてやろうか？」

「だけど、おれは何も――」

「容疑者の段階でも、何週間も留置場に入ってなくちゃならないだろうな。おまけに、あそこの房は刑務所のよりずっと狭いぞ」

ギルベルグが考え込み、嚙み煙草を何度か強く吸った。

「おれにどうしろと？」

シモンはギルベルグの前に屈んだ。このホームレスの息には、臭いだけでなく味があった

——落ちた果物と死の、甘い腐ったような味。

「何があったか、教えてほしいんだ」

「何も知らない。そう言っただろう」

「おまえさんは何もまだしゃべってないが、ラルス、おまえさんにとっては大事なことらしいな、われわれに何も話さないことがな。なぜなんだ？」

「このカラーだけだよ。これが流れてきて——」

シモンは立ち上がってギルベルグの腕をつかんだ。「よし、行こうか」

「待ってくれ！」

シモンは手を離した。

ギルベルグがうなだれ、大きなため息をついた。「あいつらはネストルの手下どもだった。でも、おれは話せないよ……口を割った人間にネストルがどんな仕打ちをするかは、あんたも知ってるだろう……」

「ああ、知っているとも。だが、警察本部の事情聴取記録におまえさんの名前が載ったら、やつがそれを聞きつけることもわかってるよな。だから、いますぐここでしゃべるというのはどうだ？　おまえさんの話しぶり次第では、記録に残さないようにしてやれないこともないんだがな」

ギルベルグがゆっくりと首を横に振った。

「さあ、話すんだ、ラルス！」

「おれはサンネル橋へつづく小径の木陰のベンチに坐ってたんだ。十メートルしか離れてなかったから、やつらが橋の上にいるのが見えた。だけど、向こうはこっちを見なかったと思う。おれは葉陰に隠れていたからな。おれの言う意味はわかるよな。二人組で、一人が牧師を押さえつけ、もう一人が額に腕を巻きつけていた。間近だったから、牧師の目が白くなっているのがわかった。完全に白目をむいていた。黒目が裏側にすっかり回ってしまったみたいだった、わかるよな。だけど、牧師はまったく声を立てなかった。無駄だとわかっているみたいだった。すると、二人目の男が牧師の首をいきなり後ろへ折り曲げた。折れる音が聞こえたよ、嘘じゃない。森のなかで小枝を踏んだような音だった」ギルベルグが人差し指を上唇に当て、二回瞬きすると遠くを見た。「やつらはあたりをうかがった。何たることか、たったいま、サンネル橋の真ん中で人を殺したというのに、落ち着きはらってた。だけど、真夏のオスロはこれも妙なことだが、人気《ひとけ》がないからな、わかるよな。そのあとで、やつらは欄干が終わったところの煉瓦塀越しに、牧師を投げ落とした」

「あそこは岩が突き出しているから、所見と符合しますね」カーリが言った。

「牧師の身体はしばらく岩の上にあったが、やがて流れがさらっていった。おれは一ミリも動かなかった。見ていたことをあいつらに知られたら……」

「だが、おまえさんは見た」シモンは言った。「しかも、間近でな。だとしたら、もう一度やつらを見たらわかるよな」

ギルベルグが頭《かぶり》を振った。「無理だ。もうやつらの顔なんか忘れてしまった。手当たり次第にドラッグでハイになれるってのは厄介なもんだ、わかるよな。頭がぐちゃぐちゃになるんだ」

「おまえさんにとっては、それが利点なんだろうな」シモンは顔をこすりながら言った。

「でも、なぜネストルの手下とわかったの？」カーリがそわそわと身じろぎした。

「スーツだよ」ギルベルグが答えた。「あいつらは服装ですぐに見分けがつくんだ。ノルウェー葬儀屋協会ご一行のために誂《あつら》えたような黒のスーツと決まってるんだ」そして、嚙み煙草を舌でいじった。「わかるよな？」

「この件について、やるべきことの優先順位を決めよう」警察本部へ帰る車のなかで、シモンはカーリに言った。「おまえさんは殺害前四十八時間のヴォッランの動きをもう一度検討して、接触した人間全員をリストアップしてくれ、一人も見落とすなよ」

「了解」カーリが答えた。

二人はブローを通り過ぎたところで、若い通行人の流れに行く手をさえぎられた。コンサートに行く、流行に敏感《ヒップスター》な連中だろうと予想して、シモンはクーバのほうを見た。野外ステージの上に、巨大なスクリーンが見えた。そのあいだに、カーリが父親に電話して、ディナーに行けなくなったと告げた。スクリーンにはモノクロ映像が映し出されていた。一九五〇年代のオスロのようだった。シモンが子供だったころだ。たぶんヒップスターにとっては、好奇心をそそられるものであり、すべてが汚れなく魅力ありげな過去の時代なのだろう。笑い声が聞こえてきた。

「一つ気になるんですけど」カーリが訊いた。「署内でギルベルグの事情聴取をしたら、ネストルの耳に入ると言いましたよね。本気だったんですか？」

「おまえさんはどう思う？」シモンは訊き返し、ハウスマンス通りへとアクセルを踏んだ。

「わからないけど、本気で言っているようには聞こえました」

「そんなことはおれにもわからんよ。話せば長い話になる。長年にわたって、ある噂があった——警察のなかにモグラ《スパイ》がいて、オスロのドラッグと人身売買をほぼ一手に牛耳っているやつに情報を流しているというんだ。だが、それは遠い昔のことだし、当時も噂は山ほど流れたが、その黒幕やスパイの存在を証明する証拠をつかんだやつはいないんだ」

「黒幕とは？」

シモンは車窓の向こうを見た。「おれたちは〝双子の片割れ《ザ・トゥイン》〟と呼んでいたな」

「あの〝ザ・トゥイン〟ですか」カーリが答えた。「薬物対策課でも話題になっていましたよ。ギルベルグの〈イーラ・センター〉の亡霊話みたいな調子でね。実在するんですか？」

「ああ、実在する」

「スパイのほうはどうなんです？」

「それだよ。実は、アープ・ロフトフースという男が、自分はスパイだったと告白する遺書を残して自殺したんだ」

「それは十分な証拠ではなかったんですか？」

「おれにとっては違う」

「なぜです？」

「アープ・ロフトフースはオスロ警察で最も堕落からほど遠い警官だったからだ」

「なぜそうだとわかるんですか？」

シモンはストール通りの赤信号で停止した。周囲のビルから暗闇が流れ出してくるかのようで、闇が降りるとともに夜の生き物たちが現われた。彼らはすり足で歩いたり、音楽が鳴り響く入口の壁にもたれたり、車の窓から腕を出してぶらぶらさせたりしながら、狩人のように飢えた目で何かを探していた。

「なぜなら、おれの親友だったからだよ」


ヨハンネスは時間を確認した。十時十分。鍵がかかってから十分が経っていた。いまごろ、ほかの囚人たちは房に閉じ込められている。ヨハンネスは十一時に最後の掃除を終え、房に戻って、手動で鍵をかけることになっている。妙なものだ。長いあいだ刑務所にいると、時間はあっという間に過ぎるようになり、房の壁に留めてある、女の子の写真付きのカレンダーをめくることも忘れてしまう。だが、この一時間はまるで一年のように感じられた。長く恐ろしい一年のように。

ヨハンネスはコントロールルームに入った。

夜勤は三人、昼間より一人少ない。モニターを見ていた一人が、椅子のスプリングを軋ませて振り向いた。

「やあ、ヨハンネス」

ゲイル・ゴルスルーだった。彼は机の下からごみ箱を足で押し出した。こうするのが習慣になっていた。腰を曲げるのが辛い年寄りの清掃係を手伝う若い看守。ヨハンネスは昔からゲイル・ゴルスルーに好感を持っていた。彼はポケットから拳銃を出し、ゴルスルーの顔に狙いをつけた。

「かっこいいな。どこで手に入れた？」サッカーの三部リーグ、ハスレ・レーレンでプレイしている、ブロンドの看守が言った。

ヨハンネスは答えず、ゴルスルーの眉間を睨んで銃口を向けつづけていた。

「火をつけてくれよ」三人目の看守が煙草をくわえて言った。

「それを下ろすんだ、ヨハンネス」ゴルスルーが瞬きもしないで小声で言い、ヨハンネスは相手が悟ったことを知った。つまり、これが風変わりなライターではないことを。

「まるでジェームズ・ボンドの秘密兵器だな。で、いくら欲しいんだ？」サッカー選手が立ち上がり、もっとよく見ようと、ヨハンネスに近づいてきた。

ヨハンネスは天井近くのモニターに小型の拳銃を向け、引鉄を引いた。どうなるかよくわからなかったから、すさまじい音がして画面が割れ、ガラスが飛び散ったときには、看守と同じぐらい仰天した。

サッカー選手はその場所に根が生えたように立ち尽くした。

「両膝を床につけ！」ヨハンネスは深みのあるバリトンの持ち主だったが、いまはヒステリー寸前の年寄女のような甲高い声になっていた。それでも、効き目はあった。自暴自棄になった男が凶器を手に目の前に立っているという現実は、どんなに威厳ある声よりも影響力があった。男たちは三人とも床に膝をつき、両手を頭の後ろに回した。まるで演習のように、銃口で脅される事態を練習したことがあるかのように。実際に訓練経験があるのかもしれなかった。完全な降伏が唯一の適切な対応だと学んでいるのだろう。そして、彼らの給料を考えると、唯一の無難な対応なのだ。

「床に伏せろ。俯せになるんだ！」

三人組は今度も言われたとおりにした。魔法のようだった。

ヨハンネスは目の前のコントロールボードを見て、房に通じるドアの開閉ボタンを突き止めた。次に、中間区画の二つのドアを操作するボタン。最後に、火災発生時のみ使用する、すべてのドアを開ける大きな赤いマスター・ボタン。ヨハンネスはそのボタンを押した。唸るような音が長くつづき、刑務所がいま開放されたことを告げた。おかしな考えが頭をよぎった。ここは昔からおれがいたかったところだ。船長として立つ船橋《ブリッジ》だ。

「そのまま床を見ているんだ」彼は言った。その声は力強さを増していた。「邪魔をしたら、おれも仲間も、おまえたちと家族をただではおかないからな。おれがおまえたちのすべてを知っていることを忘れるなよ。トリーネ、ヴァルボルグ……」モニターに目を注いだまま、看守の妻と子供、子供が通う学校、趣味、オスロのどこに住んでいるか、長年かけて蓄えた情報を並べていった。それが終わると、看守たちから離れ、ドアを出て駆け出した。通路から一階への階段室へ出る最初のドア・ハンドルを引いた。ドアが開くと、階段を駆け下りた。すでに心臓の鼓動が激しくなっていた。運動不足のせいで体力がなくなっていた。これからはトレーニングをしよう。二番目のドアも開いた。足が思うように動かない。癌のせいかもしれない、筋肉にも転移して、全身が弱っているのかもしれない。三番目のドアは中間区画へとつづくものだった。背後で、二番目のドアが低い唸りとともに閉まるのをいまかと待ちながら、職員更衣室に通じるドアの前にいた。ようやく背後のドアの閉まる音が聞こえ、ヨハンネスは目の前のドア・ハンドルをつかんだ。押してみても引いてみても動かなかった。

鍵がかかっていた。

くそ！　もう一度引いたが、ドアはびくともしなかった。

ドア脇に白いセンサーを見つけ、人差し指を押し当てた。数秒間、表示灯が赤く光り、それが消えると、別の表示灯が黄色く光った。指紋が認証されなかったことを意味するのは知っていたが、それでも、何とかドアを開けようとした。おれの負けだ。閉じ込められてしまった。ヨハンネスはドアの前でがっくりと膝をついた。

そのとき、ゲイル・ゴルスルーの声が聞こえた。

「悪いな、ヨハンネス」

壁のてっぺんのラウドスピーカーから、静かな、まるで宥《なだ》めるような声が流れてきた。

「われわれは自分の仕事をするだけだ、ヨハンネス。だれかに家族をネタに脅されるたびに仕事をさぼっていたら、ノルウェーには一人の看守もいなくなってしまう。落ち着けよ、迎えにいくから。鉄格子のあいだから拳銃を滑らせて、おれに渡すか？　それとも、まずガスで眠るほうがいいか？」

ヨハンネスは監視カメラを見上げた。絶望の表情が見えているだろうか？　もしかしたら、浮かんでいるのは安堵の表情かもしれない。逃亡がここで終わって、これからも同じ生活がつづく安堵だ。だが、まったく同じ生活というわけにはいかないかもしれない。上階の床のモップ掛けは、たぶん諦めることになるだろう。

彼は鉄格子の向こうに金めっきの拳銃を押しやった。そのあと床に伏せ、両手を頭の後ろにおいて、一生に一度の一刺しをすませた蜜蜂のように身体を丸めた。しかし、目を閉じてもハイエナの声は聞こえなかった。キリマンジャロの頂上に向かう飛行機に乗っているわけでもなかった。彼はいまも行くべき場所もなく生きていた。ここで。

11

時刻は七時三十分を回ったばかりで、国家重犯罪者刑務所の駐車場には朝の雨が降っていた。「時間の問題だったんだ」アーリル・フランクが言い、裏口のドアを開けた。「すべての依存者は本質的に性格が弱い。こんな言い方は時代遅れだが、嘘じゃないんだ。やつらの正体はお見通しでね」

「ロフトフースがあの供述書に署名しさえすれば、私はほかのことはどうでもいいんですよ」エイナル・ハルネスは所内に入ろうとしたが、三人の看守が外へ出ようとしていたために脇へどかなければならなかった。「今夜はシャンパンで祝杯を挙げますよ」

「そんなにいい報酬をもらってるわけだ」

「あなたの車を見て、私も料金を上げるべきだと気づいたんですよ」ハルネスはにやりと笑みを浮かべ、駐車場のポルシェ・カイエンへ顎をしゃくった。「追加料金として付け加えますよ——反社会的仕事と、ネストルが言うところの——」

「黙って！」フランクがハルネスの前に片腕を突き出し、さらに数人の看守たちが出ていくのを優先させた。ほとんどは私服に着替えていたが、夜勤明けに一刻も早く家に帰りたくて、刑務所の緑の制服姿のまま車へ走る者もいた。ハルネスは制服にロング・コートを羽織った男から鋭い視線を向けられた。見憶えのある顔だと気づいたのだろう。こっちは向こうの名前を知らないが、とハルネスは思った。向こうはこっちの名前を突き止められる。怪しげな事件に関する供述書にちょくちょく登場する怪しげな弁護士だ。そろそろこの看守のようなタイプが、ハルネス弁護士が刑務所の裏口で何をしているか怪しむころかもしれない。ネストルの名を口にしたのを聞かれたら、イメージはますます悪くなる……。

フランクはハルネスをともなっていくつかのドアを通り抜け、二階に通じる階段にたどり着いた。

ネストルは署名入り供述書を、今日、手に入れろと言ってきていた。ヒェルスティ・モールサン事件の捜査が即刻決着しなかったら、警察はサニーの供述の信憑性を危うくする証拠を発見するかもしれないから、と。ネストルがどうやってこの情報を得たのか、ハルネスは知らないし、知りたくもなかった。

一番大きなオフィスを構えているのは当然ながら刑務所長だが、副所長のオフィスからはモスクとエーケベルグの丘を望むことができた。オフィスは廊下の突き当たりにあり、花の絵と性的衝動についてタブロイド紙の記者と議論するのが得意な、若い女性画家による、悪趣味な絵が飾られていた。

フランクがインターコムのスイッチを押し、三一七号房の囚人を連れてくるように言った。

「あの車は百二十万クローネもしたんだ」フランクが言った。

「その値段の半分は、ボンネットのポルシェのエンブレム代でしょう」ハルネスは応じた。

「そうとも。そして、あとの半分は税金で、政府に取られたわけだ」フランクはため息をつき、風変わりなハイバックの椅子にどっかりと腰を下ろした。まるで玉座だな、とハルネスは思った。

　ドアがノックされた。

「入れ」フランクが許可した。

　看守が入ってきて、帽子を腋に挟むと、中途半端な敬礼をした。この近代的な職場で、フランクはどうやって職員に軍隊式の礼式を受け入れさせたのだろう、とハルネスはたびたび不思議に思った。それに、ほかの諸々の規則も。

「何だ、ゴルスルー？」

「退勤しますが、その前に、昨夜の当直報告書について疑問点がないか、うかがいにあがりました」

「まだ読んでいないんだが。ここにきたところを見ると、何かおれの知るべきことがあるのか？」

「問題と言えるのは脱獄未遂くらいです」

　フランクは掌を合わせて笑みを浮かべた。「われらが囚人にそんな自発性と進取の気性があるとは嬉しい限りだ。だれが、どうやったんだ？」

「ヨハンネス・ハルデンです、二三――」

「二三八号房だ。あの年寄りが？　本当か？」

「なぜか、拳銃を持っていました。衝動的なものだったんじゃないでしょうか。いまお邪魔しているのは、あれは報告書が与える印象よりもずっと取るに足りないものだったと、一応申し上げておこうと考えたからです。出過ぎたことかもしれませんが、穏便な処置で十分だと思われます。彼は長年よくやってくれています――」

「奇襲を企むのであれば、相手の信用を得るのは利口なやり方だ。あいつはまさにそれをやったんじゃないのか？」

「しかし……」

「おまえ、あいつにまんまと出し抜かれたと認めようとしているのか、ゴルスルー？　それで、どこまで逃げられた？」

鼻の下の汗を人差し指で拭う看守に、ハルネスはいささか同情した。彼は立場の弱いほうに感情移入しやすいたちだった。

「中間区画までです。そこを出られたとしても、武装警備員の前を通り過ぎることはできなかったはずです。警備員詰所は防弾ガラスで、銃眼が――」

「わざわざ説明してくれなくても、事実上、この刑務所を設計したのはおれなんだよ、ゴルスルー。おまえ、あの男に甘いようだが、親しく付き合いすぎてるんじゃないのか。あとは報告書を読んでからだが、昨夜の担当者は全員、事情を聞かれることになるだろうな。ヨハンネスについては、甘い顔をするわけにはいかない。ちょっとでも弱みを見つけたらそこをついてくるお得意さんがいるからな。わかったか？」

「わかりました」

電話が鳴った。

「以上だ」フランクは言い、受話器を取った。

再度の敬礼、回れ右、進め、をハルネスは期待していたが、ゴルスルーは民間人方式でオフィスを出ていった。看守に注目していた弁護士は、アーリル・フランクの怒号に飛び上がった。「『いない』とはいったいどういうことだ？」

フランクは三一七号房の、使われた形跡のないベッドを凝視した。ベッドの横にはサンダル、ベッドサイド・テーブルには聖書、デスクにはビニール袋から出していない使い捨ての注射器、椅子の上には白いシャツ。あるのはそれだけだったが、それでも、フランクの背後の看守はわかりきったことを口にした。

「やつはいません」

フランクは腕時計を見た。房のドアはあと十四分は開かないから、行方不明の囚人はどの談話室にもいるはずはない。

「ゆうべ、ヨハンネスがコントロールルームですべてのドアを開けたときに、房を出たに違いありません」ゴルスルーが戸口に立って言った。

「何てことだ」ハルネスはつぶやき、昨年タイで、一万五千クローネの現金払いでレーザー手術を受けるまで眼鏡が載っていた鼻梁を指で押した。それまでの癖が抜けないのだった。

「もし逃亡したのなら——」

「黙れ」フランクは奥歯を嚙みしめて言った。「警備員の目を盗んで外へ出られるはずはないんだ。まだ刑務所内のどこかにいるに決まっている。ゴルスルー、警報を鳴らせ。あらゆるドアを閉じろ——何人《なんぴと》たりとも出入りを許すな」

「ですが、私は子供たちを連れて——」

「出入りを許されないのはおまえも同じだ」

「警察はどうします？」看守の一人が言った。「通報すべきでは？」

「だめだ！」フランクは怒鳴った。「ロフトフースはまだ刑務所内にいると、そう言ってるだろう！　口外無用だ」

アーリル・フランクは老人を睨みつけた。ドアに鍵をかけ、外にいるべき看守も追い払ってあった。

「サニーはどこだ？」

ヨハンネスは眠そうに目をこすりながら、ベッドに横たわっていた。「房にいないんですか？」

「いないと知ってるくせに」

「それなら、脱獄したんでしょう」

フランクは身を乗り出し、老人のTシャツの首元をつかんで引きずり起こした。

「にやにやするな、ヨハンネス。屋外の武装警備員が見ていないからには、やつはなかにいるはずだ。居場所を教えないと、癌の治療ともおさらばだぞ」老人が驚愕の表情を浮かべた。「医者の守秘義務なんか当てにならんぞ、おれは至るところに目と耳を持っているんだ。さあ、どうする?」フランクが手を放すと、ヨハンネスの頭は枕に落ちた。

老人は薄くなりはじめている頭髪を撫でつけ、頭の後ろで両手を組んで咳払いした。「いいことを教えましょうか、副所長? おれはもう十分長生きしたと思っています。塀の外でおれを待っている人間なんていません。それに、おれは罪を赦されました、というわけで、初めて、高いところへ行くチャンスができたかもしれないと思ってるんです。チャンスはあるうちに使うべきかもしれない、とね。あんたはどう思います、副所長?」

アーリル・フランクは詰め物が割れるのではないかと思うほど強く歯を食いしばった。

「おれが思っているのは、ヨハンネス、罪など一つも赦されていないとおまえがいずれは気づくということだ。なぜなら、ここではおれが神だからだ。おまえを癌で、ゆっくりと苦しみながら死なせることができるからだよ。一切の鎮痛剤抜きで、房で癌に蝕まれるようにしてやるからな。言っておくが、これはおまえが初めてではないんだ」

「どこであれ、あんたが落ちる地獄よりはましですよ、副所長」

老人の喉の奥から聞こえるごろごろ言う音が、末期の苦しみなのか、笑いなのか、フランクには判じかねた。

三一七号房へ戻りながら、フランクはもう一度ウォーキートーキーをチェックした。いまだ、サニー・ロフトフースの行方はつかめなかった。不本意ではあるが、すぐにも指名手配するしかないかもしれない。

彼は三一七号房へ入ると、ベッドにどすんと腰を下ろし、床、壁、天井に目を走らせた。こんなことがあってたまるか。ベッドサイド・テーブルの聖書をつかんで壁に叩きつけた。聖書は開いたまま床に落ちた。ヴォッランがこの聖書を使ってヘロインを持ち込んでいたことは知っていた。刳り抜かれたページが見えた。教えは損なわれ、文章は切り取られて意味をなさなかった。

フランクは悪態をついて、枕を壁に投げつけた。

枕が床に落ち、髪の毛がこぼれ出た。赤みがかった鬚らしき塊と、長い髪の毛の束だった。枕を蹴ると、脂じみて汚いブロンドの髪がさらに出てきた。

短く刈った髪、剃られたばかりの鬚。

この瞬間、すべてが腑に落ちた。

「夜勤だ！」フランクはウォーキートーキーに怒鳴った。「夜勤明けで帰った看守を全員チェックしろ！」

腕時計は午前八時十分を指していた。フランクはすべてを理解した。そして、もはや手遅れであることもわかっていた。ベッドから立ち上がり、椅子を蹴った。椅子はドアの脇の飛散防止設計の鏡に激突した。

その看守は切符と百クローネ札のお釣りとして渡された五十クローネを、困惑した様子で見ていた。ロング・コートの下に刑務所の制服を着ているし、〝セーレンセン〟と記された写真付きの――まるで似ていなかったが――IDカードを持っているのだから、看守のはずだった。

「バスに乗るのは久し振りですか？」バスの運転手は訊いた。

虎刈りの男がうなずいた。

「前もってトラベルカードを買えば、たったの二十六クローネですよ」運転手は言ったが、客の表情からすると、その値段でも高すぎると思っているようだった。オスロで数年バスに乗っていない人間が、だれでも示す反応だった。

「教えてくれてありがとう」男が言った。

運転手は路肩からバスを出しながら、ルームミラーで看守の後ろ姿を追った。なぜかはよくわからないが、声のせいかもしれない。心から感謝しているような、温かい真実味のある声だった。座席に着き、ときどきバスに乗ってくる外国人観光客のように、物珍しそうに窓の外を見ている。コートのポケットから鍵束を出して、初めて見るかのようにしげしげ見つめている。そして、反対側のポケットからチューインガムを出した。

やがて、運転手は目の前の車の流れに集中しなくてはならなくなった。

第二部

12

アーリル・フランクは副所長室の窓際に立ち、腕時計を見た。ほとんどの場合、脱獄囚はほぼ十二時間以内に連れ戻される。だが、メディアには二十四時間以内と言ってあった。万に一つ十二時間以上かかったとしても、早期解決と称することができるからだ。しかし、そろそろ二十五時間になろうというのに、手掛かりはまったくつかめていなかった。

さっきまで無闇に広い所長室にいて、展望のきかない部屋で、展望のきかない所長から説明を要求されていたのだ。レイキャヴィクで開催中の年に一度の北欧刑務所会議から、予定外に早い帰国を余儀なくされたせいで、所長は不機嫌だった。昨日、アイスランドから電話をしてきた彼は、メディアに連絡すると言った。メディアに話すのが好きな上司で、その面目躍如というところだった。ロフトフースを見つけ出すには二十四時間の報道管制が必要だとフランクは主張したが、秘密にしておいていい事柄ではないと、即座に退けられた。第一に、サニー・ロフトフースが殺人犯である以上、市民には注意を喚起するよう知らされる権利がある。第二に、彼を発見するには顔写真をメディアにばらまく必要がある——それが所長の考えだった。

第三に、自分の写真も新聞に載せたいんだろう、とフランクは思った。そうやって、しっかり仕事をしていることを政治家連中に示そうというわけだ。アイスランドの地酒を楽しみながら〈ブルーラグーン〉（レイキャヴィク近郊にある世界最大級の露天温泉入浴施設）でぷかぷかやっていたわけではないんだということを。

顔写真を配ってもさしたる効果は期待できないことを所長に説明しようとも試みた。手元にあるサニー・ロフトフースの写真はいずれも十二年前の収監当時のもので、そのころですら髪を長く伸ばして鬚をたくわえていた。髪を短く切った後の監視カメラの画像は、著しく不鮮明で役に立たなかった。にもかかわらず、所長は国家重犯罪者刑務所の名に泥を塗るようなことをすると言い張った。

「すでに警察は彼を捜しているんだ、アーリル。それに、きみだってわかっているだろうが、記者が私に電話をしてくるのは時間の問題だ。そして、なぜ今回の脱獄が公表されていないのか、国家重犯罪者刑務所は以前にも脱獄を隠蔽した事実があるのかと訊いてくるに決まっている。そんなことになるより、こっちで状況をコントロールするほうが、私としては望ましいんだ」

監視体制のどこを強化する必要があると思うかと、所長はしつこくフランクに訊いた。理由はわかっていた。フランク――展望を持つ男――の考えを、自分の考えのように偽り、政府のお仲間に吹聴するために違いなかった。仕方なく、フランクは低能所長に入れ知恵をしてやった――指紋認証システムを音声認証に替え、破壊不可能なGPSチップによる電子タグを導入する、と。フランクには最終的に自分より大事なものがいくつかあり、この刑務所もその一つだった。

フランクは朝陽に照らされて広がるエーケベルグの丘を眺めた。かつて、近隣の労働者階級にとっての憧れの場所だった。そこに小さな家を買うことを、フランクも夢見たことがあった。いまはオスロのもっと高級な地区にもっと大きな家を持っていたが、いまでもその小さな家を夢見ることがあった。

ネストルは脱獄のニュースに落ち着いて対処しているようだったが、フランクが懸念しているのは、彼とその一味が平静を失うことではなかった。むしろ、その逆だった。彼らが血の凍りつくようなおぞましい決断を下すのは、冷静沈着なときのように思われた。一方で、彼らは感服するほど単純、明快、実際的な論理で動いてもいた。

「あいつを捜し出せ」と、ネストルは言っていた。「あるいは、だれにも見つけられないようにしろ」

彼らが真っ先にロフトフースを見つければ、ミセス・モールサン殺しを自白しろと説得するだろう。彼らはその手段を持っているのだ。ロフトフースを殺してしまえば、モールサン殺害現場での不利な証拠について彼が釈明することはなくなるが、今後の事件にロフトフースを利用することができなくなる。どちらが得か、難しいところだが、最終的には論理の問題だ。

「シモン・ケーファスから電話です」インターコムからイーナの声が聞こえた。

アーリル・フランクは思わず鼻を鳴らした。

シモン・ケーファス。

かつては最優秀を狙う位置にいながら、ギャンブル依存症のせいで解決し損ねた殺人事件が一件では収まらない、根性無しの負け犬。いま一緒にいる女と出会って変わったという噂はあるが、人が容易に変わるものでないことは、刑務所副所長のおれが一番よく知っている。シモン・ケーファスのことなら、すべてお見通しだ。

「不在だということにしてくれ」

「今日、遅くてもいいから会いたいんですって。ペール・ヴォッランのことだそうですよ」

ヴォッランだって？　あの一件なら、警察が自殺と発表したはずだ。フランクはため息をついて机の新聞に目を落とした。脱獄事件は報じられているが、辛うじて一面をまぬがれていた。犯人の写真を編集部が手に入れられなかったせいだろう。禿鷹どもは、いかにも残忍そうな殺人鬼のモンタージュ写真を待つことにしたらしい。どのみち失望することになるだろうが。

「アーリル？」

イーナとのあいだには、ファーストネームで呼ぶのはだれもいないときに限るという暗黙のルールがあった。

「おれのスケジュールに空きを見つけてくれ、イーナ。ただし、三十分が限度だからな」

フランクはモスクを見つめた。もうすぐ二十五時間が経過する。

ラルス・ギルベルグは一歩近づいた。

その若者は段ボールを広げて横になり、ロング・コートを身体にかけていた。一昨日、姿を見せた彼は、道端に茂る藪と、その後ろの建物との隙間に隠れ場所を見つけていた。隠れん坊でもしているように、音も立てず、身動《みじろ》ぎもせずに坐っていた。二人組の制服警官がやってきて、手にした写真とギルベルグを交互に見較べ、そのまま立ち去った。ギルベルグは何も言わなかった。その夜、遅くなって雨が降り出すと、若者は藪から出てきて、ギルベルグに何の断わりもなく、橋の下で横になった。許可しないつもりはなかったが、そもそも、訊かれもしなかった。それだけではなかった。若者は制服を着ていた。どこの制服かはわからない。軍を不合格になってからというもの、募兵官の緑色の制服以外はラルスの目に入らなかった。〝不適当〟というのが、よくわからない不合格の理由だった。そもそも、おれに適したものなんてあるんだろうか。もしあるとして、いつか見つけられるのか? そうだ、たぶんこれだ。ドラッグのために金を稼ぎ、橋の下で暮らす生活だ。

つまり、いましていることだ。

若者は規則的な寝息を立てて眠っていた。ラルス・ギルベルグはさらに一歩近寄った。身体の動かし方と肌の色から見て、薬物依存であるのは間違いなかった。だとすれば、まだ少しぐらいは持っているかもしれなかった。

もう少し近づくと、眼球がぐるぐる動いているかのように瞼が痙攣しているのが見えた。屈んで、身体にかかっているコートを用心深く持ち上げ、制服の上衣のポケットに手を伸ばした。

それは目にも留まらぬ早業だった。ギルベルグが気づいたときには、若者に手首をつかまれ、膝をつかされ、腕を後ろにねじられて、顔が湿った土に押し当てられていた。

耳元でささやく声がした。

「何が欲しいんだろう？」

声は怒っているようでも、攻撃的でも、脅そうとしているようでもなかった。むしろ慇懃《いんぎん》で、どうしたら相手の力になれるかを本心から知りたがっているように聞こえた。ギルベルグはいつも負けを直感したときにすることをした。損失を最小限に食い止めるのだ。

「おまえのドラッグを失敬しようとしたんだ。もしドラッグを持っていなければ、金をな」

若者はギルベルグの腕をがっちりと固めていた。手首を前腕のほうへ折り曲げ、肘の裏側に圧力をかける――警察の捕縛術だ。ギルベルグは警官の歩き方、話し方、目つきや臭いまでよく知っていたが、この若者は彼らの同類ではなかった。

「何を常用してるんだ？」

「モルヒネだ」ギルベルグは呻くようにして答えた。

「五十クローネあったら、どのくらい買える？」

「少しだな。そんなには買えない」

若者が力を緩めたので、ギルベルグは急いで腕を引っ込めた。

若者が紙幣を差し出してギルベルグは驚いた。「悪いんだけど、これで全部なんだ」

「売るものなんかないぞ」

「その金はあんたにやる。ぼくはやめたんだ」

ギルベルグは片目を細めた。よく言うあれか？うまい話には裏があるってやつか？　だが、待てよ。こいつはほんとに頭がおかしいのかもしれない。

ギルベルグは五十クローネをひったくってポケットにねじ込んだ。

「ゆうべの宿代としてもらっておこうか」

「昨日、警察官が歩きまわってるのを見たんだけど」若者が言った。「あいつら、よくくるのかな？」

「ときどきな。だけど、このところはたびたび姿を見せてる」

「あいつらがこないところを知らないかな」

ギルベルグは首をかしげて若者を観察した。

「警官を避けたいんなら、ホステルだな。〈イーラ・センター〉へ行ってみればいい。あそこは警官お断わりだから」

若者は川を見て考え込んでいたが、やがて、ゆっくりとうなずいた。「ありがとう、友よ」

「どういたしまして」ギルベルグは驚き、思わず答えた。こいつは間違いなくいかれてる。

その疑念を裏付けるように、若者が服を脱ぎはじめた。万が一に備えて、ギルベルグは少し後ずさった。若者は下着一枚になると、着ていた制服で靴をくるみ、ビニール袋はないかとギルベルグに訊いた。そして、手渡された袋に衣類と靴を入れ、昨日までいた藪の下に隠した。

「しっかり見張っといてやるよ」ギルベルグは言った。

「ありがとう、あんたを信頼しているよ」若者が笑みを浮かべ、裸の胸が見えないよう、コートのボタンを上まで留めた。

そして、道を歩いていった。ギルベルグが見送っていると、何も履いていない足の裏が水たまりの水を舗道に跳ね散らしていた。

あんたを信頼しているよ、だって？

やっぱり、いかれているとしか思えなかった。


マルタは〈イーラ・センター〉の受付で、監視カメラの映像——正確に言えば、センターの正面入口の外側にあるカメラを覗き込んでいる男——を見ていた。彼はまだドアベルを押していないし、ドアベルを覆う強化ガラスに空けてある小さな穴も見つけていない。ドアベルを強打するのが入館を拒否された者に共通の反応なので、強化ガラスで覆うという防護策をセンターは講じなくてはならなかったのだ。マルタはマイクのスイッチを押した。

「何かご用？」

若者は答えなかった。現在七十六人いる入居者の一人でないことはわかっていた。センターは過去四カ月で百人を受け入れてきたが、マルタは彼らの顔を一人残らず記憶していた。しかし、彼は明らかに〈イーラ・センター〉の入居対象者だった。つまり、薬物依存症である。ハイになっていないのは雰囲気から間違いないと思われたが、顔はやつれ、口元には皺が寄り、髪は虎刈りだった。マルタはため息をついた。

「部屋が必要なの？」

若者がうなずいたので、階下のドアの鍵を開けるボタンを押し、入居者のためにサンドウィッチを作っているスティーネを厨房から呼んで、席を外すあいだ受付を見ていてくれるよう頼んだ。ゆっくり階段を下り、無理矢理入口のドアを通り抜けて入ってきた乱入者が受付へ達するのを防ぐための鉄格子の柵をくぐった。若者はドアの内側に立って、周囲を見回していた。

足首まで届きそうな丈の長いコートを着て、ボタンを首まで留めている。裸足のうえに、入口のドアのそばについている濡れた足跡は血で赤かった。しかし、これまで大概のものを見てきているマルタの注意を何よりもまず引いたのは、彼の目、相手を見るその見方だった。彼女に焦点を合わせ、マルタのイメージを目のなかに焼きつけようとしているという以外の解釈は考えられなかった。大したことではないかもしれないが、〈イーラ・センター〉で慣れ親しんでいる視線とは確かに違っていた。もしかすると薬物常習者ではないのかもしれないという考えが一瞬頭をよぎったが、マルタはすぐさまそれを打ち消した。

「こんにちは。わたしについていらっしゃい」

マルタは若者を連れて二階へ上がり、受付の前を通って会議室へ入った。スティーネやほかのスタッフから見えるよう、ドアはいつものように開けたままにしておいた。彼に椅子を勧めてから、規定の面接内容を書き込む用紙を取り出した。

「名前は？」

若者がためらった。

「まずは名前を記入しなければいけないの」とマルタはセンターへきた者が求められる第一歩を教えた。

「スティーグ」若者がおずおずと答えた。

「スティーグ、それだけ？」

「ベルゲル？」

「では、そう書いておくわ。生年月日は？」

答えから計算すると三十歳になったところだが、それよりはるかに若く見えた。年齢を下にも上にも見間違えられやすいのが薬物常用者の不思議なところだった。

「だれかからセンターのことを聞いたの？」

若者が首を横に振った。

「ゆうべはどこで寝たの？」

「橋の下」

「つまり、住所不定で、どの社会福祉事務所の管轄かもわからないということね。では、あなたの誕生日の十一番にしましょう……」マルタはリストを調べた。「アルナ社会福祉事務所だわ。限りない慈悲できっと給付金を支給してくれるでしょう。ところで、あなたが使っているドラッグは？」

マルタはペンを宙にさまよわせたが、若者は答えなかった。

「一番好きなドラッグを訊いているのよ」

「やめたんだ」

彼女はペンを置いた。「〈イーラ・センター〉はドラッグ常習者のための施設なの。スポールヴェイ通りのセンターに電話して、空いている部屋があるかどうか、一応調べてあげるわ。あそこはここよりずっとましだから」

「つまり……」

「そう、ここの入居資格を得るには、習慣的にハイでなくちゃならないの」マルタは疲れた笑みを浮かべて若者を見た。

「ドラッグをやめたことにするほうがここに入れてもらいやすいだろうと考えて嘘をついた、と言ったら？」

「そのときは、質問に正しく答えたことになるわけだけど、これ以上助け船は出せないわね」

「ヘロイン」

「それから？」

「ヘロインだけだ」

マルタは用紙の記入欄にチェック・マークをつけた。本当だろうか。純粋なヘロイン常習者はオスロにほとんど残っていない。最近は混合薬物の使用者ばかりだ。混合ヘロインと、たとえばロヒプノールのような睡眠薬を組み合わせれば、両方の強さと持続時間の長さでより大きな効果を得られる。

「なぜここへきたの？」

若者が肩をすくめた。「屋根があるほうがいいからね」

「持病はない？　治療薬は服《の》んでない？」

「ない」

「何か将来の計画はある？」

若者がマルタを見た。マルタは父親がよく言っていた言葉を思い出した。人の過去は目に記されていて、それを読む方法を学ぶことには意味がある。しかし、その人の未来は目のなかには見つけられない、未来は知りようがない、と。たとえそうであっても、マルタはあとでこの瞬間を思い返し、自分自身に問うはずだった。スティーグ・ベルゲルと名乗る若者の将来の計画を、あのとき何か一つでも読み取ることができていたら、と。

若者が首を横に振った。仕事、学歴、過去の過剰摂取、身体的疾患、血液感染、メンタルヘルスなどについての質問にも、同じ反応を示した。マルタは最後に、センターは完全な機密保持を方針としているから、彼がここの居住者であることは一切口外しないと説明した。ただし希望するなら、センターに連絡を取ってきた場合に情報を与えてもいい相手を指定することはできる、その際は同意書を作成する、と。

「たとえば両親や友だちやガールフレンドがあなたと連絡を取れるようにね」

若者が悲しそうに微笑した。「そういう係累は、ぼくには一人もいないんだ」

この種の答えをマルタ・リーアンはあまりに何度も聞かされつづけて、何とも思わなくなっていた。それは共感疲労というもので、こういう仕事に就いている人間なら一度は冒されるものだとセラピストは言っていた。心配なのは、そこから抜け出せる気がまったくしないことだった。自分のシニシズムを気にしている人間の得られるシニカルさなど知れたものなのはわかっていた。以前のマルタは共感、同情、愛で、いつも心が熱かった。それなのに、いまは空っぽになる寸前だった。だからこそ、彼が発した〝そういう係累は、ぼくには一人もいないんだ〟という言葉に胸が騒いだことに驚いた。そこには萎縮した筋肉に動きをもたらす針のような刺激があった。

マルタは書類を受付に置かれたフォルダーに入れ、新しい入居者を一階の狭い保管庫へ連れていった。

「あなたが古着は受け付けないなんていう潔癖症タイプでないことを祈るわ」そう言って、マルタは背中を向けた。そのあいだに、若者がコートを脱ぎ、彼女の選んだ服を着て、靴を履いた。

咳払いを聞いて、マルタは振り向いた。薄いブルーのジャンパーとジーンズを身につけた姿は、さっきより背が高く、こざっぱりしていた。コートを着ているときに想像したほど痩せてもいないようだった。若者が質素なブルーのトレーニングシューズに目を落とした。

「そうなのよ」マルタは言った。「ホームレス用なの」

大量のブルーのトレーニングシューズは、一九八〇年代にノルウェー軍の余剰品倉庫から、援助に値する組織へ寄付されたもので、薬物依存者とホームレスの代名詞になっていた。

「ありがとう」若者が小声で言った。

そもそもマルタがセラピストにかかりはじめたきっかけが、ある居住者から感謝の言葉を聞けなかったことだった。さまざまな福祉制度や社会組織のおかげで生を何とか享受していられる自滅人間たちの口から〝ありがとう〟の言葉が発せられることは滅多になく、起きているあいだ、彼らはたいてい怒鳴り散らしている。それが積み重なったあげくに、さらにまた、〝ありがとう〟を聞けなかったことがあったのだ。あのとき、彼女はかっとなって言った。「ただで分けてもらってる使い捨て注射器のサイズが気にくわないのなら、いっそくたばればいいんだわ。社会福祉事務所が月に六千クローネも払って借りてくれてる部屋に戻ってそのへんの自転車を盗んだお金で買ったドラッグでいい気分になってればいいでしょ」相手は四ページにも及ぶ哀れっぽい物語を書いて、苦情とともに提出し、マルタは謝罪を強いられた。

「部屋へ案内するわ」

三階へ行く途中、バスルームとトイレの場所を教えた。据わった目の男たちが、早足で二人を追い越していく。

「オスロ一番のドラッグ・ショッピング・センターへようこそ」マルタは言った。

「ここが？」若者が訊いた。「ここでは売買が許されているの？」

「規則では禁止されているわ。でも、常習者だったら、所持品にドラッグがあるのは当たり前でしょう。知っていると役に立つと思うから教えてあげるけど、ここでは一グラムだろうと一キロだろうと、チェックはされないの。室内で売買されるものに関しては制限なしよ。ただし、凶器を持っていると疑われる場合は部屋に踏み込むけどね」

「凶器を持ってるやつがいるの？」

マルタは横目で彼を見た。「なぜそれを訊くの？」

「ここの暮らしがどれだけ危ないかを知りたいだけさ」

「ここにいる売人はみんな使い走りを使っていて、使い走りは居住者から借金を取り立てるためなら何でも使うの。野球のバットから本物の銃までね。先週なんか、ある部屋でベッドの下から捕鯨砲を見つけたわ」

「捕鯨砲？」

「ええ。銛《もり》を装填済みのスティング65よ」

マルタは自分が笑っているのに驚き、若者が笑みを返すのを見て思った。いい笑顔だ。もっとも、ここにいる大半がそうだけど。

マルタはドアをノックして、三二三号室の鍵を開けた。

「火事のおかげで部屋がいくつか閉鎖に追い込まれたセンターのせいで、こっちもいっぱいで相部屋なの。あなたのルーム・メイトはヨニーよ。ヨニー・プーマと呼ぶ人もいる。慢性疲労症候群で、ほとんど一日じゅうベッドで過ごしてるわ。でも、物静かな好人物よ。彼となら問題は起きないと思う」

マルタはドアを開けた。カーテンが閉じられているせいで、室内は暗かった。照明のスイッチを入れると、天井の蛍光灯が何度か点滅してから灯った。

「いいじゃないか」

マルタは部屋を見回した。〈イーラ・センター〉の居室を皮肉ではなくて〝いいじゃないか〟と言った者を、彼女は知らなかった。が、ある意味で、彼は正しいかもしれない。確かにリノリウムの床は擦り切れているし、スカイブルーの壁はでこぼこで、強力な洗剤でも洗い流せないくらい落書きでいっぱいだ。だけど、清潔で明るい。家具は二段ベッドと引き出し付きのチェストに塗装のはげたロウ・テーブル、そして造り付けの衣装戸棚だけだが、どれも壊れてはいないし、十分に使用に耐える。部屋には、二段ベッドの下段で眠っている男の臭いが漂っていた。若者は過剰摂取したことがないと答えたので、上段を割り当てた。下段は過剰摂取しそうな入居者に優先的に与えている。ストレッチャーにすぐ乗せられるようにするためだ。

「これをどうぞ」マルタは鍵のついたキイ・ホルダーを渡した。「わたしがあなたの担当だから、必要なことは何でも言ってね。わかった？」

「ありがとう」若者が青いプラスティックのタグを見つめた。「本当にありがとう」

13

「もうすぐ下りてきますから」受付嬢が革張りのソファに坐っているシモンとカーリに言った。二人の頭上には、陽の出に見えないこともない巨大な絵が掛かっていた。

「十分前にもそう言ったじゃないの」カーリがつぶやいた。

「天国では神が時間を決めるんだ」そう言って、シモンは噛み煙草を上唇の裏に滑り込ませた。「おれたちの上に掛かってるような絵だが、だいたいいくらぐらいするものなんだろうな？　どうしてこの絵が選ばれたのかな？」

「公共芸術の購入は、周知のことですけど、わが国の凡庸な芸術家への隠れた補助金以外の何物でもないんです」カーリが答えた。「家具調度と予算に見合ってさえいれば、壁に何が掛かろうと、買うほうにとってはどうでもいいんです」

シモンはちらりと横目で彼女を見た。「おまえさん、まるで丸暗記したことを棒読みしているようだと言われたことはないか？」

カーリが皮肉っぽい笑みを浮かべた。「そして、噛み煙草は喫煙の代償行為です。健康によくありません。煙草から噛み煙草に変えたのは、奥さんに言われたからじゃないんですか？　煙草の臭いが服につくから嫌だって？」

シモンは苦笑して首を横に振った。いまどきの若い連中のあいだでは、ユーモアで通用するんだろうな。「惜しいが、残念ながらそうじゃない。奥さんに頼まれたのは確かだが、そのときの言葉は、『あなたにできるだけ長生きしてほしいから』だ。それに、彼女はおれが煙草を喫ってることを知らないんだ。オフィスにしか置かないからな」

「通してくれ、アン」大きな声が怒鳴るように言った。

シモンは中間区画の入口を見た。ベラルーシの大統領が好きそうな制服と制帽姿の男が、鉄格子を指で叩いていた。

シモンは立ち上がった。

「この二人がふたたびここから出られるかどうかは、あとで決めよう」アーリル・フランクが言った。

受付嬢がまたかという顔をした。ほとんどそれとわからないほどかすかな表情だったが、シモンはそれを見逃さず、よほど使い古された冗談なんだろうと推測した。

「ところで、どん底へ戻ってきた気分はどうだ？」フランクが二人をともなって中間区画を抜け、階段を上がりながら訊いた。「確か、いまは重大不正捜査局にいるんだったな。いや、申し訳ない、おれも年かな。おまえさんがあそこを追い出されたのを忘れていたよ」

はなからそのつもりの侮辱に、シモンは笑う気にもなれなかった。

「おれたちがここへきたのは、ペール・ヴォッランのことでですよ」

「あの一件なら聞いたぞ。終わったんじゃなかったか？」
「終わるのは解決したときです」
「そんなことは教えてもらうまでもないと思うがな」
シモンは唇を歯に押しつけて笑みのようなものを浮かべてみせた。「ペール・ヴォッラン
は死んだ当日、ここへきていますよね」
フランクが副所長室のドアを開けた。「ヴォッランは刑務所付きの牧師だったから、たぶ
ん、自分の仕事をしにきたんだろう。調べろと言うなら、面会者名簿を確認してもいいぞ」
「お願いします。それから、彼が会った全員のリストももらえるとありがたいんですが」
「申し訳ないが、彼がここにいたあいだに接触した全員の名前は、おれにもわからないん
だ」
「彼があの日に会った人たちのうちの、少なくとも一人のことはわかっているんです」カー
リが言った。
「そうなのか？」フランクが机の向こうへ回って席に着いた。キャリアの最初からずっとと
もにある机と椅子だった。「お嬢さん、しばらくここにいるつもりなら、そこの戸棚からコ
ーヒー・カップを持ってきてくれないか。そのあいだに、面会者名簿を調べるから」
「ありがとうございます、でも、わたしはカフェインを摂取しないので」カーリが言った。
「その一人は、サニー・ロフトフースという名前です」
フランクが呆気にとられてカーリを見た。

「彼に面会することができないだろうかと考えていたんですよ」シモンは言った。勧められなかったがすでに腰を下ろしていて、そこから、早くも顔が赤くなりはじめているフランクを見た。「いや、申し訳ない、おれも年ですかね、彼は脱獄したばかりでしたね」

フランクがどう答えたものか考えているのを見て取って、シモンは先手を打った。

「われわれが彼に関心を持っているのは、ヴォッランの面会とロフトフースの脱獄がたまたま同時期に起こっていて、それがヴォッランの死をさらに疑わしいものにしているからなんです」

フランクがシャツの襟を引っ張った。「二人が会ったことをどうして知っているんだ」

「警察の事情聴取記録はすべて、共有のデータベースに保管されているんです」カーリが立ったままで言った。「ペール・ヴォッランの名前で検索したら、ロフトフースの脱獄に関連した事情聴取に彼の名前があったんです。グスタフ・ローヴェルという収監者の事情聴取記録です」

「ローヴェルなら釈放されたばかりだ。彼を事情聴取したのは、脱獄する直前のサニー・ロフトフースと話していたからだ。何を企んでいるかわれわれにわかるようなことを口にしていないかどうかを知りたかったんだ」

「われわれ？」シモンは白髪の交じった片眉を上げて訝った。「厳密に言うなら、脱獄した囚人を捕まえるのは警察の——警察だけの——仕事で、あなたたちの仕事ではありませんよね」

「ロフトフースはうちの囚人だ、ケーファス」

「ローヴェルの供述は役に立たなかったようですね」シモンは言った。「だが、彼は事情聴取でこう言っています。自分が房を出ようとしたちょうどそのとき、ペール・ヴォッランがロフトフースに会いに房に入ってきた、とね」

フランクが肩をすくめた。「それがどうしたんだ？」

「それで、二人は何を話したのか、その直後に片方が殺され、もう片方が脱獄したのはなぜなのか、われわれはそれを知りたいんですよ」

「たまたまそうなったのかもしれんだろう」

「もちろん、その可能性は否定できません。ヒューゴ・ネストルという男を知ってますか、フランク？　〝ウクライナ人〟とも呼ばれている男ですが」

「名前は聞いたことがあるな」

「では、知っているわけだ。そのネストルがロフトフースの脱獄に関与している可能性を示唆するようなことをご存じありませんか」

「どういう意味だ？」

「彼がロフトフースの脱獄に手を貸したとか、あるいは、刑務所内で彼を脅し、脱獄せざるを得なくしたとか」

フランクは深く考え込みながら、机をペンで叩いていた。

シモンの目の端では、カーリが携帯電話のメールを確認していた。

「おまえさんたちが何としても結果を必要としているのはわかるが、ここで大魚を釣り上げるのは無理だろうな」フランクが言った。「サニー・ロフトフースが脱獄したのは、何から何まで自分だけの動機によるものだ」

「それはすごいな」シモンは椅子に背中を預け、両手の指を合わせた。「薬物依存の若造でただの素人が、刑務所のなかの刑務所と言っていい国家重犯罪者刑務所から、だれの助けも無しで逃げ出したんですか？」

フランクが笑みを浮かべた。「素人と言ったが、賭けるか、ケーファス？」そして、シモンが答えられないのを見てにやりと笑った。「年のせいで忘れてたが、おまえさん、もう賭け事からは足を洗ったんだったな。では、おまえさんの言うところの素人の手際を見せてやろうじゃないか」

「これは監視カメラの映像だ」フランクが二十四インチのコンピューター・スクリーンを身振りで示した。「この時点で、コントロールルームの全員が床に俯せになり、ヨハンネスが刑務所じゅうのドアの鍵を解除した」

スクリーンは十六の画面に分割されてその一つ一つが刑務所のそこかしこに仕掛けられた監視カメラのそれぞれの映像を映し出しており、画面の下端に時刻が表示されていた。

「さあ、お出ましだぞ」フランクが刑務所の通路の一つを映している画面を指さした。

シモンとカーリが見ていると、若い男が房を出て、カメラのほうへぎこちなく走り出した。

丈が膝近くまであるワイシャツを着ていて、頭髪はシモンがおれの行きつけの床屋よりへたくそだと結論したぐらいひどい虎刈りだった。

若者が画面から消え、別の画面に再登場した。

「これはロフトフースが中間区画を抜けようとしているところだ」フランクが言った。「ちょうどこのころ、ヨハンネスは自分を止めようとしたら看守の家族に何が起こるかを忙しく説明しているんだ。興味深いのは、職員更衣室で起こることだ」

ロフトフースはロッカーの並んだ部屋に飛び込んだが、そのまま逃走をつづけようとはせず、左へ曲がって、ロッカーの最後の列の向こうへ姿を消した。フランクが腹立たしげにキイボードのキイを人差し指で叩くと、画面の下の時刻が停止した。

フランクは時刻表示の上にカーソルを移動させると、07:20と時刻を入力した。そして、四倍速で再生を再開した。画面の一つに制服の男たちが現われ、更衣室へ入っては出ていった。そのたびにドアが開閉された。フランクがもう一度キイを押して画面を静止させるまで、彼らを見分けるのは不可能だった。

「これが彼ですね」カーリが言った。「いまは制服とコートを着ているけど」

「病欠中のセーレンセンの制服とコートだ」フランクが言った。「ロフトフースは着替えて、更衣室で待っていたに違いない。ベンチに坐って、ほかの連中が出入りするあいだ、俯き、靴紐を結ぶ振りか何かしていたんだ。ここでは職員の入れ替えが頻繁に行なわれているから、着替えの遅い新人がいても、だれも見向きもしないだろう。あいつは朝の出入りが激しくなる時間まで待って、ほかの連中に紛れて更衣室を出た。鬚もなければ、髪も長くないんだから——房で切って、枕に押し込んであった——だれもサニーだとわからなかった。おれだってそうだ……」

フランクがキイを叩き、また再生が、今度は通常速度で始まった。画面には制服とコート姿の若者が裏口を出ようとし、アーリル・フランクと髪を後ろに撫でつけたグレイのスーツの男が入ろうとしているところが映っていた。

「外の持ち場にいる警備員は彼を止めなかったんですか？」

フランクがスクリーンの右下端の画像を指さした。

「これは警備員詰所の監視カメラの映像だ。見てわかるだろうが、われわれは車も人も身分証を確認することなく出入りさせている。勤務交替時間のたびにその手続きを完璧にしていたら、出るのも入るのも時間がかかってどうしようもなくなるだろう。だが、これからはやらざるを得ないだろうな」

「そうでしょうね。もっとも、行列してまでここに入ろうとする人間はいないと思いますがね」シモンは冗談を飛ばした。

それにつづく沈黙のなかで、カーリが欠伸を嚙み殺すのが聞こえた。フランクの歓迎の冗談に負けず劣らずつまらないということのようだった。

「というわけで、これがおまえさんたちの言うところの素人だ」フランクが言った。

シモン・ケーファスは応えず、警備員の前をゆっくりと通り過ぎていく後ろ姿を観察した。

とがある。なぜか、口元が緩みはじめた。ロフトフースの歩き方が目に留まった。あの歩き方は見たこ

マルタは胸の前で腕組みをし、目の前の二人の男を値踏みした。薬物対策課の者ではない。薬物対策課の警官ならほとんど知っているはずだが、この二人はこれまで見たことがなかった。

「われわれが捜しているのは……」男の片割れが口を開いたが、そのあとにつづいた言葉は彼らの背後のヴァルデマール・トラネス通りを走る救急車のサイレンにかき消された。

「何ですって?」マルタは声を張り上げた。こういう黒いスーツを見たのはどこでだっただろう、と彼女は考えた。広告だろうか?

「サニー・ロフトフースなんだが」小柄なほうが繰り返した。ブロンドで、鼻は何度か折れたことがあるように見えた。こういう鼻なら毎日見ているけど、とマルタは思った。これは肉体がぶつかり合うスポーツの結果ね。

「ここでは住んでいる人たちの名前を教えないことになっているんです」マルタは告げた。

背が高くがっしりした体型で、縮れた黒い髪を頭の周囲で奇妙な形の半円形にしている男が、マルタに写真を見せた。

「国家重犯罪者刑務所を脱獄した危険人物と考えられているんだ」また救急車が近づいてきたので、男が彼女のほうへ身を乗り出し、顔の前で叫んだ。「だから、やつがここに住んで

いるのにわれわれに教えなかったら、何かがあった場合、あんたは責任を問われることになるぞ。わかったか？」

やはり、薬物対策課じゃない。だとしたら、少なくともこの二人に見覚えがないことの説明はつく。マルタはうなずき、写真を観察した。そして、もう一度二人を見た。口を開こうとした瞬間、突風のせいで黒髪が顔にかかった。言い直そうとしたとき、背後で叫ぶ声が聞こえた。トイが階段の上にいた。

「なあ、マルタ、ブッレがイっちまって、自分で自分を切りつけた。どうしていいかわからないんだよ。カフェに戻ってきちゃいるんだけどな」

「夏は人の出入りが多い時期なんです」マルタは言った。「ここに住んでいる人たちの大半が、公園で野宿をするほうを好むんですよ。でも、そのおかげで部屋に空きができ、新しい人たちを迎え入れられるんですけどね。そういう人たち一人一人の顔を全部憶えているのは――」

「だから、言っただろう、サニー・ロフトフースという名前なんだ」

「――それに、本名を登録したがる人たちばかりではないんですよ。ここへくる人たちが身分証やパスポートを持っているとはわたしたちは期待していないから、本人の言う名前をそのまま受け入れるんです」

「しかし、社会福祉事務所は身元を知る必要があるんじゃないのか？」ブロンドのほうが訊いた。

マルタは唇を噛んだ。

「おい、マルタ、ブッレは、何て言えばいいのかな、文字どおり血の海のなかにいるんだ！」

カールした髪を半円形にした男が、毛むくじゃらの大きな手でマルタの剝き出しの上腕をつかもうとした。「ちょっとなかを見せてくれればすむことだろう、そうすれば、やつがいるかどうかをこの目で確かめられるんだから」そして、マルタの目に浮かんだ表情に気づき、手を引っ込めた。

「身分証といえば」彼女は言った。「あなたたちの身分証を見せてほしいと頼むべきかもしれませんね」

ブロンドの男の目に暗いものが宿り、カールした髪の男の手がふたたび伸びてきて、今度はつかもうとしただけでなく、実際につかんだ。

「ブッレはほとんど血が残ってないみたいなんだ」トイが三人のところへ下りてきて、揺れる身体と揺れる目で、何とか二人の男に焦点を合わせた。「ここで何をしてるんだ？」

マルタは男の手を振りほどき、トイの肩に手を置いた。「そういうことなら、ブッレの命を助けに行きましょう。お二人とも、よかったら待っていてもらえますか？」

マルタはトイをともなって、カフェへ向かった。また救急車が走っていった。三台目だ。

マルタは思わず身震いした。

マルタはカフェの入口で振り返った。

二人組の姿はなかった。

「では、あなたとハルネスは間近でサニーを見たんだな？」シモンは訊いた。フランクに連れられて、カーリと一緒に一階へ戻る途中だった。

フランクがちらりと時計を見た。「われわれが見たのは、若くて、鬚のない、制服を着た短髪の男だ。われわれの知っているサニーは汚いシャツを着て、長い髪をもつれさせ、鬚を伸ばしていた」

「つまり、いまの人相風体では、彼を見分けるのは難しいと、そういうことですか？」カーリが訊いた。

「監視カメラから採った写真は、おまえさんたちも予想はしていただろうが、画質が悪い」フランクが振り返り、彼女を見つめた。「だが、われわれはあいつを見つける」

「このハルデンなる人物と話せないのが残念ですよ」シモンは言った。

「そうだな。だが、言ったとおり、病気が悪化しているんだ」フランクが答えた。受付へ戻っていた。「面会できるようになったら連絡しよう」

「ロフトフースがペール・ヴォッランと何を話したか、まったく見当もつかないわけですね？」

フランクが首を横に振った。「いつものとおり、重荷を下ろしたり、精神的な導きを与えたりしてやったんじゃないのかな。もっとも、サニー・ロフトフースは自身が秘密を打ち明けられる側だったがね」

「そうなんですか?」

「ロフトフースは囚人同士の付き合いをしなかった。中立で、どの刑務所にもある派閥みたいなものにも属さなかった。それに、決して他言しなかった。いい聞き手とはそういうものだよな。あいつは囚人のあいだで懺悔聴聞僧のようになっていたんだ。何についてであれ、連中はあいつを信用していた。だれにも口外しないんだからな。そういう仲間はいないし、しばらくのところは刑務所にいるんだから」

「彼はどういう種類の殺人でここに入れられているんですか?」カーリが訊いた。

「人間を殺すという種類の殺人だ」フランクが素っ気なく答えた。

「わたしが訊いているのは――」

「最も残酷な種類の殺人だよ。アジア系の女の子に薬物を注射して死に至らしめ、コソヴォ・アルバニア系の男を窒息死させた」フランクが出口のドアを開けた。

「そんなに危険な犯罪者がいまも逃走中だと考えると――」シモンは言った。相手の嫌がるところに踏み込んでいるのはわかっていた。彼はサディストではないが、ことアーリル・フランクとなると例外を作る準備はできていた。好きになりにくい人物だからではなかった。実際のところ、性格に情状酌量の余地もあった。彼が仕事をきちんとしていないからでもなかった。国家重犯罪者刑務所の事実上の最高責任者が所長ではなくてフランクであることは、警察本部の全員が知っていた。そういうことではなくて、問題は別のところにあった。疑わざるをえないいくつもの偶然の一致がシモンを苦しめていた。だが、これ以上なくもどかしい思いを抱えつつも、彼はそれを証明できないと悟り始めていた。フランクが私欲を満たすために行動していることを。

「あいつにくれてやるのは四十八時間だ、警部」フランクが言った。「あいつには金も、親戚も、友だちもない。十八で収監されて以来、ずっと一人きりだ。あれから十二年が経っている。外の世界のことは何も知らない、行くところもなければ、隠れるところもないんだ」

遅れまいと急ぐカーリを従えて車へ戻りながら、シモンは四十八時間について考え、賭けてみたい誘惑に駆られた。あの若者について気づいたことがあるからだった。それが何なのか定かではなかった。身体の動き方だけかもしれないが、それ以上の何かを受け継いでいる可能性もあった。

14

ヨニー・プーマはベッドで寝返りを打ち、新しい同室者《ルーム・メイト》を値踏みした。〝同室の友《ルーム・メイト》〟という言葉をだれが発明したかは知らないが、〈イーラ・センター〉に限って言うなら、それはまったくの誤称でしかない。〝同室の敵《ルーム・エネミー》〟のほうがふさわしい。おれから盗みを働こうとしなかった同居人はこれまで一人もいないし、こっちも相手から巻き上げようとしなかったことはない。だから、金目のものは太腿の高い位置にテープで留めてある。三千クローネが入った防水性の財布と、アンフェタミンが三グラム入っている二重のビニール袋だ。こうしておけば、どんなに熟睡していても、だれかが盗ろうとしたら必ず目が覚める。

これがこの二十年のヨニー・プーマの生活だった。アンフェタミンと睡眠。彼は七〇年代からこっち、なぜ若者は仕事よりもパーティを、家と家族を持つよりも喧嘩や乱交を、素面での死ぬほど退屈な人生よりドラッグをやっていい気分でやり過ごす人生を好むのかを説明する診断のほとんどすべてを当てはめられてきたが、最後の診断が当たりだろうと思われた。ME、すなわち筋痛性脳脊髄炎、わかりやすく言えば、慢性疲労。ヨニー・プーマが疲労する？ それを聞いて笑わなかった者はいない。ヨニー・プーマ、重量挙げの選手、パーティが大好きで、片手でピアノを移動させられるリッレサン出の最も人気のある引っ越し屋だったのだから。腰の痛みから服みはじめた鎮痛剤が効かなくなり、効きすぎる鎮痛剤を服むようになり、ついにはその鎮痛剤をやめられなくなったのだった。そして、いまの日々はベッドで長い時間を過ごし、たまにドラッグを手に入れるために全精力を注ぎ込んで身体を動かすくらいだった。〈イーラ・センター〉のドラッグ貴族、性転換の途中のココと自称するリトアニア人に借りてしまっている恐ろしいほどの額の借金を返すための金を手に入れる必要もあった。

プーマは窓のところに立っている若者を一瞥し、すぐに見抜いた。こいつドラッグを必要としている。常に、居ても立ってもいられないぐらい必死に在処《ありか》を捜している。強迫感に苛まれてもがいている。

「なあ、カーテンを閉めてもらえないかな」

若者がその頼みを聞き入れ、部屋に心地いい暗さが返ってきた。

「おまえさん、何を服《や》ってるんだ？」

「ヘロインだけど」

ヘロイン？　ここでは、〝ドープ〟と呼ばれていた。または、〝シット〟、〝スキャグ〟、〝ホース〟、〝ダスト〟。あるいは、〝ボーイ〟。『白雪姫』のねぼすけ《スリーピー》みたいな男から新橋《ニーブルーア》で買うことのできる新しい魔法のドラッグなら〝スーパーボーイ〟。〝ヘロイン〟というのは刑務所で使われている言葉だった。もちろん、初心者も〝ヘロイン〟という言葉を使う。だが、まともな初心者なら、たとえば〝チャイナ・ホワイト〟とか〝メキシカン・マッド〟といったような、映画で聞き覚えた馬鹿げた呼び方を使ってもいいはずだった。

「安くて質のいいヘロインを手に入れてやろうか。そうすれば、おまえさんが外へ出て手に入れる必要もないだろう」

暗闇で陰になった若者に何かが起こるのがわかった。本当に必死な依存者がドラッグを約束されただけで興奮するのを、プーマは何度も見てきていた。彼が信じている実験によれば、注射の数秒前には脳の快楽中枢に変化が現われるのだった。三六号室のヘフディンゲンから買うことのできるドラッグを四割の粗利が出るようにして売れば、プーマ自身が使うスピードを三袋か四袋は買えるはずだし、そのほうが、またここの住人から盗むよりは安全だろうと思われた。

「いや、いらない。あんたが眠りたいんなら、ぼくは部屋を出ていてもいいんだが」

窓際からの声はとても穏やかで小さく、それなのにどうしてはっきり聞こえるのか、プーマは理解できなかった。ここはひっきりなしに賑やかで、絶叫、音楽、口論、車の騒音に包まれているというのに。なるほど、こいつはおれが寝ようとしているかどうかを知りたがっているわけだ。おれが眠ったら身体検査し、腿にテープで留めてある包みを見つけるかもしれない。

「おれは眠らない、目を閉じるだけだ。わかったか?」

若者がうなずいた。「それでも、邪魔にならないように外に出ているよ」

新しいルーム・エネミーが外に出てドアを閉めると、ヨニー・プーマはベッドを出た。そして、わずか二分で若者の衣装戸棚と上段の寝台の探索を終えた。何もなかった。プーマのルーム・エネミーは見かけほど世間を知らないわけではなさそうだった。持ち物は全部、肌身離さず自分で持っているのだ。


マルクス・エングセットは怯えていた。

「怖いのか?」行く手をさえぎっている二人の少年の大柄なほうが言った。

マルクスは首を横に振り、泣き出しそうになるのをこらえた。

「いや、怖がってるな。その証拠に汗を搔いてるじゃないか、なあ、肥った豚野郎。おい、匂うだろ?」

「見ろよ、こいつ、泣き出すぞ」もう一人の少年が笑った。

十五か、十六か、もしかすると十七か。マルクスは知らなかったが、自分よりずいぶん大きくて年上だということだけはわかった。

「こいつをちょっと借りたいだけなんだ」背の高いほうが言い、マルクスの自転車のハンドルをつかんだ。「あとで返してやるよ」

「いつかはな」もう一人がまた笑った。

マルクスは家々の窓を見上げた。通りは静まり返っていた。窓ガラスの向こうは暗く、何も見えなかった。普段は人に姿を見られるのが好きではなかった。こっそり庭の門をくぐり、黄色い空き家へ近づくには、人目につかないほうがいいに決まっていた。だが、いまはどこかの窓が開いて、この二人を大人の声で怒鳴りつけてほしかった。この界隈をうろうろするな、どうせおまえたちはトーセンかニーダーレンあたりの悪がきだろうから、とっととそこへ帰れ、と。しかし、物音一つしなかった。夏の静けさだ。夏休みで、この通りの子供たちは山小屋や海、あるいは外国へ行ってしまっていた。マルクスはいつも一人で遊んでいたから不自由は感じなかったが、人気のないところにいると、小柄なためにより危険な目にあうこともあった。

大柄なほうがマルクスから自転車をもぎ取った。その瞬間、彼は気づいた。もう泣くのを我慢する強さは残っていない。この夏、どこかへ行くために使えたかもしれないお金でお母さんが買ってくれた自転車なのに。

「お父さんが家にいるんだぞ」マルクスはついさっきまでなかにいた黄色い空き家と通りを挟んで向かい合っている、赤い家を指さした。

「それなら、どうして呼ばなかったんだ？」大柄なほうが自転車にまたがって漕ぎ出そうとしたが、タイヤの空気量が十分でないらしくてぐらつき、苛立った様子を見せた。

「お父さん！」マルクスは叫んだが、上っ面だけの下手な芝居に過ぎないとたちどころにわかってしまった。

二人組が哄笑した。もう一人のほうが荷台に腰を下ろすと、ゴムのタイヤがリムから外れそうになるほどに捻れはじめた。

「おまえ、親父なんかいないんだろ？」荷台の少年が言い、唾を吐いた。「さあ、ヘルマン、行けよ」

「行こうとしてるさ、おまえが止めてるんだろう」

「そんなこと、するはずがないだろう」

三人は振り向いた。

男が自転車の後ろに立って荷台をつかんでいた。男が荷台を持ち上げたために自転車が前へ傾き、二人の少年は前へつんのめった。二人は何とか自転車を降りると、男を睨みつけた。

「あんた、何してくれてんだ」年上の少年が怒鳴った。

男は答えず、少年を見ていた。マルクスは男の奇妙な髪型、〝救世軍〟のロゴの入ったTシャツ、前腕の傷痕に気づいた。あまりに静かなので、ベルグの鳥のさえずりが一つ残らず聞こえるような気がした。いま、二人の少年も男の傷痕に気づいたようだった。

「借りようとしていただけだよ」大柄なほうの少年が言った。恨みがましい小さな声に変わっていた。

「だけど、あんたが欲しいんなら譲ってもいい」もう一人が急いで付け加えた。

男は依然として二人を見つめているだけだった。そして、自転車を取り戻せとマルクスに身振りで指示した。二人の少年が後ずさりしはじめた。

「どこに住んでるんだ？」

「トーセンだけど……あんた、この子の親父なのか？」

「そうかもな。隣りの駅のトーセンだな?」

二人は同時にうなずき、あたかも命令されたかのように回れ右をして去っていった。マルクスは笑顔で自分を見下ろしている男を見上げた。背後で、少年の片割れがもう一方に言うのが聞こえた。「あいつの親父はジャンキーだぞ――あの腕を見たか?」

「名前は?」男が訊いた。

「マルクス」

「いい夏をな、マルクス」男は言い、自転車を返して、黄色い家の門のほうへ歩いていった。

マルクスは息を詰めた。その家はこの通りのほかの家と違うところはなく、四角い箱のようで、特に大きくもないし、小さな庭に囲まれていた。しかし、外壁は塗り直す必要があり、庭は芝を刈る必要があった。それでも、家だった。男はまっすぐに地下室への階段へ向かっていた。マルクスが以前見たセールスマンやエホバの証人は玄関へ向かったが、彼は違っていた。地下室の入口の梁の上に鍵が隠してあって、いつもマルクスが用心深くそこへ戻しているのを知っているのだろうか?

地下室の入口が開き、閉まる音がして、その答えがわかった。

マルクスは呆気にとられた。彼の記憶にある限り、あの家に住んでいる人間はいなかった。正確に言えば、五歳、つまり、七年前からの記憶でしかなかったが、あの家が空き家なのは間違いないように思われた。自殺者が出た家に住みたい者がいるとは思えなかった。

ただし、年に少なくとも二度はやってくる人物がいた。マルクスは一度しか見たことがなく、冬になる前には温度を低くして暖房を入れ、春になるとそれを切りにくるのだろうと推測していた。料金も払っているに違いなかった。電気が通っていなかったらあの家はもう住めないぐらいに傷んでいるはずだとマルクスの母は言っていたが、彼女もその人物の正体を知らなかった。しかし、その人物はいまあの家にいる男とは似ても似つかなかったし、マルクスもそれについては自信があった。

新しくやってきた男の顔が、キッチンの窓の向こうに見えた。あの家にはカーテンがなかったから、なかに入るとき、マルクスは必ず窓から離れて、外から姿を見られないようにしていた。暖房をつけにきたのではなさそうだが、それなら、何をしているのだろう？　どうすれば……マルクスは望遠鏡を持っていたことを思い出した。

自転車を押して赤い家の門をくぐると、自分の寝室へと階段を駆け上がった。その望遠鏡は――実際には、スタンド付きの何の変哲もない双眼鏡だった――父親が出ていくときに持っていかなかった唯一のものだった。少なくとも、マルクスの母はそう言っていた。マルクスはその双眼鏡を黄色い家のほうへ向け、拡大して覗いてみた。男はいなくなっていた。円形の視野を壁に沿って移動させ、窓を一つずつうかがっていった。すると、男が見つかった。彼はあの少年の寝室にいた。あのジャンキーが住んでいた部屋に。マルクスはあの家を探検し、隅から隅まで余すところなく知っていた。主寝室の緩んだ床板の下の秘密の隠し場所まででも。しかし、自殺者が出なかったとしても、あの黄色い家に住みたいとはマルクスは思わなかった。放棄される前、あの家には自殺した男の息子が住んでいた。その息子は薬物依存で、散らかし放題にしたあげくに、片付けもしなかったし、修繕もしなかった。だから、雨が降れば雨漏りがした。その息子はマルクスが生まれた直後に姿を消した。マルクスの母によれば、だれかを殺して、刑務所に入ったとのことだった。あの家には悪い呪いがかかっているんじゃないだろうか、とマルクスは考えた。だから、自殺者が出たり、人殺しが出たりするのかもしれない。彼は身震いした。それでも、そこがあの家が気に入っている理由だった。その不吉なところが、そして、あの家で起こる物語を作ることができるのが気に入っていた。今日だけは、その物語を作る必要がなかった。何しろ、勝手に、しかも実際に、何かが起こっているのだから。

男が寝室の窓を開けた。空気を入れ換える必要があるのだから、何の不思議もないことだ。ベッド・リネンは汚れ、床に注射針が散乱していたが、それでも、マルクスはあの部屋が一番好きだった。いま、男は窓に背を向けて立ち、マルクスが大好きな写真を見ていた。三人全員が幸せそうに笑っている家族写真、レスリングのユニフォーム姿の少年がトレーニングウェア姿の父親と並んで一緒にトロフィーを掲げている写真、警察の制服を着た父親の写真。

男が衣装箪笥を開け、灰色のパーカーと、〝オスロ・レスリング・クラブ〟と白く記された赤いスポーツ・バッグを取り出した。そのバッグに二つばかり何かを入れたが、それが何なのかはマルクスにはわからなかった。やがて、男は部屋を出ていき、見えなくなった。ふたたび現われたのは書斎、窓際に机を置いた小さな部屋だった。死体が見つかった部屋だと、マルクスの母は言っていた。男は窓のそばで何かを探していた。彼が何を探しているかをマルクスは知っていたが、部屋のなかのことに詳しくなければ見つからないこともわかっていた。やがて、机の引き出しを開けているようだったが、机の上のスポーツ・バッグが邪魔をして、何をしているのかはっきりとはわからなかった。

探しているものが見つかったのか、それとも、諦めたのか、男はスポーツ・バッグを持って部屋を出ていった。そして、主寝室へ行き、階段を下りて、マルクスの視界から消えた。

十分後、地下室のドアが開き、男が階段を上がってきた。パーカーを着て、フードを深くかぶり、バッグを肩に引っかけていた。そのまま門を出て、きた道を戻っていった。

マルクスは階段を駆け下り、外へ飛び出した。パーカーの後ろ姿を見送り、黄色い家の柵を跳び越えると、芝生を突っ切り、地下室への階段を下りた。震え、息を切らして、梁の上をまさぐった。鍵は戻してあった。安堵のため息をつき、なかに入った。怖くないと言えば嘘になるが、それほどではなかった。ある意味でここはマルクスの家であり、侵入者はあの見知らぬ男のほうだった。ただし……

マルクスは書斎へ駆け上がり、隙間なく本が並んでいる本棚へ直行して、二段目の棚の『蠅の王』と『彼らはあざみを燃やす』のあいだに手を突っ込んだ。机の引き出しの鍵はそこにあった。しかし、この鍵は見つかって使われたのだろうか。マルクスは鍵を鍵穴に押し込んで回しながら、机を見た。木の表面に黒い染みがあった。長年使われたためにできた脂染みかもしれなかったが、マルクスにとっては疑いの余地はなかった――まさにそこに頭があったんだ。血の海になり、壁に血しぶきが散ったこの部屋で。その場面はいつか映画で観たものと同じだった。

引き出しのなかを見て、マルクスは息を呑んだ。なくなっていた！　あいつが持っていったに違いない。息子だ。息子が戻ってきたんだ。机の引き出しの鍵の在処を知っている可能性のある者はほかにいない。それに、彼の腕には注射の痕があった。

マルクスは息子の寝室に入った。そこはマルクスの部屋でもあった。周囲に目を走らせ、すぐに何がなくなっているかに気がついた。警察官の制服を着た父親の写真、写真、ＣＤウォークマン、四枚のＣＤのうちの一枚。なくなっているのはデペッシュ・モードの「ヴァイオレーター」だった。マルクスも聴いたことがあったが、大していいとは思わなかった。

通りから見えないよう、部屋の真ん中に坐り、夏の静けさに耳を澄ませた。息子が戻ってきた。マルクスは写真の少年の全人生を作り上げていたが、登場する人々が年を取ることを忘れていた。そしていま、彼は机の引き出しのなかのものを取りに戻ってきたのだ。

そのとき、車のエンジンの音が静けさを破った。

「目指す住所から遠ざかってるってことはないんですか？」道標になるような番地が見つからないかと慎ましい木造住宅に目を凝らしながら、カーリが訊いた。「あそこにいる男性に訊いてみませんか」

彼女が路肩へ顎をしゃくった。パーカーのフードをかぶった男が、赤いスポーツ・バッグを肩に掛け、二人のほうへ俯いたまま歩いていた。

「目当ての家は丘を越えてすぐのところだ」シモンは言い、アクセルを踏んだ。「おれを信用しろ」

「それはつまり、彼の父親を知ってるということですか？」

「そうだ。息子については何がわかった？」

「刑務所でわたしに話してくれた全員が、異口同音にこう言っていました——大人しくて口数も少ないけれどもみんなに好かれていて、本当の友だちはおらず、ほとんどいつも独りでいた、とね。親戚は見つかりませんでした。いま目指しているのが、最後にわかっている彼の住所です」

「家の鍵はあるのか？」

「刑務所が預かっていた彼の私物のなかにありました。新たな令状は必要ないと思います——彼が脱獄した関係で、すでに家宅捜索令状が出ていますから」

「ということは、もう警察がそこへ行っているのかな」

「サニーが家に戻っていないか念のために確かめただけです。彼がそこまで愚かだとはだれも本気で考えてはいなかったんでしょう」

「友だちもいない、親戚もいない、金もない。そういう場合、残されている選択肢は多くない。おまえさんもすぐにわかるだろうが、囚人というのは概して、びっくりするほど愚かなものなんだ」

「それは知っています。でも、あの脱獄の仕方は馬鹿にはできませんよ」

「そうかもしれんな」シモンは認めた。

「そうに決まっています」カーリがきっぱりと言った。「サニー・ロフトフースは学業においても最優秀で、彼の世代ではノルウェーで最高のレスラーの一人でした。そうなれた理由は、身体的に最強だからではなく、抜け目のない戦術を駆使できたからなんです」

「おまえさん、頑張って宿題をこなしたらしいな」

「いいえ」彼女が言った。「彼の名前をグーグルで検索して、昔の新聞記事をPDFで読み、何本か電話をかけただけです。そんなに難しいことじゃありませんよ」

「着いたぞ、この家だ」シモンは言った。

車を停めて運転席を出ると、助手席から降りたカーリが庭へつづく門を開けた。

「いまや荒れ果てているようだな」シモンは感想を口にした。

そして、警察の制式リボルバーを抜くと安全装置が解除されているのを確認した。カーリが玄関のドアの鍵を開けた。

シモンは拳銃を構えて先になかに入り、玄関ホールで足を止めて耳を澄ませた。そして、照明のスイッチを入れた。壁の明かりが灯った。

「驚いたな」シモンはつぶやいた。「人の住んでいない家に電気が通じているのは珍しい。まるで最近だれかが――」

「そうじゃないんです」カーリがさえぎった。「それも調べたんですが、ロフトフースが刑務所へ入って以降も、公共料金は支払われているんです。ケイマン諸島の口座から引き落とされているんですが、その口座の持ち主を追跡することはできないようになっているんです。金額は大したことはないんですけど、それにしても——」

「——謎めいているよな」シモンは引き取った。「結構じゃないか。おれたち刑事はよくできた謎が大好きだろ？」

シモンはカーリを従えて廊下からキッチンへ移動した。冷蔵庫を開けると、電源は入っていなかったが、牛乳のパックが一つだけ入っていた。シモンはカーリにうなずいた。彼女は怪訝な顔をしたが、やがて理解し、牛乳パックを開けて匂いを嗅いだ。匂いはしなかった。彼女がパックを振ると、かつては牛乳だった塊がさがさと音を立てた。シモンはふたたびカーリを従えて居間を通り抜け、階段を二階へ上がった。すべての部屋を検《あらた》め、最後に少年の寝室に間違いないと思われる部屋へ行った。シモンは空気を嗅いだ。

「彼の家族ですね」カーリが壁の写真の一枚を指さした。

「そうだな」シモンは答えた。

「母親は——そうですね、歌手か女優に見えませんか？」

シモンは答えず、もう一枚の写真を見ていた。いまはなくなっている写真、もっと正確に言えば、かつて写真があった場所にできている色褪せた方形を。彼はもう一度空気を嗅いだ。

「サニーを教えていた昔の教師の一人を何とか捕まえて、話を聞くことができたんです」カーリが言った。「その教師によると、サニーは父親のような警察官になりたがっていたけれども、その父親が死んで、道を踏み誤ったんだそうです。学校でも問題を起こし、人を寄せつけず、意図的に孤立し、自滅していった。父親の自殺のあと、母親も精神的に壊れてしまって――」

「ヘレーネだ」シモンは言った。

「何と言いました？」

「彼女の名前はヘレーネだ。睡眠薬の過剰摂取だった」シモンは部屋を見渡し、埃の積もったベッドサイド・テーブルに視線を留めた。そのあいだも、カーリが淡々と話しつづけていた。

「十八のとき、サニーは人を二人殺したと自白し、刑務所へ送られました」

埃の上に一本の条《すじ》がついていた。

「そのときまで、警察の捜査はまったく違う方向を向いていました」

シモンは二歩で一気に窓際へ行った。午後の陽差しが赤い家の前に倒れている自転車を照らしていた。シモンは自分たちがやってきた道路を見下ろした。いまは、そこにだれもいなかった。

「物事というのは必ずしも見えたとおりであるとは限らないんだ」シモンは言った。

「どういう意味ですか？」

シモンは目を閉じた。もう一度、最初からすべてを話すエネルギーが残っているだろうか？　そして、深く息を吸った。

「警察にいるだれもが、アープ・ロフトフースはモグラ《スパイ》だったに違いないと考えた。アープが死ぬと、スパイ活動が止んだ。なぜか不意打ちの手入れが失敗することもなくなり、証拠や証人や容疑者がいきなり消えることもなくなった。それをもって、警察はアープがスパイだった証拠だと考えた」

「でも？」

シモンは肩をすくめた。「アープは自分の仕事と警察に誇りを持っている男だった。金のことなど眼中になかった。眼中にあるのは家族のことだけだった。だが、スパイがいたことは疑いの余地がないんだ」

「それで？」

「だから、そのスパイがだれだったのか、だれかが突き止めなくてはならないんだ」

シモンはまた空気を嗅いだ。汗だった。汗の臭いがした。ついさっきまで、ここにだれかがきていたということだった。

「それで、その人物に心当たりはあるんですか？」カーリが訊いた。

「若くて機転のきくだれかだ」シモンはカーリを見た。彼女の肩の向こう、衣装簞笥の扉を。汗と恐怖を。

「ここにはだれもいないな」シモンは大きな声で言った。「よし、階下《した》へ下りよう」

シモンは階段の半ばで足を止め、カーリにはそのまま下りろと合図した。そして、自分はそこにとどまって待ちながら、拳銃のグリップを握り締めて聞き耳を立てた。

静けさしかなかった。

シモンはカーリのあとを追って階段を下りた。

キッチンへ戻ると、ペンを見つけて、黄色い糊付き付箋紙に何かを書きつけた。

カーリが咳払いをした。「あなたは重大不正捜査局を追い出されたとフランクは言ってたけど、あれは正確にはどういうことだったんでしょう」

「その話はしたくないんだ」シモンは言い、糊付き付箋紙の書きつけを冷蔵庫の扉に貼りつけた。

「ギャンブルと関係があるんですか？」

シモンは鋭い目で彼女を一瞥し、キッチンをあとにした。

カーリは書きつけを読んだ。

　私はきみの父さんを知っている。いいやつだった。きみの父さんも私について同じことを言うはずだ。連絡をくれ。きちんとしたやり方で、安全に警察へ連れていくと約束する。

　シモン・ケーファス　電話 550106573　simon.kefas@oslopol.no

カーリは急いでシモンのあとを追った。

マルクス・エングセットは車が走り出す音を聞き、安堵のため息をついた。衣装箪笥のなかに隠れ、背中を壁に預けて、吊るされた服の下にうずくまっていた。生まれてから、こんなに怖い思いをしたことはなかった。びっしょり濡れて身体に貼りついている、自分のTシャツから汗の匂いがした。それでも、爽快感があった。フログネルバーデのダイビング・プールで、最悪の場合は死ぬかもしれないと思いながら、十メートルの高さの跳び込み台から落下しているときのような爽快感が。そのうえ、実を言うとそれほど恐ろしくはなかったのだ。

15

「いらっしゃいませ、お客さま、今日は何をお探しでしょう?」トール・ヨーナソンは言った。

彼は客にいつもこう声をかけることにしていた。トールは二十歳で、客の平均年齢は二十五歳、店にある品は五つに満たなかった。トールの考えでは、だからこそこういう古風な声のかけ方が面白いのだった。ところが、彼のユーモアは客の頭の上を素通りしてしまったらしかった——もっとも、客はフードを目深にかぶり、その顔は基本的にほとんど陰になって見えなかったから、断言はできなかったが。その陰の世界から声が聞こえた。

「発信元を追跡できない携帯電話が欲しいんだ」

ドラッグ・ディーラーだ。間違いない。そんな電話を欲しがる客はあいつらだけだ。

「このアイフォンなら送り手に関する情報を非通知にできます」トールは言い、狭い店の棚から白いアイフォンを取り上げた。「発信先のディスプレイにあなたの番号が表示されることはありません。お得な契約でもありますよ」

買ってくれるかもしれない客が体重を移動させ、肩に掛けた赤いスポーツ・バッグのストラップを調節した。男が完全に店から出ていくまで、トールは目を離さないことにした。

「いや、契約が必要な電話はいらない」男が言った。「欲しいのは、プロバイダーからも追跡されない電話なんだ」

警察からもだろう、とトールは思った。「あなたが考えておられるのは使い捨ての携帯電話ですね。『ザ・ワイヤー』で使っていたような」彼は大きな声で言った。

「すまない、何だって？」

「『ザ・ワイヤー』ですよ。テレビドラマです。薬物対策課も所有者を追跡できない携帯です」

こいつ、おれが何を言ってるかわかってないようだな、とトールは気づいた。いやはや、〝すまない〟と謝り、『ＴＨＥ ＷＩＲＥ／ザ・ワイヤー』を観たことがないドラッグ・ディーラーかよ。

「あれはアメリカの話ですからね。ノルウェーにはないんですよ。二〇〇五年以降、プリペイドのＳＩＭカード付きの携帯電話を買う場合でも、身分証の提示が必要になったんです。だれかのものとして登録しなくちゃならないんです」

「だれか？」

「そうです、あなたの名前で登録する必要があるんですよ。ご両親に買ってあげるのであれば、ご両親の名前で」

「わかった」男が言った。「ここにある一番安いのをもらうよ。プリペイドのＳＩＭカード付きのやつだ」

「承知しました」トールは言い、〝お客さま〟から離れてアイフォンを棚に戻し、もっと小さな携帯電話を下ろした。「すごく安いとは言えませんが、インターネットにアクセスできます。SIMカード付きで千二百クローネになります」

「インターネットにアクセス？」

トールは男をまじまじと見た。おれよりそんなに年上であるはずはないが、本当に困惑しているらしい。トールは肩までの長さの髪を二本指で耳の後ろへ押しやった。『サン・オブ・アナーキー』のシーズン・ワンを観て採り入れた仕草だった。

「そのSIMカードがあれば、携帯電話でネット・サーフィンができますよ」

「インターネット・カフェでそれはできないのかな？」

トールは笑った。結局のところ、おれたちは同じユーモアのセンスを持っているのかもしれない。「上司から聞いたんですが、ここは数年前までインターネット・カフェだったそうですよ。たぶん、オスロで最後の一軒だったとか……」

男は迷っているようだったが、やがて、うなずいた。「それをもらうよ」そして、紙幣の束をカウンターに置いた。

トールはそれを手に取った。ごわごわしていて埃っぽく、長いあいだ、どこかにしまわれていたかのようだった。「ご説明したとおり、身分証の提示をお願いします」

男がポケットから身分証を出した。トールはそれを受け取り、自分が完全に間違っていたことに気がついた。この男はドラッグ・ディーラーなんかではない、その正反対だ。そして、その名前をコンピューターに入力した。ヘルゲ・セーレンセン。住所が出てきた。いまや刑務所の看守だとわかった男に、トールは身分証と釣りを返した。

「これの電池はあるかな？」男が銀色の機械をかざして訊いた。

「それは何です？」トールは訊いた。

「CDウォークマンだよ」男が答えた。「これ用のヘッドフォンは売ってるじゃないか」

トールはきょとんとして、アイポッドの上に並べてあるヘッドフォンとイヤフォンを見つめた。「そうですか？」

トールは博物館ものの機械の裏を開けて古い電池を取り出し、サンヨーの再充電可能単三電池を二本入れて蓋を閉めると、再生ボタンを押した。しゅるしゅるという回転音がヘッドフォンから聞こえた。

「この電池は再充電できるんです」

「それは昔の電池みたいに死なないということかな」

「いや、いったんは死にますが、生き返るんです」

トールは陰のなかに笑みを見たような気がした。そのとき、男がフードを押し上げてイヤフォンを装着した。

「デペッシュ・モードなんだ」男が満面の笑みを浮かべ、電池の代金を払った。

そして、踵を返して店を出ていった。

フードの下の顔は意外に魅力的で、それがトールの心に残った。そのとき、新しい客がやってきた。トールはその客に歩み寄り、またいつもどおりに声をかけた。「いらっしゃいませ、お客さま、今日は何をお探しでしょう?」あの顔が心に残った理由に気づいたのは昼休みになってからだった。魅力的だったからではなく、身分証の写真と似ても似つかない顔だったからだ。

顔を魅力的にしているのは何なんだろう、とマルタは受付窓口の向こうにいる若者を見ながら自問した。それは単に彼の発した言葉のせいかもしれなかった。この受付へくる者の大半は、サンドウィッチやコーヒーをもらうこと、自分が抱えている現実の、あるいは妄想上の問題についておしゃべりをすることを目的としていた。そうでない場合は、使用済みの注射器が詰まった容器を持ってやってきた。それと交換でなければ、新しい注射器をもらえないからだ。しかし、この新しい住人はマルタに、最初の面接で彼女が発した質問を考えつづけていたとしか言わなかった。何か将来の計画があるか、という質問だ。そしていま、答えはイエスだった。計画はある、仕事を探すつもりだ、と。しかし、そのためには、それにふさわしい外見でなくてはならない。つまり、スーツを着る必要がある。衣類の保管庫に、何着かあったはずだ。できればそれを貸してもらって――

「もちろんよ」マルタは答えて立ち上がり、彼を連れて歩き出した。ずいぶん久し振りに足取りが軽かった。実際にはただの思いつきかもしれない。最初のハードルで諦めてしまうような計画だという可能性もある。だが、少なくともいいことであり、希望が兆《きざ》したということだ。容赦なくどん底へ向かう一方通行を、とりあえずは逆進しようとしているということだった。

彼女は奥行きのある保管庫の入口の椅子に腰を下ろし、彼が壁に立てかけてある鏡の前でスーツのズボンを穿くのを見ていた。三着目を試着しているところだった。かつて、市議会の一団がこのセンターを訪れたことがあった。オスロの居住型施設の生活水準が平均以上であると納得するのが目的だった。この保管庫へきたとき、彼らの一人がここになぜこんなに多くのスーツがあるのかと訊いた。ここを必要としている者たちにはこういうタイプの衣類は不要だろうとほのめかす口振りだった。彼らの予想に反して、マルタは笑顔で切り返した。

「なぜなら、ここにいる人たちはあなた方よりはるかに多くの葬儀に参列するからです」

若者は痩せてはいたが、マルタが最初に思ったほど華奢《きやしや》ではなかった。彼女が見つけてやったシャツを着ようと腕を上げたときには、皮膚の下で筋肉が動くのがわかった。タトゥーはなかったが、白い肌にはいくつもの注射の痕があった。膝の裏、腿の内側、ふくらはぎ、首の横。

彼は上衣を着て鏡を覗き、それから、マルタに向き直った。そのピンストライプのスーツには、以前の所有者が着た形跡がほとんどなかった。その前に流行が移ろい――良心と趣味の問題から、衣装戸棚にある前年の衣服も含めて、センターに寄付してくれたのだった。そのスーツは若者には少し大きいというだけで、問題はなかった。

「完璧よ」マルタは笑って手を叩いた。

若者が微笑した。笑みが目にも宿ると、あたかも電熱器のスイッチが入ったかのように思われた。強ばった筋肉をほぐし、傷ついた心を癒す笑顔、共感疲労になっているだれかさんが痛いほどに必要としている笑顔だった。しかし——マルタはいまのいままで思いもしなかったのだが——その笑顔に心を奪われることは、彼女には許されなかった。マルタは若者の視線から目を逸らし、頭のてっぺんから足の爪先まで彼を見た。

「残念だけど、その服装に合う靴がないのよ」

「これで十分ですよ」若者がブルーのトレーニングシューズの踵で床を鳴らした。

マルタは微笑したが、今度は顔を上げなかった。「それから、その髪を何とかしなくちゃね。いらっしゃい」

マルタは若者のあとから階段を上がって受付へ戻ると、彼を椅子に坐らせ、タオルを二枚かけてやって、キッチン鋏を探し出した。そして、キッチンの水道の水で髪を濡らし、自分の櫛で梳かしてやった。受付にいる女の子たちの感想や提案を聞きながら、刈った髪を次々と床へ落としていった。住人が二人、受付窓口の前で足を止め、髪を刈ってやろうなんて自分たちには一度も言ったことがないのに、どうしてこの新参者だけ特別扱いなんだと不満を口にした。

マルタは手を振って二人を追い払い、目の前の仕事に集中した。

「どこで仕事を探すの？」彼女は首筋の白い産毛を見ながら訊いた。電気剃刀か、使い捨ての剃刀が必要だった。

「いくつか心当たりがあるんだけど、彼らがどこに住んでいるかがわからないんだ。電話帳で調べてみますよ」

「電話帳？」女の子の一人が鼻で嗤った。「ネットで調べればすむことじゃない」

「ぼくにもできるのかな」若者が訊いた。

「嘘でしょ⁉　本気で言ってるの？」彼女が笑った。少し声が大きすぎた。マルタは彼女の目がきらめいていることに気づいた。

「インターネットのできる携帯電話を買ったんだ」彼が言った。「だけど、どうすればいいかがわからない――」

「教えてあげるわ！」女の子が歩み寄り、手を差し出した。

若者が携帯電話を渡すと、彼女は慣れた手つきでボタンを押していった。「こうやって検索すればいいのよ。名前は何ていうの？」

「名前？」

「そうよ、その人たちの名前よ。たとえば、わたしの名前はマリアよ」

マルタは警告の表情でそれとなく彼女を制した。若くて、この仕事を始めたばかりの女性だった。学校で社会科学を学んだが、現場経験はほとんどなかった。職業的関心と住人との付き合いのあいだは見えない一線を画されているのだが、それがどこに引かれているかがわかるような経験をしていないのだ。

「イーヴェルセンだけど」

「それだけだと無数にヒットするわ。ファーストネームはわからない？」

「やり方を教えてもらうだけでいいんだ、あとは自分でやるから」若者が言った。

「わかった」マリアがいくつかボタンを押し、携帯電話を彼に渡した。「そこに名前を打ち込むだけでいいわ」

「ありがとう」

マルタは作業を終えた。あとは首筋に産毛が残っているだけだったが、今日、早い時間に掃除した部屋の窓に剃刀の刃が刺さっているのを見つけ――コカインを細かく砕いて吸うために使われているに違いなかった――、今度使用済み注射器の容器が持ち込まれたらそこに捨てればいいだろうと考えて、キッチンのカウンターに置いたことを思い出した。その剃刀を何秒かマッチの火で炙り、水道の蛇口から水を出して洗って、親指と人差し指で挟んだ。

「いまからは絶対に動かないでね」彼女は言った。

「うん」若者が携帯電話のボタンを忙しく押しながら答えた。

鋼鉄の薄い刃が彼の首筋の柔らかな肌の上を動くのを見て、マルタは身震いした。剃られて落ちていく毛をじっと見つめた。ある考えが思わず頭をよぎった。文字どおり、指呼の間ではないか。生と死、幸福と悲劇、意味と無意味――それらのあいだに隔たりはほとんどないに等しいのではないか。彼女は毛を剃り終え、肩の後ろから若者の手元を覗き込んだ。彼が打ち込んだ名前が見え、検索中であることを示して白い丸が回転していた。

「終わったわよ」マルタは言った。

若者が首を反らして彼女を見上げた。

「ありがとう」

彼女はタオルを外してやり、刈った髪の毛がそこからこぼれないように用心しながら、洗濯室へ急いだ。


ヨニー・プーマが闇のなかで壁を向いて横になっていると、ドアが静かに開いて、静かに閉まった。ルーム・エネミーが入ってきたのだ。低い足音を聞きながら、プーマは警戒心を募らせた。おれの腿に留めてあるものをくすねようとしたら、鋼鉄の拳をお見舞いしてやるからな。

しかし、ルーム・エネミーはプーマに近づこうとしなかった。その代わりに、衣装戸棚の扉が開く音が聞こえた。

プーマは寝返りを打った。それは彼のルーム・エネミーの衣装戸棚だった。そういうことか、とプーマは推測した。こいつはおれが眠っているあいだにおれの衣装戸棚を調べ、価値のあるものは何もないと知ったんだ。

陽の光がカーテンの隙間から差し込み、若者を照らした。プーマはたじろいだ。

若者は赤いスポーツ・バッグから何かを取り出していた。プーマにはその正体がわかった。

若者はそれをトレーニングシューズの空き箱に入れ、棚の最上段に置いた。

彼が衣装戸棚の扉を閉めて振り返った瞬間、プーマは急いで目を閉じた。いいか、と彼は自分に言い聞かせた。絶対に目を開けるんじゃないぞ。だが、眠れないことはわかっていた。

マルクスは欠伸をし、双眼鏡を目に押し当てて、黄色い家の上にかかっている月を見た。そのあと、家そのものに焦点を移した。いまはまったく静かだった。あれからは何も起こらなかった。でも、息子はまた戻ってくるだろうか？　戻ってきてもらいたかった。もしかすると、使ってみたかったものの行方がわかるかもしれない。ずっと引き出しで眠っていた、ぎらりと輝いて、オイルと鉄の匂いのする、父親があのとき使ったかもしれない古い〝もの〟の……

マルクスはまた欠伸をした。今日は色々なことがあった。ぐっすり眠れるのは間違いなかった。

16

アグネーテ・イーヴェルセンは四十九歳だが、滑らかな肌と目の輝き、そして、ほっそりとした体型だけ見れば、三十五歳で通った。しかし、大半の人々の目にはもっと年上に映った。白髪が増えはじめている髪と、保守的で古風で流行に無頓着な服装と、危うく時代遅れに思われるほど教養のある話し方のせいである。そして、もちろん、イーヴェルセン家のホルメンコーレンの丘の高みでの暮らしのせいでもあった。彼らは別の、もっと古い世代に属しているように見えた。アグネーテは専業主婦で、二人の使用人が家や庭の管理だけでなく、彼女自身や夫のイーヴェルル、二人の息子であるイーヴェル・ジュニアのあらゆる用事まで必要に応じて手伝ってくれていた。

近隣の堂々たる家々と較べても、イーヴェルセンの家は見事だった。にもかかわらず、家事はきちんと管理されていたから、手伝いの者（または、〝スタッフ〟――イーヴェル・ジュニアはささやかな皮肉を込めてこう呼ぶほうを好んだが、それは彼が卒業試験を終え、新たな、より社会民主主義的な視座を持つようになったからである）は、正午から仕事を始めればよかった。それはアグネーテが一家で最初に起床し、敷地の境界をなしている森へ早朝の散歩に出かけ、フランスギクを摘んで花束を作り、夫と息子のために朝食を作れるということだった。彼女はティー・カップを手に腰を下ろし、健康的で栄養のある食事をする夫と息子を見守った。いまから長くて厳しい仕事にかかる二人の、これが一日の始まりだった。それから二人が食事を終えると、イーヴェル・ジュニアは感謝の言葉とともに母と握手をした。それがイーヴェルセン家の何世代にもわたる伝統であり、彼女はテーブルをきれいにすると、白いエプロンで手を拭いた。そのあと、玄関の階段へ出て夫と息子の頬にキスをし、二人が二台入るガレージへ行って年季が入っているけれども手入れの行き届いたメルセデスに乗り込み、眩い太陽の下へと走り出すのを見送った。イーヴェル・ジュニアはこの夏休みを一族が所有する会社で過ごしていたが、それは勤勉の意味を知り、ただで手に入るものはないことを学び、一族の富を管理するには特権と同じだけの義務がともなうことを理解するためだった。

父子の乗ったメルセデスが私道の砂利を鳴らして道路へと走り出るのを、アグネーテは最後まで階段に立って手を振りながら見送った。だれかがそれを見て、丸っきり五〇年代のコマーシャルみたいだと評したとしても、彼女は笑って同意し、さして気にも留めなかっただろう。なぜなら、それが彼女の望む人生なのだから。自分が愛する二人の男の世話をし、そうすることで二人が家族にとっても社会にとっても最良の形で一族の財産を管理できるのだ——これ以上に報われることなどあろうはずがなかった。

キッチンのラジオから、ニュースを読むアナウンサーの声がかすかに聞こえてきた——オスロではドラッグの過剰摂取による死が急増している、売春が増えている、二日前に脱獄した囚人はいまも逃走中である。彼女に言わせれば、下の世界ではよろしくないことが多すぎた。あまりに多くのことがうまくいっておらず、そのせいで均衡と努力して守るべき秩序が失われていた。そこに立ったまま自分自身の人生が、家族や、家庭や、今日という日が、いかに完璧に調和しているかに思いを馳せていると、二メートルの高さにきちんと手入れされた生け垣にある通用門――主に使用人が使っていた――が開いていることに気がついた。

アグネーテは手をかざして陽差しをさえぎった。

イーヴェル・ジュニアと同い年ぐらいの若者が、こっちへ向かって石敷きの小径を歩いていた。きっと息子の友人だろうととりあえず思い、アグネーテはエプロンの皺を伸ばした。が、近づくにつれて、息子よりいくつか年上で、息子や息子の友人なら絶対にしないような服装――赤いスポーツ・バッグを肩に掛け、流行遅れの茶色のピンストライプのスーツに、青いトレーニングシューズ――だとわかった。エホバの証人だろうかとアグネーテは訝り、彼らは常に二人一組であることをすぐに思い出した。訪問販売のセールスマンでもなさそうだった。若者は階段の下までやってきた。

「どういうご用件でしょう？」アグネーテは愛想よく訊いた。

「イーヴェルセンさんのお宅はここでいいんでしょうか？」

「そうですけど、息子や夫にご用なら、二人ともたったいま出かけたところなんです」彼女は庭の向こう、道路のほうを指さした。

若者がうなずき、左手をスポーツ・バッグに入れて、何かを取り出した。そして、それを彼女に向けると、小さく一歩、左へ動いた。アグネーテは現実世界でこういう経験をしたことがなかった。しかし、視力に問題はないし、これまでも問題があったことはなかった。一族全員が完璧な視力を持っていた。だから、彼女はちらりとも自分の目を疑わず、ただ息を呑んで、無意識に一歩、開いたままのドアへと階段を後ずさった。

それは拳銃だった。

彼女は後ずさりつづけながら若者を見たが、彼の目は武器に隠れて見えなかった。音が弾けたとき、アグネーテはだれかに殴られ、胸を突き飛ばされたように感じた。そのまま後ろへよろめいてドアをくぐった。身体が痺れ、手足が言うことを聞かなかったが、それでも倒れることなく廊下を後退しつづけた。両腕を振り回して何とか体勢を立て直そうとしたとき、壁の絵に手がぶつかった。キッチンに入ったところでついに転倒し、ほとんど気づかないうちにキッチン・カウンターに頭をぶつけ、その拍子に、そこにあったガラスの花瓶が倒れ、転がり落ちた。カウンターの最下段の引き出しに頭を預ける格好で倒れたまま目を開けると、花が見えた。ガラスの破片のなかにフランスギクが散らばっていた。そして、赤い薔薇のように見えるものが白いエプロンに広がりつつあった。玄関のほうへ顔を向けると、その向こうに、若者の頭部が陰になって見えた。彼は石敷きの小径の左側にある楓の木立のほうへ向きを変えていた。そして、腰を屈めたと思うと、いなくなった。本当にいなくなってくれることを、アグネーテは神に祈った。

起き上がろうとしたが、動けなかった。まるで肉体と脳が切り離されてしまったかのようだった。目を閉じると、痛みが感じられた。未知の痛みだった。二つに引き裂かれるのではないかと思われるような痛みが全身に溢れていたが、同時に身体は麻痺していて、どこか遠く感じられた。ニュースは終わり、またクラシック音楽の時間になっていた。流れているのはシューベルトの「菩提樹」だった。

低い足音が聞こえた。

石の床を歩くトレーニングシューズの音だ。

アグネーテは目を開けた。

若者が彼女のほうへやってきつつあったが、彼の目は指でつまんでいるものを見ていた。薬莢だった。ハルダンゲルヴィッダの一家の山小屋へ秋に家族で狩猟に行ったとき、見たことがあった。若者はその薬莢をスポーツ・バッグに入れると、黄色いゴム手袋と洗面タオルを取り出した。若者はゴム手袋を着けると、しゃがんで、タオルで床の何かを拭き取りはじめた。血だった。彼女の血だ。そのあと、同じタオルでトレーニングシューズの裏をこすった。自分の足跡を消し、トレーニングシューズをきれいにしているのだとわかった。まるでプロの殺し屋のようだった。いかなる証拠も、目撃者も残したくない者のやることに思われた。恐怖を感じていいはずなのに、恐怖どころか、何も感じなかった。できるのは、観察し、記憶し、推理することだけだった。

若者は彼女をまたいで廊下へ戻り、バスルームや寝室があるほうへ向かった。キッチンのドアは開け放したままだった。アグネーテは何とかそのほうへ顔を向けた。若者は彼女がベッドの上に置いていたハンドバッグを開けた。〈フェルネル・ヤコブセン〉でスカートを買うために町へ行くつもりだったのだ。彼は財布を開け、金を取り出しただけで、あとはそのままにした。そのあとチェストのところへ行って最上段の引き出しを開け、すぐに二段目の引き出しも開けた。そこにしまってある宝石箱が見逃されるはずがなかった。祖母から引き継いだ、美しい、値が付けられないほど貴重な真珠のイヤリングが入っていた。いや、厳密に言えば、値が付けられないわけではない。夫は二十八万クローネと評価していた。

宝飾品がスポーツ・バッグに入れられる音が聞こえた。

若者は家族用のバスルームに消えた。ふたたび姿を現わしたとき、手には家族——彼女と、イーヴェルと、イーヴェル・ジュニア——の歯ブラシがあった。恐ろしく貧乏か、恐ろしく動揺しているか、あるいは、その両方であるに違いなかった。若者がアグネーテの横にきて腰を屈め、彼女の肩に手を置いた。

「痛むか?」

彼女は何とか首を横に振った。満足させてやるつもりはなかった。

彼が手を動かし、ゴム手袋が首に触れた。親指と人差し指が頸動脈に当てられた。絞め殺すつもりだろうか。いや、そうではない。力はまるでこもっていない。

「もうすぐ心臓が打つのをやめるだろう」彼が言った。

若者は立ち上がり、玄関へ引き返した。タオルでドア・ハンドルを拭き、外に出て、ドアを閉めた。やがて、庭の門が閉まる音が聞こえた。そのとき、アグネーテ・イーヴェルセンはそれがやってくるのを感じた。戦慄だ。それは足と手から始まり、顔へ、頭のてっぺんへ広がっていった。そして、身体のあらゆる方向から心臓へと進んでいった。そして、闇が訪れた。

サーラは地下鉄のホルメンコーレン駅で乗ってきた、いまは隣りの車両に坐っている男性を見た。野球帽を後ろ前にかぶった三人組の若者がヴォクセンリーア駅で乗ってくるまで、彼女がいた車両だった。夏休みとあって、朝のラッシュアワーの直後の地下鉄に乗客の姿はほとんどなく、乗っているのは彼女だけだったのだ。いま、その三人組があの男性にも嫌がらせを始めていた。三人のうちで一番小柄な若者――明らかにリーダーだった――が、その男性を負け犬呼ばわりし、靴を見て嗤い、とっとと降りろと言うのが聞こえ、目の前の床に唾を吐くのが見えた。愚かなちんぴら気取りだった。いま、ブロンドでハンサムな別の一人――たぶん放任された金持ちの子弟だろう――が、飛び出しナイフを取り出した。まさか、本気で……？　ナイフが男性の目の前で振りかざされた。サーラは危うく悲鳴を上げそうになった。隣りの車両から哄笑が聞こえた。男性の両脚のあいだの座席にナイフが突き刺さっていた。リーダーが何か言った。五秒待ってやるから降りろとでも脅したのか、男性が立ち上がった。一瞬、やり返そうかと考えているような表情を見せた。実際にそう考えているのかもしれなかった。しかし、赤いスポーツ・バッグをしっかり抱きかかえて、サーラのいる車両へ移ってきた。

「糞腰抜け！」三人がMTVノルウェー風に叫び、どっと嗤った。

この地下鉄に乗っているのは、サーラ、その男性、そして、あの三人組だけだった。男性が車両連結部のドアとドアのあいだで立ち止まり、何秒かバランスを取っているとき、サーラと目が合った。彼の目にはっきりと恐怖を見て取ることはできなかったが、そこにあるのはわかっていた。歯を剥き出し、暴力で脅してくる相手から、常にこそこそと逃げ出し、縄張りを譲ってしまう人間の、弱さと根性のなさから生じる恐怖だ。サーラは男性を、彼の弱さを軽蔑した。そして、彼が疑いようもなく身にまとっている善意の優しさも。あいつらに殴られてしまえばよかったのにと、ある意味で思う自分がいた。そうすれば、多少なりと憎むことを学んだだろうに。わたしの目に軽蔑があることに気づいてくれないだろうか。そして、どうしようもない恥ずかしさに身悶えし、本来どうあるべきかに気づいてくれないだろうか。

ところが、男性はサーラに笑顔を向けると、「どうも」とか何とかつぶやきながら二列離れた席に腰を下ろして、何事もなかったかのようにぼんやりと窓の外を眺めはじめた。まったく、わたしたちはどういう種類の人間になってしまったの？　自らを恥じることさえできなくなった哀れな老女の群れ？　サーラは床に唾を吐きたいという苦い誘惑に駆られた。

17

「ノルウェーには上流階級は存在しないと言われてるんだがな」シモン・ケーファスは言いながら、カーリ・アーデルがその下をくぐれるよう、白とオレンジの警察の規制テープを持ち上げた。

制服警官が額に汗を光らせながら、息を切らせてやってきて、二台並びで収容できるガレージの前で二人を制止した。二人が身分証を見せると、警官は顔写真を検め、サングラスを外すようシモンに言った。

「第一発見者はだれだ？」シモンは強い陽差しに目を細めて訊いた。

「清掃人です」警官が答えた。「正午に仕事にきて、救急隊に通報したということです」

「目撃者はいないのか？　何であれ見たり聞いたりした者は？」

「いまのところ、目撃者は出てきていません」警察官が言った。「ですが、近隣の聞き込みをしたところ、大きな破裂音を聞いたという女性が見つかりました。最初はタイヤがパンクしたんだろうと思ったそうです。こういう住宅地の住人ですからね、銃声を聞き分けられるはずもありません」

「そうか」シモンはサングラスをかけ直すと、カーリを従えて階段を上がった。そこでは白いつなぎ服を着た現場検証班員が、黒い小さなブラシを使って、昔風のやり方で玄関のドアを調べていた。すでに検証作業を終えたところには、そこを歩いてもいいことを示す小さな旗が立てられていて、キッチンの床に倒れている死体のすぐ手前までつづいていた。窓から差し込む陽光が石の床に伸び、フランスギクのまわりに飛び散っているガラス花瓶の破片と、こぼれた水をきらめかせていた。スーツを着た男が死体の脇にしゃがみ、シモンの知っている検死官と相談していた。

「失礼」シモンが声をかけると、スーツの男が顔を上げた。何種類もの整髪料で艶を出した髪を丁寧に櫛で撫でつけ、もみあげを細く整えているのを見て、イタリア系だろうか、とシモンは思った。「あんたは?」

「同じ質問をさせてもらってもかまわないかな?」男が立ち上がろうともせずに言った。三十代前半だな、とシモンは推測した。

「殺人課のシモン・ケーファス警部だ」

「会えて何よりだ。私はクリポスのオースムン・ビョルンスター警視だ。どうやらまだ聞いていないようだが、この件はわれわれが肩代わりすることになった」

「だれがそんなことを言ってるんです?」

「たまたまだろうが、きみの上司だ」

「警視正?」

スーツの男が首を振って天井を指さした。シモンはビョルンスターの爪に気がついた。爪の手入れをしているに違いなかった。

「本部長？」

ビョルンスターがうなずいた。「彼がクリポスに連絡してきて、すぐにきてほしいと要請したんだ」

「なぜ？」

「遅かれ早かれ、結局はわれわれに応援を頼むことになると考えたんじゃないのかな」

「いつからあんたのようにずかずか入り込んで、わが物顔で捜査の指揮を執るようになったんです？」

オースムン・ビョルンスターがちらりと笑みを浮かべた。「いいかな、私が決めたわけではないんだ。しかし、殺人事件の捜査の応援を依頼された場合、クリポスは常に例外なく条件を付けることになっている。戦術的にも技術的にも、捜査の全権を自分たちが持つということだ」

シモンはうなずいた。それはよくわかっていた。オスロ警察殺人課とクリポス——内国犯罪捜査局——が互いの縄張りを荒らすのはこれが初めてではなかった。どうすべきかはわかっていた。礼を言い、向き合う案件が一つ減ったことに感謝し、オフィスへ戻って、代わりにヴォッランの一件の捜査に集中する。

「ともかく、われわれもせっかくここへきたんだから、ちょっと見せてもらってもいいでしょう？」シモンは言った。

「なぜ？」ビョルンスターは苛立ちを隠そうとしなかった。

「あんたがすべての責任者であるのはもとよりわかっているけれども、ビョルンスター、捜査官になりたての新人を連れてきているんですよ。実際の犯行現場の検証の仕方を生で見るのはいい経験になると思うんでね。どうでしょう」

クリポスの捜査官は気乗りのしない顔でカーリを見たが、やがて、肩をすくめた。

「どうも」シモンは言い、腰を屈めた。

そして、初めて死体を見た。それまではわざと見ないようにして、百パーセント集中できるときがくるのを待っていたのだった。第一印象を目に焼きつけるチャンスは一回しかないからだ。白いエプロンの真ん中にできているほとんど真円に近い血の染みを見て、シモンは日本の国旗をちらりと思い出した。陽がすでに落ち、表情の失せた目で天井を見つめる女性のためにふたたび昇ることがないという事実に加えて、シモンは死者の見た目にも慣れることができなかった。それは人間の肉体とまるで人間味のない表情とが組み合わさっているからだとシモンは結論していた。生命を失い、人間から物になったものとが。被害者の名前は聞いたところではアグネーテ・イーヴェルセン、確実にわかるのは彼女が胸を撃たれたということだった。胸に一発、あるいは、そのように見えていた。シモンは彼女の両手を見た。爪は一本も折れていないし、左右どちらの手にも争った跡はなかった。左手の中指のマニキュアが剝がれていたが、倒れた弾みでそうなったのかもしれなかった。

「押し入った形跡は？」シモンは訊き、死体を俯せにするよう検死官に合図した。

ビョルンスターが首を横に振った。「玄関に鍵がかかっていなかったのかもしれない――夫と息子が仕事に出かけたばかりだったんだ。ドア・ハンドルにも指紋は一つも残っていなかった」

「一つも？」シモンはキッチン・カウンターの縁に沿って目を走らせた。

「そこも同じだ。見てわかるとおり、家をきれいにしておくことにとても熱心だったようだな」

シモンは銃弾が出ていった被害者の背中の傷を検めた。「まっすぐ貫通している。組織の柔らかい部分だけを通ったらしい」

検死官が唇を結んで前へ突き出しながら肩をすくめた。その仕草が、シモンの推測が満更外れていないことを示していた。

「銃弾は？」シモンは訊き、キッチン・カウンターの上の壁を一瞥した。

オースムン・ビョルンスターがそのさらに上を渋々指さした。

「どうも」シモンは礼を言った。「薬莢は？」

「まだ見つかっていない」ビョルンスターが金色のケースに入れた携帯電話を出した。

「なるほど。では、ここで何があったかに関するクリポスの見立てはどういうものなんでしょう」

「見立て？」ビョルンスターが微笑し、携帯電話を耳に当てた。「そんなことはわかりきっている。強盗が押し入り、ここで被害者を撃ち、見つけられる限りの貴重品を奪い、逃走したんだ。盗みは計画的だったが、殺しはそうではなかったんじゃないかな。もしかすると、被害者が抵抗を試みたとか、悲鳴を上げようとしたとかだったのかもしれない」

「では、どうやって――」

ビョルンスターが手でシモンを制し、携帯電話に向かって話し出した。「もしもし、私だ。有罪になった凶悪強盗犯で、いまは娑婆《しゃば》に戻っている連中全員の名前を知りたい。オスロにそういうやつがいるかどうか、急いで調べてくれ。銃を使ったやつを優先するんだ。すまんな」そして、携帯電話を上衣のポケットに戻すと、シモンに言った。「あんたも古参だからわかるだろうが、われわれはここでやることが山ほどあるんだ。すまないが――」

「わかってます」と言って、シモンは最大級の笑みを浮かべた。「邪魔をしないと約束したら、最初にちょっと現場を見せてもらってもいいでしょう」

ビョルンスターが疑わしげな顔で年上の同僚を見た。

「旗の内側には入らないと約束しますよ」

ビョルンスターはその要望に大いなる慈悲をもって応えた。

「犯人は探していたものを見つけたんですよ」主寝室の床に隙間なく敷き詰められている分厚い敷物の上に置かれたベッドの前に立ったとき、カーリが言った。ベッドスプレッドの上にハンドバッグが開いたままになって置かれていて、財布の中身が抜き取られ、赤いベルベットの内張りの宝石箱も空になっていた。

「そうかもしれんな」シモンは答え、小旗を無視してベッドの脇にしゃがんだ。

「ハンドバッグを漁って、宝石箱を空にしているあいだ、やつはだいたいこのあたりに立っていたはずなんだ、そう思わないか？」

「ええ、すべてがベッドの上にぶちまけられていますからね」

シモンは敷物に目を凝らした。立ち上がろうとして途中で動きを止め、もう一度しゃがんだ。

「どうしました？」

「血だ」シモンは言った。

「敷物の上で出血したんですか？」

「いや、それはないだろう。方形の跡がついているところからすると、たぶん靴の踵だろう。こういう金持ちが住んでいる界隈の家に押し入っているところを想像してみろ、金庫はどこにあると思う？」

カーリが衣装戸棚を指さした。

「そういうことだ」シモンは立ち上がると、衣装戸棚の扉を開けた。

金庫は壁の中央にあって、電子レンジほどの大きさだった。シモンはハンドルを下へ押してみた。鍵がかかっていた。

「事後、犯人がわざわざ時間を取って金庫の鍵をかけ直したのでない限り――宝石箱や財布がベッドの上に放り出されたままになっていることを考えると、それはあり得ないことのように思われるが――犯人は金庫に手を触れていないということだ」シモンは言った。「死体の検分が終わったかどうか見に行こう」

キッチンへ戻る途中で、シモンはバスルームへ寄った。

「どうしました?」眉をひそめて出てきた彼に、カーリが訊いた。

「フランスでは四十人に一人しか歯ブラシを持ってないって、おまえさん、知ってたか?」

「それは作り話だし、数字も古すぎます」

「まあ、おれは年寄りだからな」シモンは言った。「それはともかく、イーヴェルセン家には歯ブラシが一本もないんだ」

キッチンへ戻ると、遺体はとりあえずそこに置いたままになっていて、シモンはだれにも邪魔されることなく彼女を調べることができた。まず両手を見、射入口と射出口の角度をしっかりと確かめた。そして立ち上がり、キッチン・カウンターを背にして被害者の足元に立つようカーリに頼んだ。

「最初に謝っておくぞ」シモンは言い、彼女の横へ行くと、彼女の小振りな胸のあいだ、アグネーテ・イーヴェルセンに銃弾が入っていったのと同じところを一本指で押した。そして、肩胛骨のあいだ、銃弾が出ていったのと同じところを反対の手の指で押した。その二カ所の角度を確認してから、壁の弾痕へと視線を伸ばした。そのあと、腰を屈めてフランスギクを一本手に取り、キッチン・カウンターに片膝をついて上がり、手を伸ばして弾痕にフランスギクを挿し込んだ。

「こっちだ」シモンはキッチン・カウンターを降りると、廊下を玄関へと歩き出した。そして足を止め、壁で傾いている絵に顔を近づけ、額縁の端の赤い何かを指さした。

「血ですか？」カーリが訊いた。

「マニキュアだ」シモンは言い、左手の甲を絵に当てると、肩越しに死体を振り返った。そのあと玄関へ歩いていくと、入口にしゃがみ、小旗で印がしてある土の塊を覗き込んだ。

「それに触るんじゃない！」背後で声がした。

二人は顔を上げた。

「ああ、おまえさんか、シモン」白いつなぎ服の男が言い、生姜色の髭に埋まっている濡れた唇に指を走らせた。

「やあ、ニルス、久し振りだな。クリポスではきちんと扱ってもらってるか？」

男が肩をすくめた。「ああ、そうしてもらってるよ。おれが年寄りで、老いぼれてるのを憐れんでのことだろうけどな」

「おまえさん、老いぼれたのか？」

「そうとも」現場検証班のニルスがため息をついた。「昨今じゃ何でもかんでもDNAなんだよ、シモン。DNAとコンピューターによる解析、おれたちみたいな者は理解できないんだ。昔とは違うんだよ」

「まだそこまで老いぼれてはいないんじゃないか」シモンは玄関ドアのキャッチ・ロックを

調べながら言った。「奥さんによろしく伝えてくれ、ニルス」

髭の男はそこに立ったままだった。「おれはまだ独り身だよ――」

「それなら、犬によろしくな」

「犬は死んだんだ、シモン」

「そういうことなら、社交辞令は無しにするしかないな、ニルス」シモンは言い、外に出た。

「カーリ、三つ数えて、できるだけ大きな悲鳴を上げてみてくれ。そのあと、階段まで出てきて、そこに立っててくれ、いいな？」

彼女がうなずき、シモンは玄関のドアを閉めた。


カーリは、頭を振りながら歩き去るニルスに目を向けた。それから肺いっぱいに空気を吸い込むと大声を上げた。彼女は「フォアー！」と叫んだ。滅多に起こらないことだが、ゴルフコースで打った球が右や左に曲がってしまった際には、警告のためにこう叫びなさいと教えられた言葉だった。

それからカーリはドアを開けた。

シモンは階段の下に立ち、人差し指で彼女を狙っていた。

「ちょっと横へずれてくれ」彼が言った。

カーリは言われたとおりにした。シモンがわずかに左へ動き、片目を細めた。

「やつはここに立っていたに違いない」依然として人差し指で彼女を狙ったままで、シモンが言った。カーリは振り返った。キッチンの壁のフランスギクが見えた。

　シモンが右を見、楓の木のほうへ行って、その下の薔薇を掻き分けはじめた。何を探しているのか、カーリは思い当たった。薬莢だ。

「ふむ」シモンがつぶやき、携帯電話を取り出すと、それを片方の目の前にかざした。カメラのシャッターが落ちるデジタル音が聞こえた。シモンが地面の土を親指と人差し指でつまんで摺り合わせてから階段のところへ戻ってきて、いま撮った写真をカーリに見せた。

「足跡ですね」彼女は言った。

「犯人の、だ」シモンが付け加えた。

「そうなんですか？」

「もういいだろう、ケーファス、学校ごっこは終わりだ」

　二人は振り返った。ビョルンスターが腹立たしげな顔で立っていた。三人の現場検証班が一緒で、そこには生姜色の髭のニルスも含まれていた。

「あとちょっとで終わるんで」シモンは言い、家のなかへ入ろうとした。「実はたったいま――」

「いや、もう終わりだ」ビョルンスターが言い、脚を開き、胸の前で両腕を組んで立ちふさがった。「弾痕に花を挿すなんて、やりすぎだ。今日はここまでにしてもらおう」

　シモンは肩をすくめた。「いいでしょう、いずれにしても、われわれはもう結論を引き出すに十分なものを見せてもらいましたからね。あんたも頑張って暗殺者を見つけるんですな」

ビョルンスターが嘲《あざけ》った。「犯人を暗殺者呼ばわりしているのは、ここにいるあんたの若い生徒にいいところを見せようとしてのことなのかな？」そして、カーリを見た。「気の毒だが、現実はここにいるベテラン刑事が思っているほど刺激的ではないんだよ。まったく型どおりの殺人事件に過ぎないんだ」

「それは違うな」シモンは言った。

ビョルンスターが片手を腰に当てた。「年上の者には敬意を払えと親に教えられたから、あんたに十秒、敬意を払おう。そのあいだに、ここを出ていってもらいたい」現場検証班の一人が忍び笑いを漏らした。

「それは立派な親御さんだ」シモンは言った。

「九秒」

「大きな音を聞いたという者がいるそうだが」

「それがどうした？」

「この界隈の家は敷地が広いし、家同士も離れている。それに遮音性も高いだろう家のなかで発砲されたのであれば、大きな音がしても、破裂音だと近所の女性が特定するのは難しいはずなんだ。だが、外での発砲なら……」

シモンを別の角度から検分しようとするかのように、ビョルンスターが首をのけぞらせた。

「何が言いたいんだ？」

「イーヴェルセン夫人はここにいるカーリと同じぐらいの身長でしょう。立った状態で撃たれて、銃弾がここから入り――」シモンはカーリの胸を指さした。「――背中のここから出ていって、おれがフランスギクの花を挿した壁のあの位置に銃弾が食い込んだのだとすれば、撃った人間が夫人より低い位置にいて、しかし、二人ともキッチンの壁からある程度離れていたのでなければ、角度の説明がつかない。言い換えるなら、被害者はいまわれわれが立っているところにいて、撃った人間は階段の下、敷石の上に立っていたということだ。だから、近隣の住人に銃声が聞こえた。しかし、その女性は銃声を聞く前に、揉み合ったり抵抗したりする音や悲鳴を聞いていない。であれば、あっという間の出来事だったとしか考えられない」

ビョルンスターが思わずちらりと振り返り、体重を移し替えた。「そのあと、被害者を家のなかへ引きずり込んだ、あんたはそう言おうとしているのか？」

シモンは首を横に振った。「いや、そうではなくて、彼女が後ろへよろめいていったんじゃないんですかね」

「そう考える根拠は？」

「イーヴェルセン夫人が家事に熱心だったのは、あんたの言うとおりでしょう。この家のなかで唯一曲がって掛かっているのは、あの絵だけですからね」全員がシモンの指さすほうを見た。「それに、玄関のドアに一番近い額縁の縁にマニキュアがついている。玄関から後ろへよろめいた弾みで、手がそこにぶつかったんですよ。彼女の左手の中指のマニキュアが剝げているんです」

ビョルンスターが首を横に振った。「彼女が玄関で撃たれてキッチンまで後ろへよろめいたのなら、射出創からの出血痕が廊下についているはずだろう」

「ついていたんですよ」シモンは言った。「だが、犯人が拭き取ったんです。あんた、自分で言ったでしょう、ドア・ハンドルに指紋は残っていなかったんですよ。家族の指紋すらなかった。それは夫と息子が出かけたとたんにイーヴェルセン夫人が大掃除を始めたからじゃない。犯人が証拠を残したくなかったからなんです。おれにはかなりの確信があるんですが、犯人が床の血を拭き取ったのは、その血溜まりに踏み込んでしまった自分の足跡を残したくなかったからでしょう。きっと靴の裏も拭いていましたよ」

「本当か？」ビョルンスターが言った。首は依然として後ろに反らしたままだったが、にやりと笑った笑みはいまやそんなに大きくなかった。「根拠のない推測じゃないんだろうな？」

「靴底が乾いたとしても、その模様の溝に入ってしまった血は取れないんです」シモンは言い、時計を見た。「たとえば分厚い敷物の上に立ったとしたら、敷物の繊維が溝に入り込んで血を吸い込むことはあるはずです。寝室へ行ってみたらどうです？　敷物に方形の血の跡がありますよ。あんたのところの血液分析官もおれの考えに同意すると思いますがね、ビョルンスター」

そのあとにつづいた沈黙のなか、少し先の道路で警官が車を止める音がした。聞こえてくる興奮した声の一つは若者のものだった。被害者の夫と息子だった。

「何であれ」ビョルンスターがどうでもいいことだという口調を無理矢理装った。「最終的には、被害者がどこで撃たれたかは問題ではない。これは押し入った強盗が手違いで殺しただけで、暗殺なんかではない。いまの話し声からすると、宝石箱から宝飾品がなくなっているのを確認できる人物がもうすぐここにやってくるはずだ」

「宝飾品も結構だが」シモンは言った。「おれが強盗なら、アグネーテ・イーヴェルセンを家のなかへ連れ戻して、本当に価値のあるものの隠し場所と、金庫の番号の組み合わせを吐かせるだろうな。このぐらいの家なら必ず金庫があることぐらい、どんな間抜けな泥棒だって知ってるはずだ。しかし、今回の犯人は近隣に聞こえる、まさにこの場所で彼女を撃ってる。それは彼がパニックになったからじゃない――そうでないことは、証拠を残さない、そのやり方でわかる。やつは至って平静だったんだ。では、なぜここで被害者を撃ったかというと、ここに長居をするつもりが最初からなかったからだ。警察が到着するころには遠くに逃げているつもりだったからだよ。そもそも物盗りが目的ではなかったんだ。多少のものを盗んだのは、立派な親御さんを持った経験の浅い捜査官が、強盗が手違いで殺したんだとあっさり結論し、本当の動機に目を凝らさないようにするために過ぎないんだ」

ビョルンスターが沈黙し、いきなり顔が赤くなった。シモンはそれを見て、内心愉快だった。シモン・ケーファスはさっぱりした性格で、報復を求める男ではなかった。「学校ごっこは終わりだ、ビョルンスター」と捨て台詞を叩きつけてやりたいという強い誘惑に駆られたが、この同僚の若さに免じて我慢した。

時間をかけて経験を積めば、オースムン・ビョルンスターがいつか優れた捜査官になる可能性はある。屈辱は優秀な捜査官が学ばなくてはならないことでもあった。

「非常に面白い仮説だ、ケーファス」ビョルンスターが言った。「心に留めておこう。しかし、約束の十秒は過ぎた……」そして、ちらりと笑みを浮かべた。「……そろそろ引き上げてくれないか」


「どうして全部教えなかったんですか？」ホルメンコーレンの丘を下る急なカーブで慎重にハンドルを操るシモンに、カーリが言った。

「全部って？」シモンがとぼけ、カーリは笑うしかなかった。シモンはいまも風変わりな年寄りの振りをしつづけていた。

「あなたは薬莢が花壇のどこかに落ちたと確信した。薬莢は見つからなかったけれども、足跡を見つけた。あなたはそれを写真に撮った。そして、あそこの土は廊下にあった土と同じものだったんですよね？」

「ああ」

「それなら、どうして彼にその情報を教えてやらなかったんですか？」

「なぜなら、やっこさんが野心満々の捜査官で、チーム・プレイの精神よりも自分のプライドのほうが大事なタイプだからだ。だから、やっこさんが自力で見つけるほうがいいんだ。やつらが追いかけることになる証拠がおれの見つけたものではなくて自分が見つけたものだと感じられれば、楓の木の下の薔薇の花壇で空薬莢を拾った、サイズ八・五の靴を履いた男を捜しはじめるときに、やっこさんのやる気も増すというもんだ」

スタショーン通りの赤信号で停まったとき、カーリは欠伸を噛み殺して訊いた。「ビョルンスターのような捜査官がどう考えるかなんて、どうやってわかるようになったんです？」

シモンが笑った。「簡単だよ。おれだって、昔は若くて野心満々だったんだからな」

「でも、時間《とき》とともにその野心も色褪せた？」

「まあ、幾分かはな」シモンが苦笑した。自虐の笑みだ、とカーリは思った。

「それが重大不正捜査局の仕事を辞めた理由ですか？」

「どうしてそう思うんだ？」

「あなたは管理職で、大きなチームの指揮を執る警部でした。殺人課へ異動になっても階級は警部だけど、部下はわたし一人じゃないですか」

「そうだな」シモンが言い、交差点を過ぎてスメースターのほうへ進みつづけた。「給料をもらいすぎ、資格がありすぎる遺　物《レフト・オーバー》、あるいは、単なる余計者かな」

「それで、何があったんです？」

「知りたがらないほうが――」

「いえ、知りたいんです」

車内に沈黙が落ちた。そのほうが自分に有利だと考えて、カーリは敢えて口を閉ざしていた。もうすぐマイヨルストゥーアというところでシモンが口を開いた。

「おれは大規模なマネー・ロンダリングの動きを突き止めたんだ。大金だし、地位も名誉もある連中が関わっていた。警察上層部は、おれもおれの捜査も恐ろしく危なっかしいと考えた。十分な証拠がないし、調べをつづけたあげくに立件できなかったら、自分たちがただではすまないと怯えた。そこらに転がってるありふれた犯罪じゃなかった。容疑者は力を持った連中だった。警察が使うのとまったく同じシステムを使って反撃してくるであろう連中だ。だから、上層部は恐れたんだ。たとえ自分たちが勝ったとしても、あとでしっぺ返しがあるはずだ、揺り戻しがあるに違いないってな」

また沈黙が落ちた。今度の沈黙はフログネル公園に着くまでつづいた。そこで、カーリはついに辛抱できなくなった。

「物議を醸すような捜査をしているというだけであなたを追い出したんですか?」

シモンが首を横に振った。「おれには問題があったんだ。博奕だよ、ギャンブル依存症ってやつだ。おれは株を売り買いしていた。量は多くなかったが、重大不正捜査局の人間だからな……」

「……内部情報を手に入れられる立場にありますからね」

「情報を持っている株を売り買いしたことは一度もなかったが、それでも、規則を破ったことに変わりはない。そして、彼らはそれを最大限に利用した」

カーリはうなずいた。車は町の中心部へ、イプセン・トンネルへと車線を変えながら走りつづけた。「それで、どうなったんです?」

「もうギャンブルはやってないし、だれにも迷惑はかけてない」ふたたび、あの悲しげな諦念の笑みが浮かんだ。

カーリは今夜の予定を考えた。ジムへ行くか、義理の両親とディナーをとるか、ファーゲルボルグの物件を見に行くか。そのとき、質問する自分の声が聞こえた。それは脳の別の部分、ほとんど意識下の領域から発せられたものとしか思えなかった。「犯人はなぜ薬莢を持ち去ったんでしょう?」

「すべての薬莢には製造番号が記してあるんだ。まあ、それで犯人にたどり着くことは滅多にないんだがね」シモンが言った。「その薬莢に自分の指紋がついているのではないかと恐れたのかもしれんな。だが、あの犯人なら対策を講じていただろうな。つまり、装塡するときに手袋をしていたはずだ。だとすると、使われた銃は比較的最近、そうだな、この数年のあいだに製造されたものと結論していいんじゃないだろうか」

「どうしてですか?」

「十年前から、拳銃を製造するに際しては撃針に製造番号を彫り込むことが義務づけられているんだ。そうすれば、発射時に撃針が薬莢を叩いたとき、その製造番号が薬莢に刻印されるだろう。それが指紋の役目をするんだ。その拳銃の所有者を突き止めるには、空薬莢と火器登録の記録さえあればいいということになる」

カーリが下唇を突き出してゆっくりとうなずいた。「なるほど、それはわかりました。でも、犯人はどうして強盗に見せかけたかったんでしょう、それがまだわからないんですけど」

「薬莢に証拠が残るのを恐れたのとまったく同じ理由だよ、本当の動機を知られたら、そこから足がつくんじゃないかと恐れたんだ」

「なるほど、そういうことなら簡単ですね」カーリは言ったが、実際に考えているのは、ファーゲルボルグの不動産の広告のことだった。そのアパートには、東に向いて一つ、西に向いて一つ、バルコニーがあると謳っていた。

「そうか？」シモンが意外そうな声を出した。

「夫ですよ」カーリは言った。「夫というのは例外なくわかっているんですよ、妻が殺されたのが自分と関わりのない理由、たとえば強盗とかであるかのように見せられなければ、自分が最重要容疑者になるということをね」

「じゃあ、隠された本当の理由は？」

「嫉妬、愛、憎しみですね。ほかにありますか？」

「いや」シモンが言った。「ないな」

18

その日の午後早い時間、通り雨がオスロを洗ったが、そうとわかるほどに町を冷やしてくれたわけではなかった。太陽が雲の切れ間から熱い陽差しを浴びせ、あたかも自分がいなかった時間を埋め合わせたいのだと言わんばかりに首都を白い光で焼きはじめると、屋根や通りから白い水蒸気が立ち昇った。

ルイースが目を覚ましたとき、太陽はずいぶん低くなっていた。その光にまともに目を射られながら、眩しさに目を細めて世界を覗いた。彼と彼の物乞い鉢の前を、人と車が行き交っていた。かつて物乞いはそれなりに儲かる仕事だった。だが、何年か前に、ロマがルーマニアからノルウェーへ流れ込んできた。最初は数も少なかったが徐々に増えていき、いまは群れにまで膨れあがっていた。盗人、物乞い、詐欺師といった大群だった。すべての害虫同様、彼らもまた、あらゆる可能な手段で撃退された。ルイースの考えは簡単で、ノルウェーの物乞いは――ノルウェーの輸出企業と同じく――海外の競争相手に対して政府の保護を受ける資格があるというものだった。いまのような状況では盗みに頼るしかなくなりつつあるが、それは疲れるだけでなく、正直なところ、自尊心をも傷つける所業だった。

ルイースはため息をつき、汚れた指で物乞い鉢をつついてみた。音がして、なかに何か入っているのがわかった。小銭ではなかった。紙幣か？　そうであるなら、ポケットにしまったほうがよかった。さもないと、盗まれる恐れがあった。ルイースは鉢を覗き込み、一度瞬きをし、もう一度瞬きをしたあと、それを手に取った。時計だった。女物の時計、のように見えた。ロレックスだが、偽物に決まっている。だが、ずっしりとしてとても重かった。こんな重たいものを手首に巻いて、人は本当に楽しいんだろうか？　こういう時計は防水が施されていて、五十メートルの深さまでは耐えられると聞いたことがあった。泳ぎに行くときにこういう時計をしていれば重宝するのは確かだが、それがどうしてここに……？　このあたりに変人がいるのは間違いないが、とルイースは通りを見渡した。国会《ストルティング》通りの角に時計屋があって、やっているのは同級生だった。もしかして、あいつなら……。

　ルイースはよろよろと立ち上がった。

　キーネは自分のショッピング・カートを横に置いて煙草を喫っていた。歩行者用の信号が青に変わり、周囲が歩き出しても、彼女は動かなかった。気が変わったのだ。今日は通りを渡らない。ここにとどまって、煙草を喫い終える。いま横にあるショッピング・カートは、遠い昔に〈イケア〉から失敬してきたものだった。店から押して出てきて、駐車場に駐めておいたバンにそのまま乗せたのだ。そしてそれを、ヘムネスシリーズのベッドとテーブル、ビリーシリーズの本棚と一緒に、彼女が二人の将来——自分の将来——と考えているところへ運んだ。彼はその家具を組み立て、決めた場所に据えると、二人でやるドラッグの準備をした。いまや彼は死に、彼女は死んでいなかった。そして、彼女はもう薬物依存者《ジャンキー》でもなかった。もう大丈夫だった。だが、最後にあのヘムネスのベッドで寝たのは、ずいぶん以前のことになってしまっていた。彼女は煙草を捨てて足で踏み消すと、イケアのショッピング・カートのハンドルをつかんだ。そのとき、だれかが――たぶん歩行者の一人だろう――ショッピング・カートを覆っている汚れたウールの毛布の上にビニール袋を捨てていったことに気がついた。彼女は腹を立ててビニール袋をひったくった。身の回りのもの一切合財を詰め込んだこのカートをごみ箱と間違えられたのは、これが初めてではなかった。彼女はあたりを見回した。オスロのどこにごみ箱があるかは掌を指すように知っていたし、実際、すぐ後ろにあることもわかっていた。が、彼女はそのビニール袋をそこへ捨てるのを思いとどまった。ビニール袋の重さが気になり、開けてみた。手を突っ込み、中身を午後の陽差しの下に取り出した。それはぎらぎらと、あるいは、きらきらと輝いていた。宝飾品だった。ネックレス数本、指輪が一つ。ネックレスのペンダントトップはダイヤモンドで、指輪は純金だった。金もダイヤモンドも本物だと、彼女はほぼ確信した。金もダイヤモンドも以前に見たことがあった。何といっても、子供のころの家には、自分で組み立てる家具なんか一つもなかったのだから。

ヨニー・プーマは大きく目を見開いた。恐怖が忍び寄ってきて、ベッドの上で寝返りを打った。だれかが入ってきたような物音はしなかったが、いま、荒い息遣いと呻き声が聞こえていた。ココか？　いや、この喘ぎは借金を取り立てようとしている人間のものというより、セックスをしている男のそれに近い。かつて一度、このセンターがカップルでの滞在を認めたことがあった。その二人があまりに強く互いを必要としていると上層部は考え、男しか認めないという規則に例外を設けたのだ。その男がその女を必要としていたのは確かにそのとおりだった。というのは、二人はヘロイン依存であり、そのヘロインを買うための金を稼ぐために、女が部屋から部屋へと渡り歩いて身体を売っていたのだ。さすがの上層部も目をつぶっていられなくなり、女を追い出したというわけだった。

荒い息遣いと呻き声の正体は新入りのそれだった。彼は床に俯せになっていて、プーマからは顔が見えなかった。リズミカルな合成音と、ロボットのような単調な声が、新入りがつけているイヤフォンからかすかに漏れ出していた。腕立て伏せをしているのだった。プーマも全盛期には、片腕で百回はできただろう。この若者の力が強いのは確かだが、持久力に問題があるようで、早くも背中が沈みはじめていた。カーテンから差し込んでいる光のなかで、若者が壁にピンで留めたに違いない写真が見えた。警察官の制服を着た男の写真だった。それ以外にも、窓台に何かがあった。一組の、値の張りそうなイヤリングだった。どこから盗んできたんだろう、とプーマは訝しく思った。

見かけどおりに値が張るのであれば、そのイヤリングがプーマの問題を解決してくれるかもしれなかった。ココは明日にはこのホステルを引き払う予定で、貸した金の回収を手下に急がせているという噂があった。それが本当であるならば、プーマは数時間のうちに金を掻き集めなくてはならなかった。というわけで、ビスレットのマンションの一つに押し入ろうかと考えていたところだった。あそこの住人は休暇で大半が留守にしているから、ドアベルを押し、返事がなかったらことに及べばいい。しかし、そのためにはまず体力が必要だ。つまり、こっちのほうが簡単で安全だろう。

こっそりベッドを出て、気づかれないようにイヤリングを頂戴できないかと考えたが、結局、思いとどまった。体力があろうとなかろうと、暴力を振るわれる危険がある。考えるのも馬鹿馬鹿しいぐらいの作戦だ。だが、新入りの気を逸らす試みならいつだってできる。何か理由をでっち上げて部屋を出ていかせ、その隙にイヤリングを頂戴するのはどうだ。プーマは不意に、若者と目が合っていることに気がついた。若者はすでに仰向けになり、腹筋運動をしていた。若者が微笑した。

言いたいことがあるんだとプーマが身振りで知らせると、若者がイヤフォンを外した。

「……ナウ、アイム・クリーン」と歌が聞こえ、プーマは口を開いた。

「下のカフェへ連れていってもらえないかな。それだけ運動したら、おまえさんも何かを食わなくちゃならんだろう。肉体というのは脂肪や炭水化物を燃焼できないと、いいか、筋肉を燃やしはじめるんだ。そうなったら、どんなに運動しても無駄に終わるというわけだ」

「教えてくれてありがとう、ヨニー。先にちょっとシャワーを浴びさせてもらうけど、あんたも準備をしておいてくれ」若者が立ち上がり、イヤリングをポケットに入れると、共同シャワーに行こうと部屋を出た。

くそ！　プーマは目を閉じた。体力はあるか？　そうだな、あるはずだ。ほんの二分のことじゃないか。プーマは秒数を数えた。身体を起こしてベッドの端に坐り、勢いをつけて立ち上がると、椅子からズボンを取った。ズボンを穿こうとしているとき、ドアがノックされた。新入りが鍵を忘れたに違いない。プーマは穿きかけのズボンを引きずりながら、ドアを開けた。「何度同じことを教えなくちゃ――」

ナックルダスター付きの拳が額のど真ん中に炸裂し、プーマは後ろへ倒れた。

ドアがいっぱいに開いて、ココと二人の手下が入ってきた。手下の二人がプーマの両腕をつかんで起き上がらせ、ココが頭突きを食らわせると、プーマの後頭部は上段の寝台にぶつかった。ふたたび顔を上げると、ココの分厚くマスカラを塗りたくった醜い目と、ぎらりと輝く錐刀《スティレット》の切っ先が、まともに目の前にあった。

「わたしは忙しいのよ、ヨニー」ココが訛りのきついノルウェー語で言った。「ほかの連中はお金を持ってるくせに、まだ払おうとしないの。あなたがお金を持ってないことは知ってるけど、それなら、見せしめになってもらおうと思ってね」

「――見せしめ？」

「わたしは無茶なことはしないわ、ヨニー。片目は残しておいてあげる」

「しかし……お願いだ、ココ……」

「動かないで。さもないと、目を抉り出すときに傷がつくでしょう。ほかのろくでなしどもに見せるとき、本物の目だってわかってもらわなくちゃならないんだから。いいわね？」プーマは悲鳴を上げたが、すぐに口を塞がれて封じられた。

「落ち着きなさい、ヨニー。目には神経が多くないから、ほとんど痛みはないの。ほんとよ」

恐怖が反撃の力を与えてくれるはずだとわかっていたが、それさえも衰えてしまったかのように感じられた。ヨニー・プーマ、かつては車を何台も持ち上げたことのある男は、いま、スティレットの切っ先が近づいてくるのを無感動に見つめていた。

「いくらだ？」

低い、ほとんどささやくような声だった。全員がドアのほうを見た。入ってくる音を聞いた者はいなかった。若者の髪は濡れ、ジーンズしか身につけていなかった。

「出ていきなさいよ！」ココが嚙みしめた奥歯のあいだから吐き捨てた。

若者は動かなかった。「彼はいくら借りがあるんだ？」

「出ていけと言ったはずよ。さもないと、このスティレットの味を知ることになるわよ」

新入りはそれでも動かなかった。プーマの口を塞いでいたちんぴらが手を放し、若者のほうへ近づいていった。

「あいつが……おれのイヤリングを盗んだんだ」プーマは言った。「嘘じゃない！　そいつのポケットに入ってる。身体検査をしてみればわかる！　それで支払おうと思ってたんだ。頼む、頼むよ、ココ！」自分がすすり泣いているのがわかったが、プーマは気にしなかった。

それに、ココも聞いていなかった。この肥った豚は目の前にいる若者が気に入ったのだろう、まっすぐに彼を見ていた。そして、彼を追い出そうとしている手下を手で制して、小さく笑みを浮かべた。

「ヨニーが言ってるのは本当のことなのかしら、色男?」

「探してみればいい」若者が言った。「だけど、ぼくがあんたなら、彼の借金がいくらなのかを教えるだろうな。そのほうが手間が省けるし、手荒なことをしなくてすむ」

「一万二千よ」ココが答えた。「どうして――」

言いかけたとき、若者がポケットから薄い札束を取り出し、一番上から声に出して数えながらめくりはじめた。十二まで数えると、その紙幣をココに渡し、残りをポケットに戻した。

問題のある金に違いないと言わんばかりにココがためらい、次いで、声を上げて笑った。開いた口から、まったく健康な白い歯を抜いて入れ替えた金歯が見えた。

「いやはや、驚きだわね」

そして、紙幣を改めて数え直してから、顔を上げた。

「これで片はついたのかな」若者が訊いた。映画によく出てくるドラッグ・ディーラーのような無表情ではなく、その逆で、微笑していた。プーマが高級レストランで食事をしていた時代に、必ず料理に問題はないかと訊いてきたウェイターのような笑顔だった。

「ついたわよ」ココがにやりと笑って言った。

プーマはベッドに横になり、目を閉じた。ココが手下を連れて部屋を出、ドアを閉めて歩き去ったあとも、しばらくは彼の笑い声が聞こえていた。

「気にしなくてもいい」若者が言った。プーマは若者の声を締め出そうとしたがそれでも彼の言葉が聞き取れた。「ぼくがあんたでも同じことをしたはずだ」

だけど、おまえはおれじゃない、とプーマは思った。喉と胸のあいだのどこかに、いまも涙があるような気がした。おれはもうヨニー・プーマじゃない。そうであることをやめたんだ。

「カフェへ行くんじゃないのかい、ヨニー？」

コンピューター・スクリーンの発する眩い光だけが、書斎にある唯一の明かりだった。シモンはドアを細く開けたままにしていたから、いろんな音がそこから入ってきた。いまは階下のキッチンの音量を絞ったラジオの声と、歩きまわるエルセの足音が聞こえていた。彼女は農家の出身で、常に何かをしていないと気がすまなかった。片付け、洗濯、整理、家具の配置換え、植物の栽培、縫い物、焼き菓子作り。家事には終わりがなかった。今日どんなに多くの家事をしても、明日もまた同じぐらい多くの家事があるのだった。家事というのは一定のペースを守ってするもので、闇雲に急ぐものではないのだ。急いで早く終わらせたとしても次の家事が待っていて、負担が大きくなるだけなのだから。いまシモンが聞いているのは、日常の家事をすることに楽しみと目的を見つけただれかが立てている、気持ちを和ませてくれるような穏やかな音、安定した拍動を思わせ、充足感を与えてくれる音だった。ある意味、シモンはエルセが羨ましかった。充足に浸りつつも、彼はほかの音にも耳を澄ませていた。つまずいたり、何かが落ちたりする音である。そういう音が聞こえたら、身構えて待つ。何でもなかったかどうかがわかるのを待つのだ。そして、大丈夫だとわかれば、何事だったのかとあとで訊くことはしないし、気づいたことを気取られないようにもするのだった。

シモンは殺人課のイントラネットにアクセスし、ペール・ヴォッランの一件の報告書を読んだ。勤勉な働き者であるカーリの書いた報告書はかなりの量があったが、読み終えてみると、何かが欠けているような気がした。どんなに官僚的で事務的な警察の報告書であっても、熱心な捜査官が書いたものならその熱意を隠すことはできないものだが、カーリの報告書は警察の報告書がどう書かれるべきかの手本と言えた。客観的で事実に基づいていて、作成者の偏向的断定も予断も一切なく、無機質で冷淡だった。ヴォッランが接触した者たちのなかに興味深い名前が思いがけず出てくるのではないかと目撃者の供述を読んでみたが、一つも出てこなかった。シモンは壁を睨み、二つの言葉について考えた。〝ネストル〟と〝棚上げ〟である。そして、アグネーテ・イーヴェルセンの名前でインターネットで検索した。

殺人事件の見出しが現われた。

〝有名な不動産投資家、惨殺される〟

〝自宅で射殺、物盗りの犯行か〟

シモンは見出しの一つをクリックした。ブリンで行なわれたクリポスの記者会見での、オースムン・ビョルンスター警視の言葉が引用されていた。「クリポスの捜査チームによって判明したところでは、被害者のアグネーテ・イーヴェルセンの遺体はキッチンで発見されたが、恐らく玄関の階段あたりで射殺されたものと思われる」さらに見ていくと、こうあった。「物盗りであることをいくつかの証拠は示唆しているが、現時点では、そのほかの動機も除外できない」

シモンは画面をスクロールして、もっと古い新聞記事を探した。出てきた記事は、ほとんど経済紙に掲載されたものだった。アグネーテ・イーヴェルセンはオスロで屈指の不動産所有者の娘で、フィラデルフィアのペンシルヴァニア大学ウォートン校で経済学のMBAを取得し、比較的若くして一族の不動産ポートフォリオの管理を任された。しかし、同じエコノミストのイーヴェル・イーヴェルセンと結婚して引退した。ある経営評論家によれば、彼女は保有財産を効率的で収益性の高いやり方で管理してきた、洗練された財産管理人であるが、夫はその逆で、頻繁に売り買いをし、より大きなリスクも孕むけれども利益も大きくなる、攻撃的な戦略を追い求めていた。二年前の別の記事は、〝大金持ちの跡継ぎ、イビサでセレブな日々〟という見出しの下に、二人の息子のイーヴェル・ジュニアの写真を掲げていた。カメラのフラッシュのせいで目が赤くなった、日焼けしたイーヴェル・ジュニアが、眩いばかりの笑顔で写っていた。踊ったあとで汗を搔き、一方の手にはシャンパンのボトル、もう一方の手にはやはり汗を搔いているブロンドの娘を抱えていた。三年前の経済欄では、イーヴェル・シニアがオスロ市議会の財政委員長と握手をしていた。イーヴェルセン不動産が市有地を十億クローネで購入すると発表したときである。

書斎のドアが押し開けられる音が聞こえ、湯気の立つお茶のカップがシモンの前に置かれた。

「もう少し明るくしたほうがいいんじゃない?」エルセが彼の両肩に手を置いた。肩を揉んでくれるのか、それとも、自分の身体を支えるためかもしれなかった。

「次の情報提供をいまも待ってるんだけどな」シモンは言った。

「次の情報って?」

「医者が言ったことのさ」

「それは電話で話したじゃない──あなた、物忘れがひどくなったんじゃないの、ダーリン?」エルセが小さく笑い、彼の頭に唇を当てた。柔らかい唇が頭蓋に触れた。本当におれを愛しているんじゃないだろうな、とシモンは思った。

「自分にできることはそう多くないと、医者は言ったんだよな」シモンは答えた。

「そうよ」

「でも?」

「でも、何?」

「ぼくはきみのことを知ってるつもりだ、エルセ。それで終わりじゃないはずだ」

片手を彼の肩に置いたまま、エルセが身体を引いた。シモンは待った。

「アメリカに新しい手術法があって、わたしのあとの人たちはそれで助かるはずだって」

「きみのあとの人たち?」

「手術法が確立されて一般的になり、そのための機器がどの病院にも普通に備わったら、ということよ。でも、それには何年もかかるかもしれない。いまの時点では手術も複雑で、費用もとても高額なんですって」

シモンは素速く回転椅子を回して向き直ると、思わず一歩後ずさったエルセの両手をつかんで言った。「だとしても、すごいニュースじゃないか。で、いくらかかるんだ?」

「障害給付金を受けてる女と警察で給料をもらっている男の払える金額じゃないわ」

「だけど、いいかい、エルセ。ぼくたちには子供がいない。家は持ち家だ、それ以外には金を使っていない。倹約して――」

「やめて、シモン。お金がないことはよくわかっているはずよ。それに、この家は限度額いっぱいまで担保に入っているわ」

シモンはごくりと唾を呑んだ。彼女はあからさまに言わなかったが、それはギャンブルで作った負債のせいだった。例によって気を遣い、自分たちがいまだにその罪を贖《あがな》っていることを思い出させせないようにしてくれているのだ。シモンは彼女の手を握り締めた。

「何か方法を考える。金を貸してくれる友だちだっているんだ。信じてくれ。いくらなんだ?」

「〝いるんだ〟じゃなくて、〝いたんだ〟でしょう、シモン。あなた、このところ、その人たちと話もしていないじゃない。わたしがいつも言ってるでしょう、人は連絡を取りつづけないと疎遠になってしまうものなのよ」

シモンはため息をつき、肩をすくめた。「きみと連絡を取り合ってる」

エルセが首を振った。「それじゃ不十分よ、シモン」

「いや、十分だよ」

「それで十分なんて、わたしはいやよ」エルセが腰を屈め、シモンの額にキスをした。「疲れたから、寝《やす》ませてもらうわね」

「いいとも、だけど、その手術にはいくらかかる……」

彼女はすでに立ち去っていた。

シモンはその後ろ姿を見送ると、やがてコンピューターを切って携帯電話を取り出し、連絡先のリストをスクロールしていった。旧友、旧敵、役に立つ者も何人かいたが、大半は役に立たなかった。彼は後者の一つの番号を押した。旧敵だ。しかし役に立つ。

フレドリク・アンスガールはシモンからの電話とわかって案の定驚いたが、嬉しそうに声を偽り、会うことに同意した。忙しい振りもしなかった。電話を終えると、シモンは暗闇のなかで携帯電話を見つめた。そして、自分の夢のことを、自分の目のことを、この目を彼女にやることを考えた。そのとき、画面に何が映っているかに気づいた。薔薇の花壇の足跡の写真だった。


「満更悪くもない味だぞ」ヨニー・プーマは口を拭った。「おまえさんは何も食わないのか？」

若者が笑みを浮かべて首を横に振った。

プーマは周囲を見回した。カフェはオープン・キッチンとサービス・カウンター、セルフサービス区画、そして、テーブル席からなる一部屋だった。テーブルはどれも塞がっていた。普段は昼食時間が過ぎるといったん閉まるのだが、シッペル通りの薬物依存者のために教会がやっているカフェ〈ミーティング・プレイス〉が改装中なので、営業時間を延長しているのだった。というわけで、いまここにいる客の全員が居住者というわけではなかったが、大半は一時的であれ何であれそうであったらしく、プーマはすべての顔に見憶えがあった。

彼はもう一口コーヒーを飲みながら、仏頂面の薬物依存者を眺め渡した。例によって、常に妄想の世界にいる者、獲物を狙っている者、頭を揺らしている者たちだった。ここはサバンナの水場と同じで、食う者と食われる者の立場が頻繁に入れ替わるところでもあった。ただしこの若者は例外で、リラックスしているように見えていた。が、いまはそうではなかった。プーマは若者の視線を追って厨房の奥のドアのほうを見た。マルタがスタッフルームから出てくるところだった。コートを着ていて、明らかに帰宅しようとしていた。若者の瞳孔が開くのがプーマにはわかった。他人の瞳孔を観察するのは依存者が無意識にやることだった。こいつはやっているのか？　ハイになっているのか？　危険だろうか？　プーマは瞳孔だけでなく、人の手も無意識に観察するようになっていた。何かを盗もうとしているのではないか？　ナイフへ伸びていこうとしているのではないか？　あるいは、それが危険を感じさせる状況であれば、ドラッグや金を隠している場所を守ろうと、本能的にそこを押さえようとしているのではないか？　いま、若者の両手はポケットのなかにあった。イヤリングを入れたポケットだ。ヨニー・プーマは馬鹿ではなかった。いや、馬鹿かもしれないが、全面的にそうというわけではなかった。マルタが姿を現わし、若者の瞳孔が開いた。あのイヤリング。椅子の脚が床を引っかく音がし、若者が熱っぽい顔で彼女を見つめたまま立ち上がった。

プーマは咳払いをした。「スティーグ……」

しかし、遅かった。若者はすでに彼に背を向け、マルタのほうへ歩き出していた。

それとときを同じくしてカフェの正面入口のドアが開き、目を惹かずにはおかない男が入ってきた。丈の短い黒革のジャケット、短く刈り込んだ黒い髪、がっちりした肩、確固たる表情。いかにも依存者らしく腰を落としてうずくまり行く手を塞いだまま動かない住人を、邪魔だと言わんばかりに押しのけながら、男がマルタに手を振った。マルタが手を振り返し、若者がそれに気づいたのがプーマにもわかった。勢いを失ったかのように彼の足が止まったが、マルタはドアのほうへ歩きつづけた。男が一方の手を革のジャケットのポケットに突っ込んでマルタが腕を組めるよう肘を曲げると、彼女の腕がそこに滑り込んだ。付き合いが長いことを示すような、淀みのない動きだった。いきなり冷え込み、風が強くなった町へと二人は姿を消した。

若者はいま見たことを理解する時間が必要だと言わんばかりの様子で、カフェの真ん中に立ち尽くしていた。そこにいる全員が、若者を値踏みしはじめた。彼らが何を考えているか、プーマは手に取るようにわかった。

〝獲物が現われた〟だ。

プーマは泣き声で目を覚ました。

一瞬、幽霊かと思った。あの赤ん坊の幽霊。それが現われたのではないか。

しかし、それが上段の寝台から聞こえていることがすぐにわかった。プーマは横向きに寝返りを打った。上段の寝台が震えはじめ、泣き声がすすり泣きに変わった。

プーマは立ち上がると寝台の前に立ち、木の葉のように震えている若者の肩に手を置いた。そして、若者の頭上の読書灯をつけた。最初に目に入ったのは、枕を噛んでいる剝き出しの歯だった。

「苦しいんだな？」プーマは言った。質問というより事実確認の口調だった。

汗に濡れて死人のように白い顔のなかの落ちくぼんだ目が、プーマを見つめ返した。

「ヘロインか？」プーマは訊いた。

若者はうなずいた。

「手に入れられるかどうか、やってみてやろうか？」

首が横に揺れた。

「やめようとしているんなら、ここはふさわしいところじゃない。それはわかってるよな？」プーマは言った。

うなずきが返ってきた。

「どうしてほしいんだ？」

若者が白くなった舌で唇を湿らせ、何かをささやいた。

「何だって？」プーマは身を乗り出して訊き返した。若者の荒い息遣いのなかに、腐ったような悪臭があった。プーマは辛うじて若者の言葉を解読し、背筋を伸ばしてうなずいた。

「いいとも」

プーマはベッドに戻り、頭上のマットレスの裏側を見つめた。それは住人の体液から守るために、ビニールで覆われていた。彼はこの施設の絶え間ない音に耳を澄ませた。終わることなく狩られる者の廊下を走る足音、悪態、鳴り響く音楽、笑い声、ドアをノックする音、絶望の叫び、この部屋のすぐ前で行なわれている取引の切迫した声。しかし、そのどれ一つとして、若者の低いすすり泣きと、あのささやきを呑み込んではくれなかった。

「ここを出ようとしたら、止めてもらいたい」

19

「それで、いまは殺人課ってわけか」サングラスの奥で笑みを浮かべながら、フレドリク・アンスガールが言った。サングラスの蔓のデザイナー・ロゴは小さすぎて、シモン並みの鋭い目でなければ読めないほどだったが、ブランドについて彼より詳しい人間なら、そのサングラスが限定品だとわかるはずだった。それでも、シャツやネクタイ、爪の手入れや髪型に関するフレドリクの好みからして、そのサングラスが高級なものだというぐらいの見当はシモンにもついた。しかし、実際のところ、明るいグレイのスーツに茶色の靴は合うものだろうか？　最近の流行として通用するのか？

「そうなんだ」シモンは答え、目を細めた。彼は風と太陽を背に受けて坐っていたが、運河の向かいに建ったばかりのビルのガラスの表面が陽を照り返しているのだった。会いたいと言ったのはシモンだが、チューヴホルメンの日本食レストランを提案したのはフレドリクだった。チューヴホルメンとは〝盗人たちの島〟という意味で、フレドリクの会社も含めて、そこにあるすべての投資会社にぴったりの地名ではないかとシモンは思った。「で、おまえさんは金がありすぎてそれがどうなろうともう知ったことじゃないという連中の金を投資しているわけだ」

フレドリクが笑った。「まあ、そんなところだ」

ウェイターが小さなクラゲのようなものが載った小皿をそれぞれの前に置いた。本物のクラゲかもしれないぞ、シモンは思った。チューヴホルメンでは珍しくないのかもしれない。何せ寿司だって、中流階級にとってのピザみたいな食べ物になっているんだから。

「重大不正捜査局が懐かしくはないか？」シモンは訊き、グラスの水に口をつけた。噂では、それはヴォスの氷河の水で、アメリカへ送られ、身体に絶対必要なミネラルを取り除いて――それはきれいでうまいノルウェーの水道水から無料で摂取できた――、一本六十クローネでノルウェーへ逆輸入されているものだった。市場の力学とその心理学、力を求める競争を理解しようとするのを、シモンは諦めていた。そして、そのゲームに参加していた。だが、フレドリクはそうではなかった。彼は理解していた。そして、そのゲームに参加していた。常にそうしていたのではなかったかとシモンは思った。彼とカーリには多くの共通点があった。高等すぎるぐらいの教育を受けていて、ありすぎるぐらいの野心があり、警察にとどまるには勿体ないほどの価値が自分にあることをわかりすぎるぐらいわかっていた。

「昔の仲間やあの刺激は懐かしいが」フレドリクが答えた。「緩慢さと官僚主義は願い下げだ。もしかして、おまえさんがあそこを辞めたのも同じ理由なんじゃないか？」

そう言ったとたんにフレドリクがグラスを口に当てたので、彼が本当に理由を知らないのか、知らない振りをしているだけなのか、シモンはその表情から読み取ることができなかった。あのマネー・ロンダリング事件にまつわる騒ぎが表に出たのは、フレドリクが警察を去り、多くの者がダーク・サイドと見なしているものへの転身を宣言した直後だった。彼はその事件を調べている捜査官の一人でもあったのだが、もう警察との接触はまったくないはずだった。

「まあ、そんなところかな」シモンはつぶやいた。

「おまえさんは殺人事件のほうが本領だからな」フレドリクがさりげなさを装って時計を見た。

「おれの本領といえば」シモンは切り出した。「おまえさんに会いたかったのは金を借りる必要があるからなんだ。女房が目の手術をしなくちゃならないんだよ。エルセだが、憶えてるかな？」

フレドリクがクラゲを口に入れ、イエスともノーとも取れる声を出した。

シモンはフレドリクの口が空になるのを待った。

「すまんな、シモン、おれたちが顧客の金を投資するのは優良企業か国債だけで、私的市場には融資しないんだ」

「それはわかってる。だけど、普通のルートをたどれないから、おまえさんに頼んでるんだ」

フレドリクが丁寧に口元を拭き、ナプキンを皿に置いた。「申し訳ないが、力にはなれんな。目の手術か？　深刻そうだな」

ウェイターがやってきてフレドリクの皿を手に取り、シモンの料理に手がついていないのを見て訝しげな顔をした。下げていい、とシモンは手振りで示した。

「お気に召さなかったかな」フレドリクが言い、日本語かもしれない数語を発して勘定を頼んだ。

「自分でもわからないが、無脊椎動物となると、おれは大概疑ってかかるんだよ。簡単すぎるぐらい簡単に喉を滑り落ちていくだろう、わかるかな？　無駄にするのは嫌いなんだが、さっきのやつはまだ生きているようにも見えたから、水族館行きという第二のチャンスに恵まれるかもしれないと思ってな」

　その冗談に、フレドリクが不必要なほどの大笑いをしてみせた。二つ目の話題が終わったらしいことにほっとしているのだ。そして、届いた勘定書を即座にひったくった。

「いや、それはおれが……」シモンは言いかけたが、フレドリクはすでにウェイターが持ってきた支払端末にクレジットカードを差し込み、キイパッドを押していた。

「会えてよかったよ、力になれなくてすまないな」ウェイターが行ってしまうと、フレドリクが言った。その腰が浮こうとしているのをシモンは感じ取った。

「昨日のイーヴェルセン殺しだが、もう読んだか？」

「ああ、読んだ」フレドリクが首を振り、サングラスを外して目をこすった。「イーヴェル・イーヴェルセンはわれわれの顧客なんだ。悲劇だよ」

「確か、彼はおまえさんが重大不正捜査局にいたときからの顧客だったよな？」

「何だって？」

「容疑者ってことさ。おまえさんのような資質のある者が一人残らず辞めていくなんてひどい話だ。おまえさんのような捜査官がチームにいたら、あの一件を裁判に持ち込めたかもしれない。不動産業に関しては精査する必要がある。それについては、おまえさんも同意見だったよな、フレドリク、憶えてないか？」

フレドリクがサングラスをかけ直した。「おまえさんはいつも一か八かの博奕を打っていたよな、シモン」

シモンはうなずいた。おれがいきなり異動になった理由を、こいつはやっぱり知っているんだ。

「博奕といえば」シモンは言った。「おれは会計学の学位も持ってない愚かな警官に過ぎないが、イーヴェルセンの財務書類を見るたびに不思議に思うんだよ、あの会社がどうやって無借金でいられるんだろうとな。不動産売買はからっきしで、大半がかなりの損を出してるんだぞ」

「それはそうなんだが、不動産管理が昔からうまくいってるんだ」

「そして、損失はありがたいことに次期へ持ち越せるときてる。そのおかげで、イーヴェルセンはこの数年、利益を操作してほとんど税金を払わずにすんでるんだ」

「すごいな、まるで重大不正捜査局に戻ったみたいじゃないか」

「おれのパスワードで、いまも昔のファイルにアクセスできるんだ。ゆうべ、おれのパソコンで読んだんだよ」

「そうだったのか。だけど、非合法なところは何もないぞ、税法に則ってやってることだからな」

「そうだな」シモンは言い、片手で顎を支えて青い空を見上げた。「それはおまえさんも知ってるよな、だって、イーヴェルセンを捜査していたわけだから。もしかすると、アグネーテ・イーヴェルセンは恨みを抱いた収税吏に殺されたのかもしれんな」

「何だって?」

シモンは短く笑って立ち上がった。「ちょっとおまえさんをからかっただけだよ。ごちそうさま」

「シモン?」

「何だい」

「あんまり期待してもらっても困るんだが、金を貸す件は周りと相談してみるよ」

「それはありがたい」シモンは言い、上衣のボタンを留めた。「じゃあな」

振り返る必要はなかった。自分が歩き去る後ろ姿をフレドリクが物思わしげに見送っているのは、背中を向けていてもわかった。

ラルス・ギルベルグはセブン・イレブンの前のごみ箱で見つけた、今夜の枕になってくれそうな新聞を置いた。めくるページめくるページ、オスロの西側の金持ち女の記事ばかりだった。被害者が薬物の過剰摂取で川縁かシッペル通りで死んだ哀れなやつだったら、辛うじて数行の記事になったかどうかというところだっただろう。ビョルンスターというクリポスのやり手は可能な限りの人的資源をこの捜査に投入すると宣言していた。しかし、それで本当にいいのか？　ドラッグに砒素と殺鼠剤を混ぜて売った大量殺人犯を捕まえるのが先じゃないのか？　ギルベルグは自分のいる薄暗がりから世界を覗いた。フードをかぶった人物が近づいてきていた。この川沿いの小径をランニング・コースにしている常連ジョガーのように見えたが、ギルベルグを見つけると足取りを緩めた。警官かスピードを欲しがっている若造だろうとギルベルグは予想したが、その人物が橋の下に到着してフードを脱ぐと、そこで初めてあの若者だとわかった。彼は汗を掻き、息が上がっていた。

ギルベルグは地面に敷いたシートからいそいそと身体を起こした。嬉しいと言っていいような気分だった。「やあ、若いの。おまえの荷物ならちゃんと見張っててやったぞ、ほら、まだあそこにある」そして、藪のほうへ顎をしゃくった。

「ありがとう」若者が言い、しゃがんで自分の脈を取った。「だけど、もう一つ、頼みたいことがあるんだ」

「いいとも、何なりと言ってみろ」

「ありがとう。スーパーボーイを売ってるディーラーを知らないかな」

ギルベルグは目を閉じた。まったく、何てことだ。「あれはやめとけ、若いの。スーパーボーイはだめだ」

「どうして？」

「あれをやって死んだやつの名前を、この夏だけでも三人は挙げられるからだ」

「一番混じりけのないのを売ってるのはだれなんだろう」

「おれはあんなのはやらないから混じりけのことはわからんが、ディーラーなら簡単だ。この町でスーパーボーイを売ってるのは一カ所だけだからな。あいつらはいつも二人一組で仕事をしている。片方がドラッグの係、もう片方が集金係だ。新橋《ニーブルーア》の下あたりをうろうろしてる」

「外見は？」

「色々だが、普通、集金係は小柄でがっちりしていて、髪が短く、顔ににきびの痕があるやつがやってる。そいつがボスなんだが、どうやら自分で出かけて自分で金を扱うのが好きらしい。疑い深いやつで、自分のディーラーを信用していないんだ」

「小柄でがっちりしていて、にきびの痕があるんだな？」

「そうだ。瞼ですぐに見分けがつく。眠たそうに目の上に垂れ下がってるんだ。わかったか？」

「カッレのことかな？」

「あいつを知ってるのか？」

若者がゆっくりとうなずいた。

「それなら、瞼がどうしてそうなったかも知ってるのか？」

「商売してる時間帯はわかるかな」若者が訊いた。

「あいつらは四時から九時まであそこにいるよ。何で知ってるかというと、最初の客が三十分前から並びはじめるからだ。そして、九時直前に最後の客がまるで下水道の鼠みたいに走ってやってくるんだ、いなくなってしまうとまずいからな」

若者がフードをかぶり直した。「ありがとう、おっさん」

「ラルスだ。おれの名前はラルスというんだ」

「ありがとう、ラルス。何か必要なものはないかな？　金とか？」

ラルスは常に金を必要としていたが、首を横に振った。「おまえさんの名前は？」

さあ、何だったかなというように肩をすくめ、若者はふたたび走っていった。


マルタが受付に坐っていると、彼が階段を上がってきて、そのまま前を通り過ぎていった。

「スティーグ！」彼女は呼び止めた。

一瞬だったが、足が止まるまでに少し長すぎる間があった。全体的に反射神経が鈍っているからかもしれず、もしかしたら、スティーグが本名でないからかもしれなかった。汗を掻いていて、走ってきたように見えた。面倒から逃げているのでないことを彼女は祈った。

「あなたに渡すものがあるの」マルタは言った。「だから、待っててちょうだい！」

彼女は箱を手に取ると、二分ほどで戻るからとマリアに言い残し、急いで彼を追いかけた。そして、軽く肘に触って言った。「さあ、あなたとヨニーの部屋へ行きましょう」

部屋に入ると、二人は予想外の光景を目の当たりにした。カーテンが開けられ、室内に陽光が降り注ぎ、プーマの姿はなく、窓が一つ開けられて新鮮な空気に入れ替わっていた。もっとも、窓をいっぱいに開けるわけにはいかなかった。全開にできないよう、評議会に言われて、すべての部屋に処置が施してあった。というのは、過去にこの施設の窓から大きくて重たいもの――ラジオ、スピーカー、ステレオ、ときにはテレビ――が結構な頻度で放り出され、下にいる歩行者に危うく当たりそうになったことが何度かあったからである。ここの住人は電化製品の大半をそうやって処分していたが、この指示の引鉄を引いたのは有機物だった。対人恐怖症のため共同トイレを使いたがらない住人が全体的に増えたということで、人数は少ないけれども、部屋にバケツを置くことを許された者がいた。そして、それは定期的に空にされるのだが、残念なことにときどき不定期になることがあった。その不定期の一例が、バケツを窓台に置いていたというものだった。そうしておけば、窓を開けて悪臭を外に追い出せるというわけである。ある日、職員の一人が部屋のドアを開けたとき、風が通り抜けてバケツが倒れてしまった。下では新規開店のパティスリーの改装中で、その窓の真下に梯子がかけられ、運の悪いことにそこで塗装工が仕事をしているところだった。塗装工はひどい怪我こそしなかったが、真っ先に現場に駆けつけて、ショックを受けた男の手助けをしたマルタには、この事故が彼に精神的な傷を残すことがわかった。

「坐ってちょうだい」彼女は椅子を指さした。「そして、靴を脱いで」

若者が言われたとおりにすると、マルタは箱を開けた。

「他の人に見られたくなかったの」彼女は言い、柔らかい黒い革の靴を取り出した。「わたしの父のものだったの」そして、若者に差し出した。「サイズも同じぐらいよね」

若者が驚きを露わにするのを見て、マルタは思わず頬を赤らめた。

「トレーニングシューズであなたを仕事の面接に行かせるわけにはいかないもの」彼女は急いで付け加えた。

若者がその靴を履くあいだ、マルタは室内を見回した。確信はなかったが、洗剤の匂いがするような気がした。彼女が知る限りでは、今日は清掃係はこないはずだった。壁に画鋲で留められた写真に歩み寄った。

「これはだれ？」

「父だけど」若者が答えた。

「ほんとに？　警察官なの？」

「ああ。これでどうかな？」

マルタは若者のほうを見た。彼はすでに立ち上がっていて、最初は右足、次いで左足で床を踏みしめた。

「どう？」

「ぴったりだよ」若者が微笑した。「本当にありがとう、マルタ」

名前を呼ばれて、マルタは飛び上がった。自分の名前を聞くのに慣れていないわけではない。住人からはいつでもファーストネームで呼ばれていた。苗字、住所、家族の名前は秘密だった。何しろ、職員は薬物の取引を毎日目の当たりにしているのだから。しかし、彼の言い方には何かがあった。琴線に触れるような何か、用心深く、無邪気だけれども、明確な何かが。この部屋に二人きりでいるのはよくないとマルタは気づいた。ヨニー・プーマが部屋にいると最初は思っていたのだ。それにしても、彼はどこへ行ったのか？　彼をベッドから出る気にさせるものがあるとすれば、ドラッグか、トイレか、食べ物しかない。その順番だ。だが、マルタはその場を動かなかった。

「どういう仕事を探しているの？」彼女は訊いた。かすかに息が詰まるような言い方になっているのが自分でもわかった。

「司法制度のなかで何かがしたいんだ」若者が重々しく答えた。その熱意がとても感じがよかった。若さからくるやる気といったようなものだろうか。

「お父さんみたいになりたいわけ？」

「いや、警察官は法を執行するんだ、ぼくは法を司りたいんだよ」

マルタは微笑した。彼はずいぶん変わっている。だから、わたしはこの子のことが気になるのかもしれない。ほかの依存者とは違うから。そして、アンネルスともまるで異なっている。彼は常に自分を厳しくコントロールしているけれども、この子は開けっぴろげで無防備に見える。アンネルスは疑い深く、知らない人や自分が認める以外の人々を寄せつけないけれども、スティーグは友好的で、優しく、ほとんどうぶと言ってもいいように思われる。

「そろそろ戻らなくちゃ」マルタは言った。

「うん」若者が壁にもたれて答えた。パーカーのファスナーが開いていて、その下のTシャツが汗で濡れ、身体に貼りついていた。

彼が何か言おうとしたとき、マルタのウォーキートーキーが鳴った。

彼女はそれを耳に当てた。

面会者だった。

「何を言おうとしていたの？」メッセージを確認したあと、彼女は訊いた。

「あとでいいよ」若者が微笑した。


またあの年上のほうの警官だった。

受付で彼女を待っていた。

「入ってもいいということだったので」彼が申し訳なさそうに言った。

マルタは咎めるようにマリアを見たが、彼女は何が問題なのかというように両手を広げてみせた。

「どこか二人きりで……？」

マルタは彼を会議室へ案内したが、コーヒーは出さなかった。

「これが何かわかりますか？」彼が訊き、携帯電話をかざして見せた。

「何かの土の写真かしら？」

「足跡です。あなたにはあまり意味がないかもしれませんが、私はずっと考えていたんですよ。なぜこの足跡にこんなに見憶えがあるように思えるんだろうとね。そして、犯罪現場の可能性があるところでたくさん見てきていることに気づいたんです。われわれが死体を見つける場所ですよ。コンテナ置き場の雪の小径とか、薬物常用者の溜まり場とか、ドラッグ・ディーラーの縄張りとか、依存者が集まってドラッグ・パーティを開く第二次大戦時の防空壕跡とか。要するに……」

「要するに、ここの住人のような人たちがよく行く場所、ということね」マルタはため息をついた。

「そのとおりです。死因は自らの手によるものであるのが普通なんですが、理由は何であれ、この靴の跡はよく見るものなんですよ。こういう青い軍用トレーニングシューズは救世軍とキリスト教慈善団体のビーミションーネンが支給したおかげで、ノルウェー全土で、依存者とホームレスの最もありふれた履き物になっているんです。そして、それ故に証拠としてまったく役に立たないんです。前科のある者の靴跡の大半がそれだと言ってもいいからです」

「では、どういう用件でここへいらっしゃったんですか、ケーファス警部？」

「このトレーニングシューズはもう生産が中止されていて、いまも使用されているものは靴の裏が摩耗しています。しかし、この写真を注意深く見てもらえれば、この靴底の模様がくっきりしているのがわかるはずです。つまり、新品だということですよ。救世軍に問い合わせたら、このトレーニングシューズの最後の在庫を、今年の三月にこちらに送ったと教えてくれました。というわけで、私の質問は簡単です。この春以降、このタイプのトレーニングシューズをだれかに支給しましたか？　サイズは八・五ですが？」

「その答えは、もちろん、イエスです」

「だれに――？」

「大勢に」

「サイズは――」

「八・五。西側世界の男性に最も多い靴のサイズで――生憎なことに、薬物使用者のあいだでもそうなんです。これ以上何も答えることはできませんし、その用意もありません」マルタは口を強く結んで相手を見た。

今度は警察官がため息をついた。「ここの居住者を守ろうとされるのは尊敬しますが、われわれが話しているのはわずかな量のスピード云々ではないんですよ。これは殺人事件の捜査なんです。私がこの靴跡を見つけたのは、ホルメンコーレンの丘の高級住宅地で昨日撃ち殺された女性の自宅の庭なんです。アグネーテ・イーヴェルセンという女性のね」

「イーヴェルセン？」マルタはふたたび、急に息ができなくなったような気がした。おかしい。〝共感疲労〟だと診断してくれたセラピストには、ストレスの兆しに注意しろと言われてはいるけれど。

ケーファス警部がわずかに首をかしげた。「そうです、イーヴェルセンです。メディアが大々的に報道しているでしょう。自宅玄関で撃たれて――」

「そうでした。わたしも見出しを目にしました。でも、わたしはそういう記事は読まないいんですよ。心が揺れるのはこの仕事だけで十分なんです。わたしの言おうとしていることがわかりますか？」

「わかりますとも。被害者の名前はアグネーテ・イーヴェルセン、四十九歳。かつては仕事をしていて、いまは主婦。結婚していて、二十歳の息子がいます。地元の婦人会の会長で、ノルウェー観光協会に多額の寄付もしています。ですから、地域社会の柱といったような存在だったと思われます」

マルタは咳をした。「その靴跡が彼女を殺した犯人のものだと、どうして断定できるんです？」

「断定はできません。しかし、被害者の血のついた足跡が、部分的にではあるけれども寝室で見つかっていて、それがこの写真の靴跡と一致する可能性があるんです」

マルタはまた咳をした。医者に診てもらうのがよさそうだった。

「サイズ八・五のトレーニングシューズを支給した人物をわたしが思い出せたとして、そのなかのだれが現場にいたかをどうやって特定するんです？」

「特定できるという確信はありませんが、どうやら犯人が血溜まりに踏み込んでしまったとき、その血が靴の裏の模様に染み込んだようなんです。そして、その血が凝固して、模様の溝に残ったままになっている可能性があるんですよ」

「わかりました」マルタは言った。

ケーファス警部は何かを期待しているかのようだった。

彼女は立ち上がった。「でも、申し訳ないんですけど、お役には立てそうにありません。もちろん、サイズ八・五を支給した相手を憶えているかどうか、ほかの職員に訊いてみることはできますけど」

ケーファス警部は、彼女に考えを変えて何か話すチャンスを与えるかのようにそこにとどまっていたが、やがて腰を上げ、名刺を差し出した。

「ありがとうございました、時間を割いてもらって感謝しています。夜でも昼でも時間は問いません、電話をください」

ケーファス警部が帰ったあとも、マルタは会議室にとどまった。そして、唇を噛んだ。わたしは本当のことを言った。八・五、あれは男性用の靴の最もありふれたサイズだ。


「店仕舞いだ」カッレは告げた。九時、陽は川岸のビル群の向こうへ沈みはじめていた。彼は最後に受け取った百クローネ札をマネー・ベルトに入れた。サンクトペテルブルクでは現金を運ぶドラッグ・ディーラーがあまりに頻繁に金を奪われるので、マフィアは彼らに絶対に外れないように腰の周りに留める鋼鉄のマネー・ベルトを支給しているという話を彼は聞いたことがあった。そのベルトは細い差し入れ口から金を入れるようになっており、その暗証は事務方の一人の男しか知らなかったから、ディーラーは強盗から暗証を教えろと拷問される恐れもなく、自分が頂戴してしまおうかという誘惑に駆られる心配もなかった。ディーラーは寝るときも、食事をするときも、排便するときも、女と寝るときもそのベルトを着けていなくてはならなくなるそうだが、カッレはそのベルトを使うことを本気で考えていた。毎晩こうやってびくびくするのは心底うんざりだった。

「お願いよ！」骨と皮ばかりに痩せた、頭に髪の毛が一本もないジャンキー女の一人だった。

「今日は終わりだ」カッレは言い、歩き出した。

「どうしてもやらなくちゃならないのよ！」

「売り切れだよ」カッレは嘘をつき、ディーラーのペルヴィスに行こうと合図して歩きつづけた。

女が泣き出した。カッレは同情しなかった。九時には店仕舞いで、二分遅れてきたらもう売ってもらえないのだということを、こいつらも少しは学習すべきなんだ。もちろん十分過ぎまで、あるいは十五分過ぎまでこのあたりにいて、ぎりぎりになって何とか金を掻き集められた連中に売ってやることはできる。だが、結局は仕事と生活のバランスをきちんと守り、家に帰る時間をはっきりさせることが大事なんだ。それに、仕事の時間を延ばそうが延ばすまいが、スーパーボーイを売ってるのはおれたちだけなんだから、客がよそへ逃げて儲けが減る心配もない。あの女だって、明日には営業時間内にやってくるに決まってるんだ。

女に腕をつかまれたが、カッレはそれを振り払った。女が芝生の上へよろめき、両膝をついた。

「いい一日だったな」足早に小径を歩きながら、ペルヴィスが言った。「どのぐらい売り上げたんだろうな？」

「おまえはどう思うんだ？」カッレはぶっきらぼうに訊き返した。この馬鹿野郎は一袋当たりの値段と袋の数をかけ算することもできないときてる。昨今はまともな相棒を見つけるのもままならなくなってるありさまだ。

橋を渡る前に、カッレは肩越しに後ろへ目を走らせ、尾行されていないか確かめた。それは大昔に身につけた習慣、ドラッグ・ディーラーとして多額の現金を持ち歩いていた時代に、警察に届け出ることのできない盗難の被害者となったときの、辛い経験の産物だった。夏のある日、川のそばで、彼はどうしても目を開けていられなくなり、ネストルから売るように言われた三十万クローネ分のヘロインを持ったまま、ベンチでうとうとした。目が覚めたとき、ヘロインは当然のごとくなくなっていた。翌日、ネストルに見つかり、ボスは優しいことに選択肢を与えてくれたと告げられた。両手の親指か、両方の瞼か、どちらかを切り取ること。前者はあまりに不器用だからというのが理由で、後者は仕事中に居眠りしたからというのが理由だった。カッレは瞼のほうを選んだ。ともにスーツを着た黒髪と金髪の男が動けないようカッレを仰向けに押さえつけ、ネストルが瞼を引っ張って、まがまがしい弧を描いているアラビア風のナイフで瞼を切り取った。そのあと、ネストルは――やはりボスの指示で――病院までのタクシー代を渡してくれた。新しい瞼を形成するためには身体の別の部分から皮膚を移植する必要があるが、あなたの場合はユダヤ人でないので割礼をしていないのが幸運だ、と外科医は説明した。カッレはあとで知ったのだが、包皮は人体の皮膚のなかで瞼のそれに最もよく似たタイプの皮膚だった。手術は万全を期して行なわれ、成功した。どうして瞼を失うことになったのかと聞かれた場合のカッレのいつもの答えは、誤って酸に触れてしまい、新しい瞼を自分の腿の皮膚を移植して作ったのだというものだった。それを訊いたのが一緒にベッドにいる女の子で、傷を見せてほしいと言われたら、自分の腿がだれか他人の腿になった。それでも訝るようなら、自分は四分の一、ユダヤ人なんだと付け加えた。

自分の秘密が漏れることはないと、カッレは長いあいだ信じていた。そうでないことがわかったのは、ネストルとやっていた仕事を引き継いだ男がバーにいるときに近づいてきて、朝、目をこすると恥垢の臭いがしないかと大声で訊いたときだった。男とやつの仲間がどっと笑った。カッレはビール瓶をカウンターに叩きつけて割り、それで男の顔面を突き刺しては引き抜くということを、男の目にこするべき瞼がなくなったと確信できるまで繰り返した。翌日、ネストルが訪ねてきて、ボスがその一件のことを聞き、いまは空きがあるし、カッレの能力が証明されたから、以前の仕事に戻ってもいいと言っていると告げた。その日以来、自分がすべてをコントロールしていると絶対に確信できるまで、カッレは決して目を閉じなかった。しかし、いま見えるのは、芝生の上で懇願しているあの女と、フードのついたパーカーを着て一人でジョギングをしている男だけだった。

「二十万ぐらいか？」ペルヴィスが推測した。

馬鹿野郎が。

オスロの東側の中心と、もっと怪しげな、しかし、特徴的な建物が並ぶガムレビーエンの通りを十五分かけて通り抜け、荒れ果てた工場地帯へ入ると、開けっ放しの門をくぐった。

売り上げの計算にはせいぜい一時間しかかからないはずだった。カッレとペルヴィス以外でそこにいるのは、それぞれエルゲンとトルブー通りでスピードを売っていたエーノクとシフの二人だけだった。売り上げを計算したあとは、ドラッグを刻み、混ぜ、新たに袋詰めして、明日の準備をしなくてはならなかった。それが終わって、ようやくヴェラの待つ自宅へ帰ることができるのだ。最近、彼女は機嫌が悪かった。約束していたバルセロナ旅行はカッレの仕事が春いっぱい忙しくて実現せず、その穴埋めにこの八月にロサンゼルス旅行を約束し直したのだが、残念なことにカッレに前科があったためにビザの申請が却下された。ヴェラのような女が辛抱強くないことも、簡単に男を取り替えることができることも、カッレはわかっていた。だから、日頃からセックスをし、欲深なアーモンド型の目の前に安物の装身具をちらつかせて、逃げられないようにしなくてはならなかった。それには時間とエネルギーと、金がかかった。そして、金のためにはもっと仕事をしなくてはならなかった。まさしく堂々巡りだった。

カッレとペルヴィスは、二台のタイヤのないトラックがコンクリート・ブロックの上に永久に駐車している、草が生え放題で砂利に油の染みが残る空き地を突っ切り、赤煉瓦の建物の前の貨物の積み降ろし台の上に跳び上がった。カッレが四桁の暗証をパネルに打ち込むと、ロックが解除される音がして、ドアが開いた。ドラムとベースが轟音で迫ってきた。市が二階建ての工場の一階を若いバンドのリハーサルスタジオに転用したのだった。カッレはその二階を、バンドのマネージメントと出演交渉をしている代理人という名目で、恐ろしく安い賃料で借りていた。まだ出演契約に至ったバンドは一つもなかったが、芸術には厳しい時代だとみんながわかっていた。

カッレとペルヴィスが通路をエレベーターへと歩いていると、固いスプリングを軋ませながら、背後で正面入口のドアがゆっくり閉まろうとしていた。カッレは一瞬、楽器の音を通して外の砂利を踏む足音が聞こえたような気がした。

「三十万か？」ペルヴィスが訊かれもしないのに言った。

カッレは首を横に振り、エレベーターのボタンを押した。

クヌート・シュレーデルはギターをアンプの上に置いた。

「一服してくる」彼は言い、出口へ向かった。仲間が呆れて顔を見合わせているのはわかっていた。また一服かよ？　ユース・クラブでのライブが三日後に迫っているというのに、あまりに無様なことにならないよういまだに必死で練習をしなくてはならないのは情けない話だった。クヌートはほかのメンバーを聖歌隊員みたいだと思っていた。煙草も喫わないし、酒も滅多に口にしない、マリファナに至っては見たこともないんだから、触ったことなんかあるはずもない。そんなのロックンロールじゃないだろう。部屋を出てドアを閉めると、彼らがクヌート抜きで曲を頭から始めるのが聞こえた。そんなに悪くはないが、魂《ソウル》がまったく欠けていた。おれとは大違いだと苦笑しながら、クヌートはエレベーターと空のリハーサルスタジオ二つの前を通り過ぎて、通路を出口へ向かった。

イーグルスのDVD『ヘル・フリーゼズ・オーヴァー』――クヌートの秘密の罪深い楽しみ――の一番いい場面とそっくりだった。あのDVDのなかで、イーグルスはバーバンク・フィルハーモニック・オーケストラとリハーサルをしていて、オーケストラが集中し、眉間に皺を寄せて「ニューヨーク・ミニット」を演奏しているとき、ドン・ヘンリーがカメラのほうを向き、鼻に皺を寄せてささやくのだ。「……だけど、あいつらにはブルースがないな……」

クヌートは鍵が壊れ、蝶番がひどく歪んでいるせいで閉めることができず、ドアがいつも開けっ放しになっているリハーサルスタジオの前を通り過ぎようとして足を止めた。部屋のなかで、男がクヌートに背を向けて立っていたのだ。昔はすぐに現金化できる楽器や機材を探して浮浪者がひっきりなしに入り込んでいたが、あの代理人がやってきて二階を借り、正面入口のドアを暗証を打ち込まなくてはならない頑丈なものに金をかけて取り替えてからは、そういうことは一切なくなっていた。

「おい、あんた！」クヌートは声をかけた。

男が振り返った。何者なのか、判断が難しかった。ジョガーか？　違う。パーカーを着て、トレーニングウェアのズボンを穿いているのに、足元は洒落た黒の革靴だ。そんなおかしな格好をしているのは浮浪者だけだ。しかし、クヌートは怖くなかった。怖がる理由がなかった。おれはジョーイ・ラモーンと同じぐらいの長身で、同じ革のジャケットを着ているんだ。

「あんた、ここで何をしてるんだ？」

男が微笑した。暴走族ではないということだった。「ちょっと片付けをしてるんだ」

いかにもありそうな話ではあった。共用のリハーサルスタジオではよくあることだが、あらゆるものが壊されたり盗まれたりして、誰一人としてそこをきれいにしておこうとしないのだ。窓こそいまも防音シートで覆われていたが、楽器で残っているのは皮の部分《ドラムヘッド》に〝ヤング・ホープレス〟とゴシック体で描かれた粗末なバス・ドラムだけで、床には煙草の吸い殻、切れたギターの弦が散らばり、ドラムスティックが一本とダクト・テープが何本か転がって、そのなかに、恐らくは自分がオーバーヒートするのをドラマーが防ごうとしたのだろう、卓上扇風機まであった。さらに、長いケーブルも一本あって、使えるかどうか試してみてもいいが、きっと欠陥品だろうと思われた。残念ながら、ケーブルは頼りにならない消耗品で、将来はワイヤレスに取って代わられるはずだった。煙草をやめたらギター用のワイヤレス・システムを買ってやるとクヌートの母親は息子に約束していて、クヌートはそれがきっかけで「彼女はタフ・ネゴシエーター」という曲を作っていた。

「市の人間が片付けにきたにしちゃ時間が遅くないか？」クヌートは言った。

「おれたちはリハーサルを再開しようかと考えているんだ」

「おれたち？」

「ヤング・ホープレスだよ」

「あんた、そのバンドのメンバーなのか？」

「以前はバンドのドラマーだったんだ。ここへ入ってきたとき、二人組の後ろ姿を見たんだが、エレベーターに消えてしまったような気がするんだけどな」

「ああ、あの二人ならバンドのマネージメントと出演契約交渉をする代理人だ」

「そうなのか？　おれたちも頼めるかな」

「いや、新しいクライアントは引き受けてないんじゃないのかな。おれたちもドアをノックしてみたが、『失せろ』と門前払いを食らったよ」クヌートはにやりと笑い、煙草を一本抜いてくわえた。もしかしてこいつも煙草喫いで、外で一服するのに付き合ってくれるかもしれない。そうであるなら、音楽や楽器や周辺器機の話ができるんじゃないか。

「ともかく、確かめてみるよ」ドラマーが言った。

ドラマーというよりボーカリストのようだなと思ったとき、クヌートにある考えが閃いた。こいつがあの代理人と話をするのはいいかもしれない、こいつは何かを……カリスマのようなものを持っているように見える。そして、こいつに対して代理人がドアを開けたら、そのあとで、おれももう一度やってみてもいいかもしれない。

「一緒に行こう、案内するよ」

男は気乗りがしないようだったが、やがて、うなずいた。「ありがとう」

大きな貨物用エレベーターは恐ろしく動きが遅く、そのおかげで、クヌートはメサ・ブギのアンプがなぜあんなにすごいか、なぜ本物のロック・サウンドを出せるかを、時間をかけて説明することができた。

エレベーターを降りると、クヌートは左へ折れ、青い鉄のドアを指さした。封鎖された非常口以外では、その階にある唯一のドアだった。男がノックをした。数秒後、顔の高さにある小さな覗き窓が開き、充血した目がそこに現われた。クヌートのときとまったく同じだった。

「何の用だ？」

たぶん、ドアの向こうがどうなっているかをうかがおうとしているのだろう、男が覗き窓に顔を近づけた、

「ヤング・ホープレスの出演交渉をお願いできませんか。下の階で練習してるバンドの一つなんだけど」

「失せろ、二度とここへ顔を見せるな、わかったか《カピーシュ》」

男が覗き窓から離れようとせず、目を左右に走らせているのがクヌートにはわかった。

「腕はとてもいいんです。デペッシュ・モードは好きですか？」

充血した目の後ろから声が響いた。「だれだ、ペルヴィス？」

「何かのバンドらしい」

「いいから、さっさと追い払って、仕事に戻れ！　おれは十一時までに帰りたいんだ」

「聞こえたろ」

覗き窓が乱暴に閉まった。

クヌートは四歩下がってエレベーターの前に戻ると、ボタンを押した。扉がのろのろと開き、彼はなかに入った。しかし、男はそこにとどまり、エレベーターを降りて右側に当たる

壁の上端に代理人が取り付けた鏡を見上げていた。鏡にはさっきのドアが映っていた。理由はまったくわからなかった。確かにここはオスロ一安全な界隈ではないが、出演契約交渉代理人にしては用心深いにもほどがある。もしかして、仕事で手にした大金をそこに置いてあるとか？　有名なノルウェーのバンドなら、最大級のフェスティバルに出演したら五十万にはなるとクヌートは聞いていた。それが練習をつづけているもう一つの理由でもあった。ワイヤレス・システムさえ手に入れることができたら。新しいバンドを組むことができたら。魂《ソウル》のあるバンドを。この男と組むのもいいかもしれない。男はようやくエレベーターに戻ったが、依然としてセンサーの前に手をかざして、ドアが閉まらないようにしていた。やがてその手を引っ込め、エレベーターの天井の蛍光灯を観察した。いや、やっぱりやめておいたほうがいい。これまでにも十分いかれたやつとつるんだことがあり、その経験が首を横に振っていた。

クヌートは煙草を喫いに外へ出て、男はリハーサルスタジオの片付けへ戻っていった。クヌートが錆びた平台トラックの一つの荷台に坐っていると、男が出てきた。

「メンバーが遅れてるみたいなんだけど、電話の充電が切れていて連絡できないんだ」男が丸っきり新品らしい携帯電話をかざして見せた。「それで、煙草を買いに出てきたんだ」

「おれのを喫えばいい」クヌートは自分の煙草の箱を差し出した。「あんたはどんなドラムを使ってるんだ？　いや、当ててみせるから答えないでくれ。そうだな、あんたは昔気質《かたぎ》に見えるから、ラディックじゃないか？」

男が微笑した。「ありがとう、親切には感謝するが、おれはマルボロしか喫わないんだ」

クヌートは肩をすくめた。ドラムであれ煙草であれ、ブランドへのこだわりを尊敬するにやぶさかじゃないが、マルボロだって？　そんなのトヨタしか運転しないと言ってるのと同じじゃないか。

「じゃあな」クヌートは言った。「またいずれ」

「力になってくれてありがとう」

クヌートが見送っていると、男は砂利を踏んで門のほうへ歩いていたが、間もなく、踵を返して戻ってきた。

「あのドアの暗証が携帯電話に入っていたのをいま思い出したんだ」そして、ばつの悪そうな笑みをかすかに浮かべた。「それで……」

「あの暗証はもう使われてない。いまは666Sだ。おれが考えた暗証だよ。どういう意味かわかるか？」

男がうなずいた。「自殺を意味するアリゾナ警察の暗号だ」

クヌートは何度か瞬きをした。「そうなのか？」

「ああ、〝S〟は自殺《スーサイド》の頭文字だ。父が教えてくれた」

クヌートがふたたび見送っていると、男は今度こそ門を出て、夏の夕刻の薄明かりのなかへ消えていった。一陣の風が門の近くの伸び放題の草を前後に揺らした。その様子が、センチメンタルなバラードに対するコンサート会場の聴衆の反応のように見えた。自殺だって？

くそ、そっちのほうが666サタンよりよっぽどかっこいいじゃないか！

ペッレはバックミラーを見ながら悪いほうの足をさすった。すべてが悪かった。仕事も、気分も、後部座席の客が告げた行き先――〈イーラ・センター〉――も。というわけで、タクシーはいまのところ、ペッレが常に客待ちをしているガムレビーエンのタクシー乗り場から動いていなかった。

「あのホステルかね？」ペッレが訊いた。

「そうだけど、いまは何と言ったかな……まあいい、あのホステルです」

「あそこへ行くんなら料金は前払いだね。申し訳ないけど、何度か嫌な経験をしているものでね」

「もちろん。いや、気がつかなかったな」

ペッレが見ていると、客――もっと正確に言うなら、客になる可能性のある男――はポケットを引っかき回しはじめた。ペッレはもう十三時間ぶっつづけでタクシーのなかにいたが、もう何時間かしてからシュヴェイゴール通りのアパートへ帰り、タクシーを駐め、いまは運転席の下に置いてある折りたたみ式の杖を突きながらよろよろと階段を上がり、ベッドに倒れ込んで眠りに落ちるつもりだった。できれば夢は見たくなかった。もっとも夢によりけりではあるが、いい夢になるか悪い夢になるかを知る術がなかった。客が五十クローネ札と一握りの小銭を渡してきた。

「百とちょっとかい、足りないね」

「百じゃ足りない？」いまや客になる可能性の低くなった男が心から驚いた様子で訊き返した。

「タクシーに乗るのはそんなに久し振りかね？」

「まあね。それで全部なんだけど、行けるところまで行ってもらえませんか」

「いいよ」ペッレは受けとった金をダッシュボードに入れ、領収書をくれとは言いそうにないので、そのままアクセルを踏んだ。


マルタは一人で三二三号室にいた。

さっきまで受付にいて、まずスティーグが、次いでヨニーが出かけるのを見送った。スティーグは彼女がプレゼントした黒の革靴を履いていた。

センターの規則では、居住者が武器を所持している疑いがある場合は、その部屋を捜索するのに事前の警告も許可も必要ないことになっていた。ただし、通常は二名で行なうことと定められてもいた。通常。通常をどう定義するのか？　マルタは引き出し付きのチェストを見、それから、衣装戸棚を見た。

そして、チェストから捜索を開始した。

衣類が入っていたが、ヨニーのものだけだった。スティーグがどんな衣類を持っているか、マルタは知っていた。

彼女は衣装戸棚の扉を開けた。

彼女がスティーグに支給した下着が、一つの棚にきちんと畳んでしまってあった。コートはハンガーに掛かっていた。最上段の棚に、彼が持っているのを見たことがある赤いスポーツ・バッグがあった。手を伸ばしてそれを取ろうとしたとき、一番下に青いトレーニングシューズが置いてあるのが見えた。彼女はスポーツ・バッグをそのままにし、腰を屈めてトレーニングシューズを手に取った。深呼吸してから、目の高さに掲げた。そうやって表面に凝固した血痕がついていないか探したあと、裏返して同じことをした。

安堵のため息が漏れ、心臓が跳ねるのがわかった。

靴の裏はまったくきれいだった。靴底の模様には染み一つなかった。

「何をしてるんだ？」

マルタはくるりと振り返った。心臓が早鐘を打ち、彼女は胸に手を当てた。「アンネルス！」彼女は身体を二つに折って笑った。「危うく心臓が止まるかと思ったじゃないの」

「ずっときみを待ってたんだぞ」彼が口を尖らせ、革のジャケットのポケットに両手を突っ込んだ。「もう九時半じゃないか」

「ごめんなさい、時間を忘れてたわ。居住者のなかに銃を隠している者がいるんじゃないかと知らせがあったんで、それを確認する義務があったのよ」うろたえるあまり、嘘をついてしまった。

「義務？」アンネルスが鼻で嗤った。「きみはそろそろ義務の本当の意味を考える頃合いかもしれないな。義務と聞いて大半の人間が考えるのは、家族だったり家庭だったりで、こういうところで働くことじゃないんだがね」

マルタはため息をついた。「アンネルス、お願いだから、いまは……」

しかし、彼が引き下がらないことはわかっていた。案の定、多弁になるのにものの数秒しかかからなかった。「仕事なら母のギャラリーにある。きみが望めば、いつでも受け入れる準備はできている。母とはもう話がついているんだ。ここで負け犬どもと交わっているより、もっと刺激的な人たちと交わるほうが、きみもはるかに成長できるはずだ」

「アンネルス！」マルタは声を高くしたが、あまりに疲れていて、エネルギーがないこともわかっていた。というわけで、彼に歩み寄り、腕に手を置いた。「ここの人たちを負け犬なんて呼ばないで。それに、もう言ってあるでしょう、あなたのお母さんもあなたのお母さんの顧客も、わたしを必要としていないわ」

アンネルスが腕を引っ込めた。「ここにいる連中に必要なのは、きみではなくて、国が連中を救済するのをやめることだ。あのジャンキーどもはノルウェーが国家として甘やかした結果なんだ」

「この議論を繰り返す気にはなれないわ。あなた、一人で帰ってくれないかしら。わたしは仕事がすんだらタクシーで帰るから」

アンネルスが腕組みをしてドア枠に寄りかかった。「それなら、どんな議論ならする気になるんだ、マルタ？　式の日取りを決めるためにきみと相談しようと、ずっと思ってるんだぞ――」

「いまはだめよ」

「いや、いまだ！　母は夏の計画を立てたがっていて――」

「いまはだめだと言ったでしょう」マルタはアンネルスを押しのけようとしたが、彼は頑として動くのを拒否し、腕を突き出して行く手をさえぎった。

「それはどういう答えなんだ？　報酬のことなら――」

マルタは腕の下をかいくぐって通路へ出ると、そのまま歩き出した。

「おい！」背後でドアが激しく閉まる音と、アンネルスの足音が聞こえた。彼はマルタの腕をつかんで自分のほうへ向き直らせると、彼女を引き寄せた。彼の母親がクリスマスに息子にプレゼントした、高級なアフターシェーブローションの匂いがした。だが、マルタはその匂いに耐えられなかった。そして彼の目に虚ろな暗さを見て、危うく心臓が止まりそうになった。

「よくもぼくから逃げたな」唸るような声だった。

マルタは反射的に顔の前に手をかざした。そのとき、彼の顔にショックが浮かぶのがわかった。

「それは何の真似だ？」アンネルスが冷え冷えとした声でささやいた。「殴られるとでも思っているのか？」

「わたし……」

「二度だ」彼が食いしばった歯のあいだから言葉を絞り出し、熱い息がマルタの顔にかかった。「九年で二度じゃないか、マルタ。それなのに、ぼくをろくでなしの暴力亭主扱いするのか」

「アンネルス、放してちょうだい。あなたは――」

マルタの背後で咳払いが聞こえた。アンネルスがマルタの腕を放し、声の主を彼女の肩越しに凶暴な目で睨みつけて吐き捨てた。

「何だ、ジャンキー、ここを通りたいのか、通りたくないのか、どっちなんだ？」

マルタが振り返ると、彼がいた。スティーグがそこに立って、ただ待っていた。穏やかな目だけがアンネルスからマルタへ移動した。それが質問だった。彼女はその質問にうなずきで答えた。何でもない、大丈夫よ。

スティーグがうなずき、二人の脇を通り過ぎた。そのとき、二人の男の視線が絡まった。身長は同じぐらいだが、アンネルスのほうががっちりしていて筋肉質だった。

マルタは通路を歩いていくスティーグを見送った。

そのあと、アンネルスへ目を戻した。彼は首をかしげ、このところますます頻繁に見せるようになっている敵意のある表情で彼女を睨んでいた。それは仕事で思うような評価を得られていない不満が原因なのだろうと、マルタはこれまで判断していた。

「あの糞みたいな真似はいったい何だったんだ？」アンネルスが言った。

汚い言葉を使うことも、以前はなかったのに。

「何のこと？」

「まるできみとあいつが……交信しているみたいだったじゃないか？　あいつは何者なんだ？」

マルタは息を吐いた。ほとんどが安堵の吐息だった。少なくとも、それなら馴染みのある領域だった。嫉妬だ。それは十代で付き合いはじめたころから変わっていなかったから、扱い方もわかっていた。マルタはアンネルスの肩に手を置いた。

「アンネルス、馬鹿なことを言わないで。さあ、一緒に行きましょう。一緒にわたしの上衣を取りに行って、一緒に帰るのよ。今夜は議論は無しにして、一緒に夕食を作るの」

「マルタ、ぼくは――」

「いいから」彼女は制したが、すでに主導権は自分にあるとわかっていた。「あなたが夕食を作っているあいだに、わたしはシャワーを浴びるの。いいわね？　そして、結婚式の話は明日にしましょう。これもいいわよね？」

アンネルスが抵抗したがっているのを見て取り、マルタは彼の唇に指を置いた。彼女を虜にした豊かな唇に。そして、その指を下へ動かし、丁寧に整えられた黒い髭へと這わせていった。それとも、最初に惹きつけられたのは彼の嫉妬心にだったのだろうか？　もう思い出せなかった。

車に乗るころには、アンネルスも落ち着きを取り戻していた。ＢＭＷだった。その車を買うことにマルタは反対したが、乗ってみれば好きになるというのがアンネルスの言い分だった。特に長時間のドライブのときの乗り心地がいいし、信頼性も高いのだ、と。彼が車を出したとき、マルタの目がふたたびちらりとスティーグを捕らえた。彼は正面玄関を出て足早に通りを渡り、東へ歩いていった。肩に赤いスポーツ・バッグが掛かっていた。

20

シモンは運動場を過ぎるとハンドルを切り、二人が住んでいる通りへ入った。近隣の住人がまたバーベキューをしていた。日焼けし、ビールでしこたま酔った彼らの大きな笑い声が界隈の夏の静けさを強調していた。大半の家が留守にしていて、通りに駐まっている車は一台しかなかった。

「さあ、着いたぞ」シモンは言い、自宅ガレージの前で車を停めた。

わざわざそんなことを口にした理由はわからなかった。自分がどこにいるかぐらい、エルセにだって見えているのに。

「映画に連れていってくれてありがとう」エルセがシフトレバーに置いたシモンの手に自分の手を重ねた。まるで玄関まで送ってもらい、おやすみの挨拶をして、彼が立ち去ろうとしているかのようだった。そんなことをするはずがないと思いながらシモンはエルセを見て微笑し、それにしても彼女はあの映画がどのぐらい観えていたんだろうと考えた。映画を観にいこうと言ったのは彼女だった。上映中に何度かこっそり様子をうかがったのだが、少なくとも笑うべきところでは必ず笑っていた。とはいえ、ウッディ・アレンのユーモアはどたばたの動きではなく、台詞のなかにあるのだが。まあ、いい。今夜は素敵な夜だったのだから。いつものように。

「だけど、あなた、本当はミア・ファローが出てなくて残念なんでしょ？」エルセがからかった。

　シモンは笑った。二人だけに通じる冗談だった。最初に彼女を連れていった映画は『ローズマリーの赤ちゃん』、ロマン・ポランスキーが監督した、とびきり素晴らしい作品で、ミア・ファローが子を産むが最終的にはその子は悪魔の息子とわかるのだった。エルセはその映画を観て怯え、シモンがそうやって子供が欲しくないことを自分に伝えているのだろうと──それをもう一度観ると彼が言い張ったときには、とりわけそうに違いないと──、長いあいだ信じていた。その誤解が解けたのは、ミア・ファローが出演しているウッディ・アレンの四作品目を観たあとだった。そのときようやく、彼が惹かれているのは悪魔の子ではなく、ミア・ファローだとわかったのだ。

　車を降りて玄関へ歩いていると、通りでちらりと明かりが閃いた。灯台のように回転する明かりの源は、通りに駐まっている車だった。

「何かしら？」エルセが訊いた。

「わからない」シモンは答えて、玄関の鍵を開けた。「コーヒーを淹れておいてもらえるかな、すぐに戻るから」

　シモンは彼女をそこに残して、通りを渡った。あの車がこの界隈のものでないことは、あるいは、この近隣の住人のものでないことは、わかっていた。オスロでリムジンに乗るのは、主として大使館関係者、王族、大臣だった。それ以外で窓にスモークをかけ、足元がゆったりしている車を専属運転手付きで走らせているのは、シモンの知る限りでは一人しかいなかった。たったいま運転席を出てきた運転手が、シモンのために後部ドアを開けて待っていた。

シモンは腰を屈めたが、乗り込みはしなかった。そこに坐っている小男は尖った鼻を持ち、〝陽気な〟と形容される人々に共通の血色のいい丸顔だった。ブルーのブレザーは金ボタン付きで、一九八〇年代にノルウェーの銀行家、船主、流行歌手が好んで着たタイプであり、シモンはそれを見るたびに、ノルウェーの男の心に深く根づいている、船長になるという夢をそれとなく具現しているのではないかと考えた。

「こんばんは、ケーファス警部」小男が陽気な明るい声で言った。

「うちの近くで何をしてるんだ、ネストル？　おまえに用のある人間なんか、ここには一人もいないぞ」

「いやはや、相も変わらず犯罪を相手にしての不屈の戦士ってわけかい」

「理由があったら、逮捕してやるところなんだがな」

「人をトラブルから救い出すのが法律に違反しているのでない限り、その必要はないと思うがね。まあ、乗ったらどうだ、ケーファス、そのほうが話をするのに邪魔が入らないからな」

「そうする理由が見えないな」

「ということは、あんたも目が悪いのか?」

シモンはネストルを見つめた。腕は短く、上半身は大きくはないが分厚かった。しかし、ブレザーの袖が腕に比しても短いせいで、〝HN〟の頭文字をかたどった金のカフスが覗いていた。ヒューゴ・ネストルはウクライナ人を自称していたが、彼に関する警察のファイルによれば、ノルウェーのフローレーで生まれて育ち、生家は代々漁師で、変える前の元々の姓はハンセンだった。スウェーデンのルンドで短期間経済学を勉強し、卒業しないままに終わった時期を除けば、海外で過ごしたことはなかった。いまの奇妙な訛りをどこで身につけたかは神のみぞ知るところだが、ウクライナでないことは確かだった。

「あんたの若い女房だが、あの映画の俳優の演技がどのぐらい見えていたんだろうな、ケーファス。だけど、アレン本人が出演していないことは耳でわかったはずだ。あのユダヤ人の声は反吐が出るほど耳障りだからな。おれは個人としてのユダヤ人には何の反感も持ってないが、ただ民族としてのやつらについての見解ではヒトラーは正しかったと思ってる。それはスラヴ民族に関しても同じだ。おれは東ヨーロッパ人だが、スラヴ民族は指導的立場に立てないという彼の言葉には一理あると認めざるを得ない。あくまでも、民族というレベルでだけどな。そして、このアレンだが、やつは小児性愛者でもあるんじゃなかったか?」

ファイルによれば、ネストルはオスロ一の薬物と人身売買の大立者でもあった。ただし、疑いがあるだけで、起訴されたことも有罪を宣告されたことも一度もなかった。超の字がつくほど狡猾で慎重で、鰻のように捕まえどころがなかった。

「それはどうだか知らないが、ネストル、おまえの手下どもが刑務所付きの牧師を片づけたって噂があるのは知ってるぞ。彼はおまえに金でも借りてたのか？」

ネストルが高慢な笑みを浮かべた。「噂を真に受けるなんぞ、あんたの威厳にかかわるんじゃないのか、ケーファス？　あんたはほかの警官と違って、いつもはもう少し知的じゃないか。噂以上の根拠、たとえば、法廷に出廷して指を差してくれるような信頼できる目撃証人かなんかがいるとしたら、もうおれを逮捕してるはずだろう。違うか？」

まさにつかみどころのない鰻だった。

「ともあれ、おれはあんたとあんたの女房に資金提供をしたいんだ。そう、とても金のかかる目の手術に十分な額をな」

シモンはごくりと唾を呑んだせいで自分の声が掠れるのがわかった。「フレドリクに聞いたのか？」

「あんたが重大不正捜査局にいたころの仲間のか？　まあ、あんたが苦境にあるのを耳にしたという言い方にとどめておくよ。おれの推測じゃ、あんたは頼み事をしに彼のところへ行ったとき、どこかでその頼み事がおれのような人間の耳に届くのを期待してもいた。違うか、ケーファス？」ネストルが薄い笑みを浮かべた。「いずれにせよ、おれは解決策を持っていて、それはお互いの利益に合致すると考えている。だから、車に乗ればいいじゃないか」

シモンはドア・ハンドルに手をかけると、自分のために席を空けようと何気なく横へ動いているネストルを見た。そして、怒りのせいで声が震えないよう、息遣いを落ち着かせることに集中した。「しゃべりつづけろ、ネストル。そうやって、逮捕する理由をおれに作ってくれ、頼むよ」

ネストルが訝しげに片眉を上げた。「どんな理由だい、警部?」

「公務員買収未遂だ」

「買収?」ネストルが甲高い声で短く笑った。「仕事上の提案と呼ぼうじゃないか、ケーファス。いずれわかるだろうが、おれたちにできるのは……」

シモンにはその続きがまったく聞こえなかった。リムジンには間違いなく防音処理が施されていた。車のドアをもっと強く叩きつけてやればよかったと思いながら、振り返ることなくその場を離れた。エンジンがかかり、タイヤがアスファルトの上の砂利を踏む音が聞こえた。


「腹を立てているみたいね、ダーリン」キッチンのテーブルに置かれたコーヒー・カップのそばにシモンが腰を下ろすと、エルセが言った。「だれだったの?」

「道に迷ったと言うんで」シモンは答えた。「教えてやったんだ」

エルセがコーヒー・ポットを持って、そろそろとやってきた。シモンは窓の向こうに目を凝らした。通りにはもう人気がなかった。いきなり、腿の上に焼けるような痛みが広がった。

「何をするんだ!」

彼はエルセの手を払い、その勢いで彼女の手を離れたコーヒー・ポットが音を立てて床に落ちた。「いったい、きみは……」と、シモンは怒鳴った。「煮えたぎったコーヒーをぼくに浴びせるなんて、きみは……きみは……」次につづく言葉を頭のどこかが察知し、その言葉をさえぎろうとした。が、それはネストルの車の後部ドアを閉めたときと似ていた。そこにいたくなかった。だから、そこにいるのを拒否した。破壊したかった。自分自身に、そして彼女にも、ナイフを突き立てたかった。

「……目が見えないのか？」

キッチンに静寂が落ちた。聞こえるのはコーヒー・ポットの蓋がリノリウムの床を転がる音と、ポットからこぼれたコーヒーが泡立つ音だけだった。おれは何を言ってるんだ！　そんなつもりはなかったのに。絶対に。

「悪かった。エルセ、ぼくは……」

抱擁しようと立ち上がったが、彼女はすでに流しへ向かっていた。水の蛇口を捻ると、その下に布巾をかざした。「ズボンを脱いで、シモン、わたしに……」

シモンは後ろから彼女に両腕を回し、首に額を押しつけてささやいた。「悪かった、本当にすまない。どうか、赦してもらえないかな？　ぼくは……どうしていいかわからないんだ。きみを助けることができるはずなんだが……できない。どうすればいいか、わからない……」

泣いている声はまだ聞こえなかったが、エルセの身体が震えているのがシモンにも伝わってきた。彼はこみ上げてくるものを懸命に押し戻し、自分がすすり泣きそうになるのを我慢しようとしたが、それができているかどうかはわからなかった。わかるのは二人とも震えているということだけだった。

「謝るのはわたしのほうだわ」エルセがすすり泣いた。「あなたならもっといい人と、あなたを……火傷させたりしない人といられるのに」

「だけど、もっといい人なんていないんだ」シモンはささやいた。「いいね？　だから、これからも煮えたぎったコーヒーを浴びせてくれればいい。ぼくはきみを絶対に離さないから。わかったかい？」

そして、その言葉が真実であることを彼女がわかってくれていると確信していた。自分が何でもすることを、どんな苦しみも引き受けることを、すべてを犠牲にすることを。

……その頼み事がおれのような人間の耳に届く……

しかし、それをする気にはどうしてもなれなかったのだ。

遠く闇のなかで、近隣の住人の歓喜の笑い声が聞こえてきた。ここではエルセが涙を流しているというのに。

カッレは時間を確かめた。十一時まで二十分。今日の稼ぎはまずまずだった。週末を通じて普段よりもスーパーボーイが多く売れたおかげで、売り上げ金の計算と、新しい包みを作るのにいつもより時間がかかった。オフィス兼ドラッグ工場兼金庫として使っている二十平方メートルの殺風景な部屋の作業台でドラッグを刻み、混ぜるときに着けている、ガーゼのマスクを外した。もちろん、ドラッグはここへ届く前に刻まれていたが、スーパーボーイはカッレがディーラーとして出くわしたなかで、いまも最も純度の高いドラッグだった。あまりに純度が高いために、ガーゼのマスクをしていなければ、〝ハイ〟になるだけでなく、刻んで細かくしているときに空中に舞い上がった白い粉末を吸い込んで死に至る恐れもあった。彼は紙幣の束とドラッグの包みの山を金庫にしまい、その前にマスクを置いた。遅くなる、とヴェラに電話すべきだろうか。それとも、断固たる態度に出て、ボスは自分であり、金を稼いでいるのも自分であり、したがって、何をするにしても逐一報告する義務はないのだということをはっきりさせる潮時だろうか。

カッレは通路を確認するようペルヴィスに言った。彼らのオフィスの鉄のドアからエレベーターまでは右へわずか数メートルだった。通路の突き当たりに階段へつづくドアがあったが、それは――消防法など知ったことかと言わんばかりに――鎖で封鎖されて、永久に開かないようになっていた。

「カッシウス、駐車場を確認しろ」カッレは金庫の鍵をかけながら、英語で怒鳴った。オフィスは静かで、リハーサルスタジオから聞こえてくるもの以外は音がなかったが、カッレは叫ぶのが好きだった。カッシウスはオスロ一の大男で、オスロ一のでぶのアフリカ系だった。不格好な身体はあまりに大きすぎてどこがどうなっているのか判別できなかったが、わずか一割でも筋肉であれば、大半の人々を制止するに十分だろうと思われた。

「車もないし、人もいない」カッシウスが鉄格子の嵌まった窓から駐車場をうかがって報告した。

「通路も無人だ」ペルヴィスがドアの覗き窓から通路を観察して言った。

カッレはコンビネーション・ロックのダイヤルを回した。オイルの滑らかな抵抗と、かちんという低い音が心地よかった。組み合わせは彼の頭のなかだけにあって、どこにも書き留められていなかった。組み合わせもでたらめで、誕生日などを組み合わせたものでもなかった。

「行こう」カッレは腰を伸ばした。「二人とも、銃を忘れるなよ」

二人が怪訝な顔をした。

カッレは二人に何も言っていなかったが、さっき覗き窓の向こうからこっちを見ていた目が気になっていた。その目がテーブルに坐っている自分を見ていたという確信があったのだ。まあ、へたくそなバンドが出演契約代理人を探してやってきただけなのだろうが、それはそれとしても、テーブルの上には、馬鹿野郎なら妙な気を起こしても不思議はないくらいの金とドラッグがあった。願わくは、テーブルの上にあったカッシウスとペルヴィスの銃も見てくれていたらいいんだが。

カッレはドアのところへ行った。ドアは内側から開けられないよう施錠でき、その鍵はカッレしか持っていなかった。つまり、彼自身が外へ出なくてはならない場合、ここに作業中の者を閉じ込めておけるのだ。窓の鉄格子は頑丈で、要するに、カッレの下で仕事をしている者はだれだろうと、金やドラッグを持ち逃げできないということであり、招かれざる客がなかに入ることができないということでもあった。

カッレは覗き窓から通路を検めた。無人だというペルヴィスの報告を忘れたからではなく、もしだれかがやるだけのことに見合う報酬を準備してペルヴィスを唆《そそのか》していたら、彼は簡単にドアを開けてボスを裏切るだろうと、何の不思議もなく考えているからだった。実際、カッレ自身も同じことをするだろうし、過去にやってもいた。

覗き窓から見た限りでは、人の姿はなかった。次に、だれかがドアの覗き窓の下の部分に身体を押しつけて隠れていても見つけられるよう、壁に取り付けた鏡を見た。明かりの薄暗い通路は無人だった。カッレは鍵を回し、ドアを押さえて、二人を外に出した。まずペルヴィス、次いでカッシウス。カッレは最後に部屋を出て、鍵をしようとドアに向き直った。

「これはどういう……！」ペルヴィスが声を上げた。

カッレは振り返った。そのとき初めて、覗き窓からは角度のせいで見えなかったものが見えた。エレベーターのドアが開いたままになっていた。が、内部の明かりが切れていて、まだなかの様子は見えなかった。薄暗い通路から見えるのは、エレベーターのドアの片側に見える光沢のある何かだった。開閉センサーを塞いでいるダクト・テープだ。割れた照明のガラスが床に落ちていた。

「用心しろ……」

しかし、ペルヴィスはすでに三歩、ドアの開いたままのエレベーターへ近づいていた。

カッレの脳がエレベーターの闇のなかから噴き出した炎を銃口からのものと認識し、それにつづく音を銃声と認識した。

ペルヴィスがだれかにひっぱたかれたかのようにくるりと回転し、驚きの表情でカッレを見つめた。あたかも額に三つ目の目ができたかのように見えた。やがて、彼から命が去り、身体は持ち主が肩から脱ぎ捨てたコートのようにぐにゃりと床に倒れた。

「カッシウス、いいから撃て！」

パニックのあまり、カッシウスがノルウェー語を解さないことをカッレは忘れていたが、そんなことはもちろん問題ではなく、彼はすでに拳銃をエレベーターのなかの闇に向け、引鉄を引いていた。カッレは何かが胸に当たるのを感じた。過去に銃口を向けられた経験はなかったが、いま、自分が銃を向けた者たちがほとんど滑稽なくらいに、まるで全身にセメントが満ちているかのように身じろぎもしなかった理由がわかった。胸に痛みが広がっていき、息ができなかったが、逃げなくてはならなかった。防弾処理を施したドアの向こうには空気がある。鍵をかけてしまえば安全だ。しかし、手が言うことを聞かなかった。鍵を鍵穴に挿し込むことができなかった。夢のなかで水中を歩いているかのようだった。だが幸いにも、いまも発砲しつづけるカッシウスの巨体が盾の役目を果たしてくれていた。ようやく鍵を挿し込んで回すと、一気にドアを開けてなかへ飛び込んだ。次の銃声は反響音が異なっていて、恐らくエレベーターのなかから発射されたものだろうと思われた。カッレはくるりと身体を回してドアを閉めようとしたが、カッシウスの片方の肩が半分と腿ほどの太さの腕が内側に入って邪魔をしていた。くそ！　カッレは押し戻そうとしたが、カッシウスはオフィスへ戻ろうとしてさらに身体を押し込んできた。

「それなら、とっととなかへ入れ、このでぶ！」カッレは食いしばった歯のあいだから吐き捨てると、ドアを開けた。

アフリカ人の身体が発酵中のパン生地のように内側へ膨らんだと思うと、戸口をまたいで内側の床にだらりと横たわった。カッレはその虚ろな表情を見下ろした。釣り上げられたばかりの深海魚のように目が飛び出し、口が開いたり閉じたりした。

「カッシウス！」

返ってきたのはぴちゃぴちゃという音だけで、その瞬間、アフリカ人の口から大きなピンクの泡が噴き出した。カッレは両脚を壁にあてがい、それを支えに邪魔をしている黒い巨体をどかして、ふたたびドアを閉めようとした。が、無駄だとわかり、今度は腰を屈めて、カッシウスをなかへ引きずり込もうとした。重すぎた。拳銃だ！　カッシウスは自分の腕を巨体の下にして倒れていた。カッレは巨体をまたぎ越し、何とかその下に手を差し込もうとしたが、脂肪の塊の向こうにまた脂肪の塊があるばかりで、依然として拳銃にたどり着けなかった。肘まで脂肪の下敷きになったとき、外で足音がした。何が起ころうとしているかはわかっていたから、何とか逃れようとしたが、遅かった。ドアが頭に激突し、カッレは気を失った。

目を開けたときは仰向けに倒れて、パーカーを着ている男を見上げていた。黄色いゴム手袋をはめた手に握られた拳銃が、まっすぐに彼を狙っていた。横を向いてみたが、身体を半分ドアの内側に入れて倒れているカッシウス以外はだれもいなかった。その角度からだと、カッシウスの身体の下から彼の拳銃の銃身が突き出ているのがわかった。

「何が欲しい？」

「金庫を開けてほしい。時間は七秒だ」

「七秒？」

「あんたが意識を取り戻す前からカウントダウンは始まっていたんだよ、六秒」

カッレは慌てて立ち上がった。目眩がしたが、何とか金庫へと歩いていった。

「五秒」

カッレは金庫のダイヤルを回した。

「四秒」

ダイヤルをあと一回合わせれば金庫が開き、金は奪われてしまうはずだった。そうなったらカッレがその金を個人的に肩代わりしなくてはならないというのが決まりだった。

「三秒」

カッレはためらった。カッシウスの拳銃を拾えたらどうなるだろう？

「二秒」

本当におれを撃つ気だろうか、それとも、ただの脅しか？

「一秒」

男はすでに、瞬きもせずに二人を殺していた。三人目も何とも思わないはずだ。

「開いたぞ」と言って、カッレは脇へどいた。紙幣とドラッグの袋の山を見るのが耐えられなかった。

「全部、これに入れてくれ」男が命じ、赤いスポーツ・バッグを差し出した。

カッレは言われたとおりにした。遅くもなく、早くもなく、黙々と金庫の中身をバッグに入れていったが、脳が自動的に数えていた。二十万クローネ。二十万……

すべてがスポーツ・バッグに収まると、自分の前の床にバッグを放れと男が命じた。ふたたび、カッレは言われたとおりにした。その瞬間、撃たれるとすればいまだと気がついた。こいつはもうおれを必要としていない。カッレは二歩、カッシウスへ近づいた。拳銃を手に入れなくてはならなかった。

「やめることだ、そうすれば撃たないから」男が言った。

こいつは人の心が読めるのか？

「両手を上げて、通路に出るんだ」

カッレはためらった。おれを生かしておくということか？　そんなことがあり得るだろうか？　カッレはカッシウスをまたいだ。

「壁に両手をつけ。上げたままだぞ」

カッレはまたもや言われたとおりにした。見ると、男はすでにペルヴィスの拳銃を拾い、いまは腰を屈めて、しかしカッレのほうを見たまま、カッシウスの身体の下に片手を差し込んでいた。カッシウスの拳銃も自分のものにしようとしているのだった。

「そこの壁に食い込んでいる銃弾を取り出してもらえないかな」男が言い、指を差した。カッレは気がついた――こいつ、見たことがあるぞ。川のそばだ。あのジョガーだ。おれたちを尾行してきたに違いない。カッレは顔を上げ、モルタルに食い込んでいる潰れた銃弾を見た。壁を伝う鮮やかな血しぶきが、その出所を教えてくれていた――ペルヴィスの頭だ。さほどの勢いで食い込んだのではなさそうで、爪でほじくり出すことができた。

「こっちへもらおう」男が言い、空いているほうの手で銃弾を受け取った。「では、ぼくの放ったもう一発の銃弾と、薬莢を二つ見つけてもらいたい。時間は三十秒だ」

「そのもう一発の銃弾がカッシウスの体内にあったらどうするんだ?」

「その可能性はないと思う。二十九秒」

「だけど、この脂肪の山を見てみろ!」

「二十八秒」

カッレはすぐさま床に両膝をつき、捜索を開始した。金を惜しんでもっと明るい電球をつけておかなかった自分が恨めしかった。

残り十三秒で、カッシウスの放った銃弾の薬莢四つと、男の放った銃弾の薬莢一つが見つかった。残り七秒で、男が放ったもう一発の銃弾が見つかった。カッシウスの身体を貫通し、鉄のドアに跳ねたに違いなかった。その証拠に、ドアに小さな凹みができていた。

カウントダウンが終わっても、最後の薬莢はまだ見つかっていなかった。

カッレは目を閉じた。移植して遊びのなくなった片方の瞼が角膜にかすかに当たるのを感じながら、もう一日生かしておいてくれるよう神に祈った。銃声が聞こえたが、痛みはなかった。目を開けると、自分がいまも四つん這いのままでいることがわかった。

男がカッシウスの身体に向けていたペルヴィスの拳銃の銃口を上げた。

何てことだ、こいつ、ペルヴィスの銃でもう一度カッシウスを撃ちやがった。死を確実なものにするために！　いま、男はペルヴィスのところへ行き、カッシウスの銃の銃口を最初の銃弾が当たった場所に押し当てて角度を調節すると、引鉄を引いた。

「やめろ！」カッレは絶叫した。自分の声に恐怖があるのがわかった。

男はカッシウスとペルヴィスの拳銃を赤いスポーツ・バッグに入れ、自分の銃をカッレに向けた。「さあ、エレベーターに乗るんだ」

エレベーター。割れたガラス。やるならエレベーターのなかだ。そこでこいつを襲うしかない。

エレベーターに入ると、その床にもっとたくさんのガラスの破片があるのが通路の明かりでわかった。カッレはこれからやることに最もふさわしいと思われる、細長い一片を見つけた。ドアが閉まれば、なかはとたんに真っ暗闇になる。屈んであのガラスの破片を手に取り、そのまま一気に腕を振ればいいだけのことだ。失敗はあり得ない……

ドアが閉まった。男が拳銃をズボンの腰に挿した。完璧だ！　鶏を殺すも同然だ。闇が濃くなり、カッレは腰を屈めた。指がガラスの破片を見つけた。カッレは立ち上がった。とたんに、身体が動かなくなった。

どういうふうに拘束されているのかわからなかった。わかるのは自分がぴくりとも、指一本すら動かせないということだけだった。身体を揺すって逃れようとしたが、結び目を逆方向へ引っ張っているかのようにますます締めつけが強くなり、ついには首と両腕がひどく痛み出した。何かの格闘技の技に違いなかった。手からガラスの破片が落ちた。エレベーターが動き出した。

ドアが開き、終わることのないベースの音が聞こえて、締めつけている力が緩んだ。カッレは口を開け、息を吸った。ふたたび向けられた銃口が、通路を進めと指示した。

空いているリハーサルスタジオの一つに入り、ヒーターを背にして床に坐るよう命じられた。カッレは言われたとおりにすると、黒くて長いケーブルでヒーターに縛りつけられていくあいだ、〝ヤング・ホープレス〟と書いてあるバス・ドラムを身じろぎもせずに見つめていた。抵抗しても意味はない、こいつにおれを殺す気はないんだ。その気があるなら、もう殺しているはずだ。それに、金とドラッグの埋め合わせをしなくちゃならない。もちろん、自分の懐が痛むことになるが、それより何より考えなくちゃならないのは、近い将来行く予定だった洒落た町への買い物旅行がまただめになったことをヴェラにどう言い訳するかだ。男が床からギターの弦を二本拾い、太いほうをカッレの鼻梁の上から頭に巻きつけ、細いほうを顎に巻きつけた。それらの端が背後のヒーターに結びつけられたに違いなく、カッレは細いほうの金属の弦が肌に食い込み、下の歯茎が圧迫されるのを感じた。

「頭を動かしてみろ」男が言った。通路の向こうのどこかから聞こえてくる音楽のせいで、大声を出さなくてはならなかった。カッレは指示に従おうとしたが、ギターの弦でしっかりと固定されていて、動かすことができなかった。

「よし」

男が扇風機を椅子の上に置き、カッレの顔に向けると、スイッチを入れた。カッレは空気の流れをさえぎろうと目を閉じ、汗が乾いていくのを感じた。目を開けると、男が混じりけのないスーパーボーイの一キロ入りの袋を扇風機の前に置いた椅子の上に載せるところが見えた。男はすでにパーカーのフードを引き上げ、鼻と口を覆っていた。こいつ、いったい何をする気だ？　そのとき、ガラスの破片に気がついた。

冷たい手に心臓をつかまれたような気がした。

男が何をしようとしているのか、はっきりとわかったのだ。

男がガラスの破片を一閃し、カッレは身体を強ばらせた。ガラスの先端がビニール袋を突き刺し、切り裂いて、次の瞬間、宙に白い粉が満ちた。それがカッレの目、鼻、口に飛び込んできた。カッレは口を閉ざした。が、咳き込まずにはいられなかった。ふたたび口を閉じた。粉の苦い味に刺激されて、粘膜組織がぴりぴりと痛み、燃えるように熱くなった。ドラッグが早くも血流のなかに入り込みはじめているのだった。

ダッシュボードの左側、ハンドルとドアのあいだに、ペッレと妻の写真が貼りつけてあった。彼はその滑らかで光沢のある表面を指で撫でた。ガムレビーエンのいつもの場所に戻っていたが、時間は無駄に過ぎていた。いまは夏で、そもそも町に人が少なく、ディスプレイ画面に瞬いているのは、町の別の場所からの呼出しばかりだった。それでも、いつだって希望を持っていて悪いことはない。男が一人、古い工場の門を出てくるのが見えた。目的ありげな確固たる足取りで、その速さが行くべき場所があることと、乗り場に一台しかいないタクシーを、屋根の表示灯を消して走り去る前に捕まえたがっていることを示していた。しかしそのとき、男が急に立ち止まって壁にもたれたかと思うと、身体をくの字に折り曲げた。男は街灯の真下に立っていたから、胃の内容物がアスファルトに飛び散るのが、ペッレにもはっきり見えた。あいつを乗せるわけにはいかないぞ。男はいまもうずくまって吐きつづけていた。ペッレも何度も同じ体験をしていたから、見ているだけで口のなかに苦いものが迫り上がってきた。やがて、男がパーカーの袖で口を拭って立ち上がり、バッグのストラップを肩に掛け直して、ペッレのほうへ歩き出した。すぐそこへやってくるまでわからなかったのだが、つい一時間前に乗せたのと同じ人物、ホステルへ行く金が足りなかった男だった。その男がいま、また乗せてほしいと合図していた。ペッレはマスター・ボタンを押して全ドアをロックし、運転席側の窓をわずかに開けた。そして、男が車のところまできて、ドアを虚しく開けようとするのを待った。

「悪いな、若いの。あんたを乗せるわけにはいかないんだ」

「何とかならないかな」

ペッレは男を見た。両頰に涙の跡がついていた。何があったのかは神のみぞ知るところだが、おれには関係のないことだ。実際に語るも涙の物語があるのかもしれないが、ドアを開けて他人の問題が入ってくるに任せていたのでは、オスロで長くタクシーの運転手はしていられない。

「いいか、おれはあんたが吐くのを見ていたんだ。タクシーのなかで吐かれたりしたら、おれは一日の稼ぎをふいにすることになるし、あんたは千クローネの出費を余儀なくされるんだ。それに、さっき乗ったとき、金を持ってなかったじゃないか。だから、断らせてもらうよ。わかったかい」

ペッレは窓を閉めると、正面を見据えて、若者がこのまま立ち去ってくれることを祈った。やむを得ない場合は、彼を置き去りにしてタクシーを出す覚悟だった。今夜はひどく足が痛んだ。若者がバッグを開けて何かを取り出し、窓に押しつけるのが目の端に映った。

わずかに首を捻って見ると、千クローネ札だった。

ペッレは首を振ったが、若者は身じろぎもせずにそこにとどまっていた。待っているのだ。ペッレも本気で心配しているわけではなかった。夕方に乗せたときも、問題を起こしたわけではない。その逆で、金の足りない連中の多くがやるようにもう少し遠くまで行けと言って困らせるでもなく、この金額で行けるところまで行ってそこで降ろしてくれと頼まれて、そうしてやったときは感謝までしてくれた。あまりに心がこもっていたから、ホステルまで乗せてやらなかったことを後ろめたく感じたほどだった。あとほんの二分ほどだったのに。ペッレはため息をついてボタンを押し、ドアを開けた。

若者が後部座席に滑り込んだ。「ありがとう、心から感謝します」

「いいってことさ。どこへ行けばいいんだ?」

「まずベルグへお願いします。届け物をするだけなんで、待っていてもらえるとありがたい。そのあと、〈イーラ・センター〉へお願いします。もちろん、前払いで」

「それには及ばんよ」ペッレは答え、車を出した。女房の言うとおりだ、おれはこの世界では人がよすぎる。

第三部

21

午前十時、マルタがヴァルデマール・トラネス通りにゴルフのコンバーティブルを駐めたとき、陽はとうに上っていた。彼女は車を降りると、足取りも軽くパティスリーの前を通り過ぎ、〈イーラ・センター〉のカフェの入口に向かった。通り過ぎるときに男たちが──幾人かの女たちまでが──自分をちらりと見ることに、彼女は気がついた。それ自体は珍しいことではないが、今日はいつも以上に注目されているようだった。いつになく機嫌がいいからだろうが、その理由に心当たりはなかった。未来の姑とは結婚式の日取りのことで、センターのマネージャーのグレーテとはシフト調整のことで、そして、アンネルスとは事実上すべてのことで揉めたのだった。機嫌がいいのは、今日は仕事が非番だからかもしれないし、アンネルスが週末を過ごすために母親を連れて山小屋に行ってしまったからかもしれないし、丸二日間、この陽光を独り占めできるからかもしれなかった。

カフェに入ると、妄想症の男たちの全員が──一人だけ例外がいた──顔を上げた。彼女は微笑み、声をかけてくる面々に手を振り、カウンターの向こうにいる二人の若い女性に歩み寄ると、その一人に鍵を渡した。

「大丈夫、普通に仕事をすればいいの。二人もいるんだから」

女性はうなずいたが、顔は青ざめていた。

マルタはコーヒーを淹れ、男たちに背を向けて立った。わずかながら必要以上に声が大きかったのはわかっていた。振り返ったときに彼と目が合い、驚いたような笑みを浮かべた。彼が独りで坐っているテーブルへ行き、コーヒー・カップを口元に近づけたままで言った。

「早起きなのね？」

彼が訝しげに眉を上げ、マルタはさぞや馬鹿みたいに聞こえただろうと気がついた。もう十時を過ぎていた。

「ここに住んでいる人たちはたいていひどい朝寝坊なの」彼女は急いで付け加えた。

「確かにそうだね」彼が微笑した。

「聞いてくれる？　昨日のことでちょっと謝りたかったの」

「昨日のこと？」

「そうよ。アンネルスはいつもはあんなふうじゃないんだけど、ときどき……とにかく、あなたにあんな口をきく権利は彼にはないわ。ジャンキーとか……ね」

スティーグが首を横に振った。「あなたが謝る必要はないよ、あなたは何も悪いことをしていないんだから。それに、あなたのボーイフレンドもね。だって、ぼくはれっきとしたジャンキーなんだから」

「わたしは運転がへたくそなの。だからって、面と向かってそう言うのが赦されるわけじゃないわ」

　スティーグが笑った。笑うと本当に柔和な顔になるし、より少年らしく見える。

「それでも運転するんだよね」彼が窓のほうへ顎をしゃくった。「あれはあなたの車なのかな？」

「そうよ、ご覧のとおりのおんぼろだけど、この車が与えてくれる独立と自由が好きなの。あなたは？」

「わからない。運転したことがないんだ」

「一度も？　ほんとに？」

　彼が肩をすくめた。

「かわいそうに」彼女は言った。

「かわいそう？」

「幌を畳んで陽を浴びながらコンバーティブルを運転するのって、何物にも替えがたいわよ」

「ぼくみたいな……」

「そうよ、あなたみたいなジャンキーでもね」マルタは笑った。「最高の旅《トリップ》になること請け合いよ」

「それなら、いつかドライブに連れていってもらえないかな」

「もちろんよ」彼女は言った。「いまからどう？」

彼の目に軽い驚きが浮かぶのがわかった。ものの弾みで思いがけず口から出た誘いだった。みんなが自分とスティーグを見ているのがわかった。だから何なの？　傍目も気にせずに自分の個人的な問題を話す居住者の相手なら何時間でもしたっていいのよ。むしろ、それが仕事の一部でもあるでしょう。それに、今日は非番なんだから、自分の時間を好きなように使ってもかまわないんじゃないの？

「いいよ」スティーグが答えた。

「ほんの二、三時間だけだけど」マルタは付け加えた。声にわずかに狼狽の色があるのが自分でもわかった。すでに考え直したがっているということかしら？

「自分でハンドルを握ってみてもいいかな」スティーグが言った。「それができるんなら面白そうだな」

「それができる場所なら知ってるわ。行きましょう」

カフェを出ながら、全員の目が自分に注がれているのを感じていた。

スティーグのあまりの真剣さに、マルタは思わず笑ってしまった。前のめりになってハンドルを握り、恐ろしくのろのろと大きな円を描いて車を走らせていた。そこはエーケルンの駐車場で、週末は人気がなかった。

「いいわよ」彼女は言った。「今度は8の字を描いてみて」

スティーグが言われたとおりにしてわずかにエンジンの回転を上げようとしたが、実際に上がると、本能的にアクセルから足を離した。

「昨日、警察がきて」マルタは言った。「新品のトレーニングシューズを支給したかどうか訊かれたわ。イーヴェルセン殺人事件について調べているんですって。聞いたことがあるかしら」

「ああ、その件なら読んで知ってる」

マルタはスティーグを見た。新聞を読んでいるところが気に入った。ここの居住者の大半はまったく文字を読まず、ニュースにも関心がなく、首相がだれかも知らないし、9・11が何を意味するかも知らない。だが、あらゆる場所のスピードの最新の値段やヘロインの純度、新しい医薬品の有効成分の割合なら、たちどころに答えることができるのだ。

「イーヴェルセンといえば、あなたが仕事をもらえるかもしれないと言っていた男性の名前じゃなかった？」

「ああ。訪ねていったんだけど、仕事をもらおうにも、何もないって言われたよ」

「まあ、それは残念だったわね」

「そうなんだけど、諦めるつもりはない。候補者は彼だけじゃないんだ」

「すごいじゃない！　つまり、何人もいるってこと？」

「もちろん」

「ギヤを入れ替えたら？」

二時間後、二人はモッセ通りを疾駆していた。運転しているのはマルタだった。車窓の外では、オスロ・フィヨルドが陽光にきらめいていた。スティーグの上達は早かった。ギヤ・チェンジとクラッチで何度か試行錯誤を繰り返したものの、いったんものにしたら、すぐに脳がその動きを記憶し、反復し、自動化するかのようだった。坂道発進は三度試みただけで、ハンドブレーキを使わずにできるようになった。縦列駐車は位置関係を理解すると、腹立たしいほど器用に自分のものにしてしまった。

「これは何？」

「デペッシュ・モードだよ」彼は言った。「気に入ったのかな？」

マルタはパートが二つに分かれたボーカルの繰り返しと、メカニカルなリズムに耳を傾けた。

「そうね」彼女は答え、ＣＤプレーヤーのボリュームを上げた。「とても……イギリス的な感じがするわ」

「そのとおりだよ。ほかには何を感じる？」

「そうね、陽気なディストピアってところかしら。自分たちの鬱屈をそんなに深刻に捉えていないように聞こえる。わたしの言おうとしていることがわかるかしら」

スティーグが笑った。「わかるさ」

数分後、マルタは高速道路を降りてネースオッドタンゲン半島へ向かった。道幅が狭くなり、行き交う車の数が減っていった。彼女は路肩に車を停めた。

「本番の準備はできてるかしら？」

スティーグがうなずいた。「本番の準備？　もちろん、できてるさ」

答えにあまりに熱がこもっていたので、車の運転以上のことを言っているのではないかとマルタは怪しんだ。二人は車を降り、席を入れ替わった。マルタが見ると、スティーグはハンドルと距離を置かずに坐り、正面を見て集中していた。そして、クラッチを踏み、ギヤを入れると、慎重に、少しずつアクセルを踏み込んでいった。

「後ろを確認して」マルタは言い、自分でもルームミラーで後方を確認した。

「大丈夫だ」スティーグが答えた。

「方向指示器」

スティーグが方向指示器のスイッチを入れてつぶやいた。「方向指示器よし」そして、そっとクラッチを放した。

車はゆっくりと道路に出た。エンジンの回転数が少し高かった。

「ハンドブレーキ」マルタは解放しようと、二人のあいだにあるブレーキレバーをつかんだ。同じことをしようとしたスティーグの手が触れて、彼が火傷でもしたかのようにたじろぐのが感じられた。

「ありがとう」彼が言った。

十分間、二人はまったくの沈黙のうちに車を走らせつづけた。急いでいる車があれば追い越させてやった。一台のトレーラー・トラックが向かってきて、マルタは息を詰めた。道が狭い場合、たとえ二台がすれ違えるだけの余裕があっても、自動的にブレーキを踏んで路肩に寄るのが彼女の癖だった。しかし、スティーグは怯まなかった。そして、奇妙なことだが、マルタは彼が正しい判断をすると信頼していた。男性の脳には立体の距離感を正しく捉える理解力が生まれついて備わっているのだ、と。ハンドルを握る彼の両手が落ち着いているのがわかった。わたしが過剰に持っている傾向、すなわち、自分自身の判断を疑ってかかる傾向が彼にはないのだと、マルタは結論した。手の甲に浮いている太くてしっかりした血管を見れば、彼の心臓が落ち着いて血液を送り出していることがわかる。血を指先まで届けていることが。トラックがすれ違った瞬間、スティーグの両手が素速く、しかし右へ寄りすぎないようにハンドルを切るのがわかった。

「おっと！」スティーグが興奮して笑った。「いまの感じがわかるかな」

「ええ、わかるわよ」マルタは答えた。

マルタはネースオッデンの先端へ行くよう指示し、車は砂利道を上がっていって、一列に並んだ低層住宅の裏で停まった。その家々はどれも裏手に小さな窓が、海を望む表側に大きな窓がついていた。

「一九五〇年代に建てられた別荘用のコテッジを改装したものよ」マルタは説明しながら、スティーグを従えて背の高い草のあいだの小径を歩いていった。「わたしはあの家の一つで育ったの。そして、ここが秘密の日光浴の場所で……」

二人は岩がちの突端に到達した。眼下には海が横たわり、水遊びに興じる子供たちの歓声が聞こえた。そう遠くないところにある波止場に、北にあるオスロまで往復するシャトル・

フェリーが停泊していた。晴れた日にはオスロまで数百メートルしかないように見えるのだが、実際には五キロの隔たりがあった。それでも、首都で働く大半の人々は、フィヨルドを回って四十五キロ車を走らせるより、フェリーで通勤するほうを好んでいた。

マルタは腰を下ろし、潮の香りのする空気を吸った。

「両親や両親の友だちは、ネースオッデンを〝リトル・ベルリン〟と呼んでいたわ」マルタは言った。「大勢のアーティストが定住したからよ。隙間風の入るコテッジで暮らすほうがオスロで暮らすより安くすんだの。気温が零下をはるかに下回ったときには、一番寒くない家にみんなが集まることになっていて、それがわたしのところだった。みんなが朝まで家にいて、赤ワインを飲んで過ごしたわ。だって、眠ろうにも、人数分のマットレスがなかったんだもの。そのあと、たっぷりの朝ご飯をみんなで分け合うの」

「楽しそうだな」スティーグが隣りに坐った。

「ええ、楽しかったわ。ここの人たちはお互いを気に掛けていたの」

「ずいぶん長閑《のどか》だったんだ」

「それはどうかしらね。お金のことで口論になったり、互いの芸術を批判したり、互いの配偶者と寝たりなんてことがないわけじゃなかったのよ。でも、ここは活き活きしていて刺激的だった。父がわたしに地図を見せて、本物のベルリンがどこにあるかを教えてくれるまで、わたしたち姉妹は自分たちがてっきりベルリンにいるものだと思っていたの。あのとき、父はベルリンは千キロ以上離れた遠いところにあると説明し、だけど、いつかは車でそこへ行って、ブランデンブルク門とシャルロッテンブルク宮殿を訪ねて、そこでわたしたち姉妹はお姫さまになるんだと言ったわ」

「それで、行ったのかな？」

「本物のベルリンに？」マルタは首を振った。「両親はそんなに裕福じゃなかったの。それに、あまり長生きでもなかった。わたしが十八のときに二人とも世を去って、わたしが妹の面倒を見ることになった。でも、ベルリンのことはいつも夢に見た。あまり見すぎて、それが実在するかどうか、もう自信がなくなってしまったわね」

スティーグがゆっくりとうなずき、草の上に仰向けになって目を閉じた。

マルタは彼を見た。「あなたの音楽、もう少し聞いてもいいかしら」

スティーグが開けた片目を細めてマルタを見た。「デペッシュ・モード？　CDなら車のCDプレイヤーに入ってるよ」

「携帯を貸してくれる？」彼女は言った。

差し出された携帯電話を受けとると、マルタはボタンを押した。間もなく、小さなスピーカーからリズミカルな息遣いのような音が聞こえた。やがて、感情のこもらない声が旅に連れていってやると歌った。スティーグがあまりに驚いたので、マルタは思わず笑ってしまった。

「〝スポティファイ〟っていうのよ」彼女は言い、二人のあいだに携帯電話を置いた。「ウェブで音楽が聴けるのよ。知らなかったの？」

「刑務所では携帯電話は禁止されていたんだ」スティーグが興味津々で携帯電話を手に取った。

「刑務所？」

「ああ、服役してたんだ」

「ドラッグ・ディーラーだったの？」

スティーグが手をかざして陽をさえぎった。「そういうことだ」

マルタはうなずき、すぐに笑みを浮かべた。わたしはよりによって何を想像していたの？　彼はヘロイン依存であり、法を遵守する市民でもあるとでも？　彼はやらなくてはならないことをやったのだ、ほかの全員と同じように。

マルタは携帯電話を取り戻すと、ＧＰＳ機能を使って地図上の位置を知る方法と、世界じゅうのどこであれ車で行ける最短ルートを調べる方法を教えてやった。そして、カメラ機能で彼の写真を撮り、録音ボタンを押して彼に向かってかざし、何か話すよう促した。

「本日は晴天なり」スティーグが言った。

彼女は録音を停止し、再生してみせた。

「これがぼくの声なのか？」彼は驚き、明らかに戸惑っていた。

彼女は停止ボタンを押し、そのあと、もう一度再生した。ラウドスピーカーを通すと、圧縮され、薄っぺらく甲高い声になった。「本当にぼくの声なのか？」

彼の顔に浮かんだ表情を見て、マルタはまた笑った。彼が携帯電話をひったくり、録音ボタンを見つけて、今度は彼女の番だ、何か話さなくちゃだめだ、いや、歌わなくちゃだめだと言ったときには、もっと笑った。

「嫌よ！」彼女は抵抗した。「それより、わたしの写真を撮ってちょうだい」

彼は首を横に振った。「声のほうがいい」

「なぜ？」

スティーグが髪を耳にかけるような仕草をした。髪を伸ばしていた期間が長かったので、短くしたことを忘れた者の癖だ、と彼女は思った。

「外見は変えられるけど、声は変わらないからだよ」

スティーグが海へ目をやり、マルタはその視線を追った。見えるのは、きらめく水面、鷗、岩、遠くの帆だけだった。

「そうね、変わらない声ってあるものだわ」マルタはある赤ん坊のことを思いながら言った。ウォーキートーキーから聞こえる泣き声、あれはまったく変わらない。

「あなたは歌うのが好きだけど」スティーグが言った。「人前では嫌なんだね」

「どうしてそう思うの？」

「あなたは音楽が好きだからだよ。でも、歌ってくれとぼくがさっき頼んだとき、あなたは鍵を渡されたときのカフェの女の子みたいに強ばってしまったよね」

マルタは飛び上がった。彼はわたしの心を読んだのだろうか？

「あの子は何が怖かったのかな？」

の」

「特に怖がることなんかないのよ」マルタは言った。「あの子ともう一人の子は屋根裏でファイルをシュレッダーにかけたり、整理し直したりすることになっているの。あそこにはだれも行きたがらないのよ。だから、必要のある場合はいつでも、職員が交替でやっているの」

「どうして屋根裏へ行きたがらないのかな?」

マルタは海面のはるか上で宙を漂っている鷗を目で追った。その鷗は一方に流されているようで、恐らく上空では海面よりもずいぶん風が強いのだろうと思われた。

「亡霊を信じる?」マルタは小声で訊いた。

「信じない」

「わたしも信じないわ」彼女は両肘を支えにして上半身を後ろに傾けた。そうすると、顔を横に向けなければ彼を見ずにすむ。「〈イーラ・センター〉は十九世紀の建物みたいでしょう。でも、実際は一九二〇年代に建てられたものなの。そもそもは普通の下宿屋で――」

「正面に鋳鉄の文字があるよね」

「ええ、当時のものなの。だけど、戦争中に、ドイツが未婚の母とその子供たちのための施設に転用したの。あの時代はそういう悲劇がたくさんあって、その人たちが壁に自分たちの印を残したのよ。あそこに入居していた女性の一人が男児を産み、処女懐胎だと主張した。当時、困ったことになったと気づいた女の子のなかに、そう口にする子がときどきいたの。みんながその子の相手ではないかと疑った男性は既婚者で、もちろん、父親であることを否定した。その男性については、二つの噂があった。一つ目はレジスタンスのメンバーだったという噂、二つ目はレジスタンスに潜入していたドイツのスパイで、だから、ドイツは彼女に住む場所を与え、その男性を逮捕しなかったんだという噂よ。いずれにせよ、その男性はある朝、オスロの中心の混雑する路面電車のなかで射殺された。犯人は特定されなかった。レジスタンスは裏切り者を処分したと主張し、ドイツはレジスタンスのメンバーを捕まえたと主張した。真偽を疑っている全員を納得させるために、ドイツは死体をカーヴリンゲン灯台のてっぺんに吊るした」

マルタは海の向こうを指さした。

「昼間に灯台を通過する船乗りには鷗につつかれてぼろぼろになった死体が見え、夜に通過する船乗りには海面に映る巨大な影が見えた。そして、ある日突然、死体がなくなった。レジスタンスが持ち去ったと言う人もいたけど、その日から例の女性の頭がおかしくなりはじめ、死んだ男が自分に取り憑いていると言い張るようになった。夜になると自分の部屋へやってくる、眠っている赤ん坊の上に屈み込む、出ていってと叫ぶと自分のほうを見る、かつて目があったところは暗い洞《うろ》になっている、と」

スティーグが片眉を上げた。

「〈イーラ・センター〉のマネージャーのグレーテに聞いた話よ」マルタは言った。「いずれにせよ、言い伝えでは、赤ん坊は泣き止むことがなく、ほかの部屋の女性たちがちゃんとあやしなさいと苦情を申し立てても、この子は自分とわたしのために泣いていて、永久に泣き止まないと答えたことになっているの」そして、間を置いた。ここからが彼女のお気に入りの部分だった。「噂では、その女性は赤ん坊の父親がレジスタンスだったのか、ドイツのスパイだったのかは知らなかったけれど、父親であることを否定された意趣返しに、ドイツには彼のことをレジスタンスだと言い、レジスタンスにはドイツのスパイだと言ったんですって」

冷たい風がいきなり吹きつけ、マルタは身震いして身体を起こすと、両膝を抱いた。

「ある朝、彼女は朝食に下りてこなかった。屋根裏部屋で発見されたんだけど、天井の太い横梁で首を吊っていたの。彼女がロープをかけたと思われる部分に白い筋が残っているわ」

「それで、いまは彼女が屋根裏に取り憑いていると？」

「それはわたしにはわからないけど、厄介な場所であることだけは確かね。亡霊なんてわたしは信じないいけど、あそこで長い時間を過ごせる者はだれもいないようなの。邪悪なものを感じるみたいね。頭が痛くなって、部屋から押し出されるように感じるの。しかも、新しく雇った職員や、営繕作業を頼んだ業者に、たびたびそういう現象が起こるの。その言い伝えを知らない人たちなのよ。それに、断熱材なんかにアスベストが含まれてるわけでもないし」

マルタはスティーグをうかがったが、その顔には疑わしさも、彼女が半ば予想していた薄笑みもなく、ただ聞いているだけだった。

「でも、話はこれで終わりじゃないの」彼女はつづけた。「赤ん坊よ」

「そうだろうね」スティーグが言った。

「そうだろうねって、あなた見当が付いていたの？」

「赤ん坊が消えてしまったんじゃないのかな」

マルタは驚いてスティーグを見た。「どうしてわかったの？」

彼が肩をすくめた。「見当が付いてたのって、あなたが聞いたからね」

「首を吊った夜に彼女がレジスタンスに預けたんだと考える人もいるし、彼女が自分で殺して裏庭に埋め、だれにも奪われないようにしたんだと考える人もいる。いずれにしても……」マルタは深く息を吸った。「赤ん坊は発見されなかった。奇妙なことに、わたしたちが使っているウォーキートーキーからときどき音が聞こえるんだけど、発信元を突き止められないの。でも、わたしたちの考えるところでは……」

スティーグを見ると、それもまた見当が付いているような顔をしていた。

「赤ん坊の泣き声なのよ」マルタはつづけた。

「赤ん坊の泣き声」スティーグが繰り返した。

「それを聞くと、大半の者は、とりわけ新しい職員はひどく怯えるの。だけどグレーテが、ウォーキートーキーは近所のベビー・モニターの信号を拾うことがときどきあるんだと言って宥めてるけどね」

「でも、あなたはそうは考えていない？」

マルタはためらった。「グレーテの言うとおりかもしれない」

「だけど?」
ふたたび一陣の風が吹いた。西の空に黒い雲が現われていた。マルタはコートを持ってこなかったことを後悔した。
「わたしは七年前から〈イーラ・センター〉で働いているの。声は変わらないとあなたが言ったでしょ……」
「そうだね」
「わたし、あれは同じ赤ん坊が泣いてるんだと誓うわ」
スティーグがうなずいた。何も言わず、説明もしようとせず、感想も口にしなかった。た
だうなずくだけだった。それがマルタには好ましかった。
「あの雲にどんな意味があるか知ってるかな?」スティーグがようやく訊き、立ち上がった。
「雨になるから帰る時間だって意味かしら?」
「違うね」彼が言った。「いますぐ泳ぎにいかなくちゃいけないって意味だよ、そうすれば、
太陽で身体を乾かす時間が作れるだろう」
「〝共感疲労〟」マルタは言った。いま、彼女は仰向けになって空を見上げていた。口のなか
にはまだ海水の味が残っていて、肌に直接、あるいは濡れた下着越しに、岩の温もりが感じ
られた。「だれかを気に掛ける能力が失われたことを意味する専門用語よ。ノルウェーの福
祉分野ではもってのほかだから、それに対応するノルウェー語すらないの」

スティーグは答えなかった。それでよかった。実際に彼に話しかけているわけではなく、彼を口実に自分の考えを口に出しただけなのだから。

「相手への同情が過剰になりすぎたとき、そういう形でそこから離脱し、自分を守ろうとしてそうなるんじゃないかというのがわたしの推測なの。あるいは、井戸が涸れたのかもしれないし、愛情が枯渇したのかもしれない」マルタはそれについて考えた。「いえ、そうじゃないわね。わたしには愛情はたっぷりある、ただ……」

イギリスの形をした雲が流れていった。それがマルタの頭上にある木のてっぺんを通り過ぎる直前、マンモスに変わった。色々な意味で、セラピストのカウチに横になっているのに似ていた。マルタの担当はいまもカウチを使う一人だった。

「アンネルスは学校一勇敢で、素敵な生徒だったのよ」彼女は雲に語りかけた。「学校のサッカー・チームのキャプテンでもあった。生徒会長だったかどうかは、お願いだから訊かないでね」

マルタは待った。

「そうだったの？」

「そうよ」

二人は笑いを爆発させた。

「彼を愛していた？」

「すごく愛していたし、いまでもそれは同じよ。彼はいい人よ。かっこよくて素敵だというだけじゃないの。アンネルスがいて、わたしは運がいいわ。あなたはどう？」

「どうって？」

「これまでに何人のガールフレンドがいたの？」

「一人もいなかった」

「一人も？」マルタは両肘を支えにして身体を起こした。「あなたみたいなハンサムな若者が？　信じられないわね」

　スティーグはTシャツを脱いでいた。その肌は陽の下であまりに白く、マルタは危うく目が眩みそうだった。幾ばくかの驚きを持って気づいたことに、新しい注射の痕が見えなかった。太腿か股間にあるのだろう、と彼女は推測した。

「本当なの？」マルタはまた訊いた。

「何人かとキスをしたことはあるけど……」スティーグが腕の古い注射痕を撫でた。「これが唯一の恋人だった……」

　マルタは注射痕を見た。自分もその注射痕を撫でてやりたかった。そうやって、消し去ってやりたかった。

「最初に面談したとき、やめたと言ったわよね」彼女は言った。「グレーテには黙っていてあげるわ。しばらくはね。でも、知ってるでしょうけど……」

「……あのセンターは現役の常用者しか受け入れ対象にならない」

　マルタはうなずいた。「やめられそうなの？」

「運転免許を取ること？」

二人は笑みを交わした。

「今日はやってないけど」スティーグが言った。「明日のことは明日になってみないとわからない」

雲はまだはるか遠くにあったが、それでも雷鳴が聞こえ、何がくるかをあらかじめ知らせてくれていた。太陽もそれを知っているかのようで、いくらか明るさを増した。

「携帯電話を貸して」マルタは言った。

そして録音ボタンを押し、昔、父がギターを弾いて母に聞かせてやっていた歌を歌った。それは夏に数え切れないほど開かれたパーティがお開きになるころのいつもの決まり事だった。父はいま二人がいるところにくたびれたギターを抱えて坐り、低く、辛うじて聞こえる程度に爪弾いて、自分は常に彼女の恋人で、彼女とどこまでも旅をし、無条件に彼女に従い、心を込めて彼女の完璧な身体に触れたのだから、彼女は自分を信頼しているという、レナード・コーエンの歌を歌った。

マルタはその歌詞を小さな、か細い声で歌った。歌うときはいつもこんなふうだった。実際の彼女より弱く、傷つきやすく聞こえた。ときどき、これが本当の自分で、自分を守るために使うもう一つのしっかりした声は、本当の自分ではないのではないかと思うことがあった。

「ありがとう」彼女が歌い終えると、スティーグが言った。「本当に美しかった」

マルタが当惑しても不思議はなかった。不思議なのは、それほど当惑していないことだった。

「そろそろ戻りましょう」マルタは微笑し、携帯電話を返した。

古くて傷んでいる幌を畳むのは骨が折れるとわかっていてもよさそうだったが、それでも、新鮮な空気に触れながら走りたかった。諦めるという現実的な選択肢を無理矢理放棄し、十五分以上をかけての苦闘の結果、ついに幌を畳むことに成功した。二度と広げることはできないし、そのためにはスペア・パーツとアンネルスの協力が必要なこともわかっていた。マルタが車に乗り込んだとき、スティーグが携帯電話を見せた。彼はGPSにベルリンを入力していた。

「あなたのお父さんは正しかったよ」彼が言った。「リトル・ベルリンからビッグ・ベルリンまでは千三十キロだ。推定走行時間は十二時間十五分」

マルタがハンドルを握り、やらなくてはならない緊急の用件があるかのように、あるいは何かから逃走しようとしているかのように車を走らせた。バックミラーを覗くと、フィヨルドの上に白い雲が聳え、彼女はそれを見て花嫁を想像した。その花嫁は雨というベールを垂らし、だれにも止めることのできない確固たる足取りで近づきつつあった。

最初の大きな雨滴が落ちてきたのは、環状三号線で渋滞のなかにいるときだった。雨雲との競走は自分の負けだと、マルタは即座に悟った。

「ここで降りよう」スティーグが出口を指さした。

彼の指示に従ってその出口を降りると、不意に住宅街が現われた。

「ここを右折して」スティーグが言った。

落ちてくる雨滴が数を増しつつあった。「ここはどこなの?」

「ベルグだよ。あの黄色い家が見えるかな」

「見えるけど」

「だれの家かはわかってる。いまはだれも住んでないんだ。あの家の前で停めてくれれば、ぼくがガレージのドアを開けるから」

五分後、二人は錆びた工具類、擦り切れたタイヤ、蜘蛛の巣だらけの庭園家具のあいだに駐めた車のなかにいて、開けたままのガレージのドアの向こうに降る雨を眺めていた。

「しばらくはやみそうにないわね」マルタは言った。「おまけに幌は使い物にならないし」

「そうだね」スティーグが言った。「コーヒーでもどう?」

「どこで?」

「キッチンで。鍵の在処はわかってる」

「でも……」

「ぼくの家なんだよ」

マルタは彼を見た。もっと速く走ればよかったのに。間に合わなかった。いずれにしても、手後れだった。

「いただくわ」彼女は言った。

22

シモンはガーゼ・マスクを調節し、死体を観察した。死体には何かひっかかるものがあった。

「ここは市が所有、運営していて」カーリが言った。「若いバンドにただ同然でリハーサルスタジオとして貸し出しています。町を暴走して本物のギャングになるよりは、ギャングになる歌を歌ってくれるほうがまだしもましだということのようです」

シモンはその何かに思い当たった。『シャイニング』で凍死したジャック・ニコルソンだ。あの映画は独りで観た。彼女と別れたあと、エルセと出会う前だった。もしかすると、雪が思い出させてくれたのかもしれなかった。死んだ男は雪の吹きだまりに倒れているかのようだった。ヘロインが薄い層になって、死体と部屋の大半を覆っていた。死者の口、鼻、目の周囲では、粉が湿気を吸って塊になりつつあった。

「通路の突き当たりの部屋で練習していたバンドが、帰り際に発見したんです」カーリが言った。

死体が発見されたのは昨夜だったが、シモンは今朝出勤するまで、合計三人が殺されていたことも、この件がクリポスの管轄になったことも知らされていなかった。

言い換えれば、本部長がまず自分の警察本部の殺人課に相談することなくクリポスに支援を頼んだということであり、それは彼らに捜査を任せるのと同じだった。殺人課に相談があったとしても、結局はそうなったのかもしれないが。

「被害者の氏名はカッレ・ファリセンです」カーリが言った。

彼女は仮報告書を声に出して読んでいた。シモンが本部長に電話をし、報告書を送ってくれと頼んで、すぐに現場へ行かせてほしいと要求したのだった。考えてみれば、事件はまだ自分たちの手にあるのだ。

「シモン」本部長が言った。「見るのはかまわんが、絶対に手出しはするな。いがみ合うには、われわれは年を取りすぎてる」

「あなたはそうかもしれませんね」シモンは答えた。

「わかったな、シモン」

シモンはときどき考えることがあった。どっちに大きな可能性があったかは疑いの余地がない。どこで道が分かれてしまったのだろう？　だれがどの椅子に坐ることになるか決まったのはいつだったのか？　どっちが本部長室のハイバックの椅子に坐り、どっちが羽根をもがれ、殺人課の古びた椅子をあてがわれるべきだっただろう。そして、最も優秀なやつが自宅書斎の椅子に坐り、自分の銃で自分の頭を撃ち抜いて最期を迎えることになってしまったことを考えた。

「顔に巻かれているギターの弦は六弦と三弦、アーニーボール社製のものです。ケーブルはフェンダー社製です」

「扇風機とヒーターは？」

「はい？」

「何でもない。つづけてくれ」

「扇風機はスイッチが入った状態でした。カッレ・ファリセンは窒息死であると、検死官はとりあえず結論しています」

シモンはケーブルの結び目を検めた。「カッレはドラッグを顔に吹きつけられ、それを無理矢理に吸い込まされたように見えるな。そうじゃないか？」

「そうですね」カーリが同意した。「しばらくは息を止めていたんでしょうが、いつまでもそうしていられるわけもありませんからね。ギターの弦で顔を固定されていたから、横を向くこともできなかったでしょうし。でも、やろうとはしたんです。だから、細いほうの弦による傷ができているんです。ヘロインは最終的に鼻、胃、肺に入り、血流に混じって、被害者はそのせいで朦朧《もうろう》としたまま呼吸しつづけました。しかし、ヘロインのせいで呼吸が抑制され、徐々にゆっくりになって、最終的には完全に止まってしまったということです」

「薬物の過剰摂取による死の典型的な例だな」シモンは言った。「こいつの客の何人かも同じ死に方をしている」

彼はケーブルを指さした。「だれかはまだわからないが、このケーブルを結んだやつは左利きだ」

「まさか、またこんな形でお目にかかるとはね」

振り向くと、オースムン・ビョルンスターが皮肉な笑みを浮かべて入口に立っていた。その背後に、ストレッチャーを持った二人がいた。

「死体を搬送したいんで、用がすんだのなら……」

「ここで見たかったものは全部見せてもらったから」シモンは立ち上がるのに骨を折りながら言った。「ちょっと周辺を見せてもらってもかまわないかな」

「もちろんですよ」ビョルンスターが答え、半分笑みを残したまま、親切にも案内を買って出た。シモンは驚き、カーリを見て目をぐるりと回してみせた。カーリは彼の態度がころっと変わったと言っているかのように、眉を上げてそれに応えた。

「目撃者は？」エレベーターのなかでガラスの破片を見下ろしながら、シモンは訊いた。

「いません」ビョルンスターが答えた。「しかし、第一発見者のギタリストによれば、夕刻に男が一人、ここに来たそうです。その男はヤング・ホープレスというバンドのメンバーだと言っていたようですが、われわれが調べたところ、そのバンドはもはや存在しません」

「その男の風体は？」

「第一発見者によれば、パーカーを着ていて、フードをすっぽりかぶっていたとのことです。昨今の若者がよくやる格好です」

「では、若かったんだな？」

「第一発見者はそう考えています。年齢は二十から二十五のあいだぐらいではないかと」

「パーカーの色は？」

ビョルンスターが手帳を開いた。「グレイ、だったようです」

ドアが開き、三人は用心深くエレベーターを出ると、現場検証班が設置した規制テープと小旗をまたいだ。このフロアにいるのは四人、二人は生きていて、二人は死んでいた。シモンは生きているほうの片割れに軽くうなずいた。生姜色の髭を藪のように生やした男が、片手にペンシル・ライトを持って、死体の上に四つん這いになっていた。死体の片目の下に大きな傷があった。赤黒い血溜まりが後光のように頭部を取り巻いていた。後光のてっぺんに、涙滴のような形に血が跳ねていた。シモンは以前、殺人現場がどんなに美しくなり得るかをエルセに説明しようとしたことがあった。一度だけで、二度は試みなかったが。

その被害者よりはるかに巨大な死体が、戸口に横たわっていた。上半身は部屋のなかに入っていた。

シモンの目は機械的に壁を見渡し、弾痕を見つけた。ドアの覗き窓と天井の角に取り付けられた鏡に気づいたあと、一歩下がってエレベーターに戻ると、右手を上げて狙いをつけた。考え直して、今度は左手を上げた。銃弾が頭蓋骨で向きを変えたのでない限り、頭を貫通して壁の漆喰を穿つであろう弾道になるには、一歩右へ寄って角度を調整しなくてはならなかった。シモンは目をつぶった。最近、同じことをしたのが思い出された。イーヴェルセンの家の玄関の階段だ。あのときは右手で狙いをつけ、やはり、角度を合わせるために立っている場所を調整する必要があった。だから、片足を敷石から軟らかい土の上へ少し移動させた。花壇と同じ土だった。だが、敷石の脇の柔らかい地面には、符合する足跡はなかった。

「では、この部屋もガイドがご案内しましょう、紳士淑女のみなさん」ビョルンスターがドアを押さえ、カーリとシモンが死体をまたいでなかへ入るのを待った。「この部屋はバンドの出演交渉とマネージメントをする代理人――市はそう考えています――に貸し出されています」

シモンは空の金庫を覗き込んだ。「何があったんだと思う？」

「ギャング絡みの事件でしょうね」ビョルンスターが答えた。「恐らく複数であろう犯人は終業の頃合いを狙ってここを襲撃した。最初の被害者は床に倒れているところを撃たれた――床板から銃弾が回収されました。二人目の被害者は入口に倒れているところを撃たれた――やはり、床板から銃弾が回収されています。犯人は三人目の男に金庫を開けさせた。そして、金とドラッグを奪い、いまはだれが縄張《しま》りを仕切っているかを思い知らせるために、三人目の男を階下で殺した。そんなところじゃないでしょうか」

「なるほどな」シモンは言った。「それで、薬莢は？」

ビョルンスターがとたんに笑った。「そういうことですか。シャーロック・ホームズにはイーヴェルセン殺しとの関連が臭っているわけだ」

「空の薬莢はないのか？」

　オースムン・ビョルンスターがシモンを見、カーリを見て、またシモンを見た。そして手品師のような得意げな笑みを浮かべると、上衣のポケットからビニール袋を取り出し、シモンの顔の前で揺らした。空薬莢が二つ入っていた。

「あなたの仮説を否定することになって申し訳ありませんね、先輩」ビョルンスターが言った。「それに、被害者の身体にある銃弾が穿った孔は、アグネーテ・イーヴェルセンの身体に開いていた孔よりはるかにでかいんです。それはつまり、ここで使われた銃のほうがはるかに大口径だということです。それがこのガイド付きツアーの結論ですよ。楽しんでいただけたのならいいんですがね」

「退散する前に、三つほど質問があるんだがな」

「何でしょう、ケーファス警部」

「空薬莢が見つかったのはどこだ？」

「死体の脇です」

「被害者たちの武器はどこだ？」

「だれも持っていませんでしたね。最後の質問を聞きましょうか？」

「われわれに協力して、ツアー・ガイドをしてくれと本部長に頼まれたのか？」

　オースムン・ビョルンスターが笑った。「その可能性があるとすれば、クリポスの上司を通じてですよ。われわれは上司の言うことは常に聞くもんじゃないんですか？」

「そうだな」シモンは答えた。「出世したかったら、そうするだろうな。ガイドをしてくれて礼を言うよ」

ビョルンスターは部屋に残ったが、カーリはシモンに従った。後ろを歩いていた彼女が足を止めた。シモンがエレベーターに直行せず、鑑の現場検証班員にペンシル・ライトを借りて、壁の弾痕のところへ行き、明かりをその弾痕に向けたのだ。

「もう銃弾は摘出したのか、ニルス？」

「それは間違いなく昔の弾痕だよ、そこから銃弾は見つからなかった」何の変哲もない拡大鏡で死体の周囲の床を調べながら、ニルスが答えた。

シモンは腰を屈めると、指先を湿らせ、孔の真下の床に押しつけた。そして、その指をカーリにかざして見せた。細かい漆喰の破片がこびりついているのがわかった。

「ペンシル・ライトをありがとう」シモンが言うと、ニルスが顔を上げ、軽くうなずいてペンシル・ライトを受け取った。

「あれは何だったんです？」目の前でエレベーターのドアが閉まると、カーリが訊いた。

「ちょっと考える必要があるんだ、あとで教えるよ」シモンは言った。

カーリは苛立った。隠し立てされているような気がするからではなく、考えについていけないからだった。そういう状況に慣れていないのだ。ドアが開き、彼女は外に出た。振り向くと、おかしなことにシモンはまだなかにいた。

「ビー玉を貸してくれないか」シモンが言った。

カーリはため息をつき、ポケットに手を突っ込んだ。シモンが小さな黄色い玉をエレベーターの床の中央に置いた。それは最初はゆっくりと、それからスピードを増して前へ転がり、内側のドアと外側のドアの隙間に消えていった。

「おっと、そういうことか」シモンが言った。「地下へ下りて、探さなくちゃな」

「別にいいですよ」カーリは言った。「うちに帰ればたくさんあるんですから」

「いや、ビー玉のことを言ってるんじゃないんだ」

カーリはまた上司のあとを追うことになった。依然として、少なくとも二歩は後れを取っていた。ある考えが頭に浮かんだ。かつて就こうと思えば就けたはずの、そうしていればいまやっているはずの仕事のことだった。もっと給料がよくて、もっと独立性の高い仕事、風変わりな上司や死体の悪臭に煩わされずにすむ仕事だ。しかし、そのときはいずれくるだろう。とりあえずは忍耐で自分を武装することが肝心だ。

階段を下り、地階の通路にたどり着くと、エレベーターのドアが見えた。上階と違って、そのドアは斑《まだら》のガラスを嵌めた簡素な鉄のドアで、こう書いてあった――〈エレベーター制御室　立入り禁止〉。シモンがドア・ハンドルを揺すった。鍵がかかっていた。

「急いで上のリハーサル室へ行って、ケーブルを見つけてきてくれ」シモンが言った。

「どんなケーブル――」

「どんなケーブルでもいい」シモンが言い、壁に寄りかかった。

カーリは抗議の言葉を吞み込み、階段へと駆け戻った。

二分後、彼女は延長ケーブルを持って戻ってきて、シモンがプラグを外し、導線のビニール被覆を剝がすのを見守った。その作業を終えると、彼はケーブルをU字形に曲げ、エレベーターのドア・ハンドルをまたいでドアとフレームの隙間に差し込んだ。かちんと大きな音がして、二度、火花が飛んだ。シモンがドアを開けた。

「何なんです？」カーリは言った。「いったいどこでそんなことを覚えたんですか」

「子供のころは結構悪かったんだよ」シモンが言い、地下室の床より五十センチ低いエレベーター・シャフトの底へ潜り込むと、カーリを見上げた。「警察官になっていなかったら……」

「危ないんじゃありませんか？」カーリは頭皮が鳥肌立つのを感じながら言った。「エレベーターが下りてきたらどうするんです？」

しかし、シモンはすでに四つん這いになり、両手でコンクリートの床を探っていた。

「もっと明かりが必要じゃありませんか？」自分の声が緊張しているのを気取られないことを祈りながら、カーリは訊いた。

「いつだってそうだよ」シモンが笑った。

ごとんと低い音がし、油をくれた太いワイヤーが動き出すのを見た瞬間、カーリは思わず小さな悲鳴を漏らした。しかし、シモンは素速く立ち上がり、両手を地階の床に押し当てると、自分の身体を通路へ持ち上げた。「行くぞ」

カーリは階段を半ば駆け上がりながらシモンのあとを追い、出口を抜けて外へ出ると、砂利敷きの地面を突っ切った。

「待ってください！」カーリは叫んだ。廃車になっている二台のトラックのあいだに駐めておいた車に乗り込もうとしていたシモンが足を止め、車の屋根越しに彼女を見た。

「わかってるよ」シモンが言った。

「何がわかってるんです？」

「相棒が一人で勝手に動いて、事情をまったく説明してくれなかったら、そりゃ頭にくるだろうってことをだよ」

「そのとおりですよ！　だとしたら、いつになったら――」

「だが、カーリ・アーデル、おれはおまえさんの相棒じゃない」シモンが言った。「おまえさんの上司であり、教育係だ。そのときがきたら話してやる。わかったかな？」

カーリはシモンを見た。薄くなった髪をそよ風が嬲《なぶ》り、その下で頭皮が光っていた。笑いたくなるほど滑稽だったが、普段は優しい目はいつになく厳しかった。

「わかりました」カーリは答えた。

「受け取れ」シモンが片方の手を開き、車の屋根越しに何かを二つ放った。カーリはカップ状に両手を合わせてそれを受け取った。見ると、一つは黄色いビー玉、もう一つは空薬莢だった。

「見方と位置を変えれば、新しいものを発見できる」シモンが言った。「どんな盲点も埋めることができるんだ。さあ、行こう」

カーリが助手席に坐ると、車は砂利を踏んで門へと走り出した。カーリは口を閉ざして待った。シモンが一旦停止し、時間をかけてこの上なく慎重に左右を確認してから、車を合流させた。用心深い年配の運転手がやりそうなことだった。それはテストステロンのレベルの低下がなせることだろうと、カーリは昔から想像していた。が、いま、まるで新たな発見でもしたかのように気がついた。すべての合理性は経験に基づいて築かれるのだ。

「少なくとも一発は、エレベーターのなかで発射されたわけだ」シモンがボルボの後ろに車をつけながら言った。

カーリは依然として何も言わなかった。

「異論があるんだろ？」

「そうですね、それだと証拠と一致しません」カーリは言った。「発見されているのは被害者を殺した銃弾だけで、その銃弾は死体の真下で見つかっています。撃たれたとき、被害者は二人とも床に倒れていたに違いありません。また、エレベーターのなかから撃たれたのだとすれば角度が合いません」

「そうだな。それに、頭を撃たれた被害者の皮膚には焦げた火薬がついていたし、もう一人の被害者のシャツは、銃創の周囲のコットンの繊維が焼けている。それは何を示唆していると思う？」

「床に倒れているあいだに至近距離で撃たれたことを示唆していますね。そうだとすれば、空薬莢が死体のそばで、銃弾が床で発見されたとしても不思議はありません」

「そのとおりだ。だが、二人の男が床に倒れ、そのあとで撃たれるのは奇妙だと気づかないか？」

「銃を見て怯えるあまりパニックになってつまずいたとか、処刑される前に、そこに横になれと命じられたのかもしれません」

「なるほどな。だが、エレベーターに近いほうの死体の周囲の血のことで、何か気づかなかったか？」

「大量にあったことでしょうか？」

「そうだったな」シモンがゆっくりと引き延ばすように勿体をつける口調で言い、それが最終的な回答ではないのだとカーリは悟った。

「あの血は被害者の頭から溢れて溜まったんです」彼女はつづけた。「それはつまり、被害者は撃たれたあと、動いていないということです」

「そうだな。だが、血溜まりの端に、血が飛び散った跡があっただろう。まるで噴射したかのように。言い換えれば、頭から最初に噴き出した血を、あとから溢れ出た血が覆ってしまったんだ。そして、血が噴き出した範囲と距離を考えると、被害者は撃たれたときは立っていたに違いないんだ。だから、ニルスは拡大鏡でそれを探していたんだ。彼もおれと同じ考えだったけれども、それを証明する血の跡が見つからなかったんだ」

「でも、あなたなら見つけられると？」

「ああ」シモンがあっさり認めた。「犯人は最初の一発をエレベーターのなかから放った。その銃弾は被害者の頭を貫通し、壁に孔を穿った。あの孔はおまえさんも見ただろう。その間に空薬莢はエレベーターの床に――」

「傾斜した床を転がって、隙間からエレベーター・シャフトに落ちた？」

「そういうことだ」

「でも……床から見つかった銃弾は……」

「犯人はもう一度、今度は至近距離から撃ったんだ」

「銃弾が入ってできた傷は……」

「クリポスのわれらがお友だちは、犯人はもっと口径の大きな銃を使ったと考えていたよな。だが、やつがもう少し弾道学を勉強していたら、あの空薬莢がもっと口径の小さな銃から発射されたものだと気づいたはずだ。射入口は確かに大きくて一つに見えるが、そう見えるように犯人が最初の傷の上からもう一度撃ち込んだもので、本当は二つの小さな傷なんだ。つまり、犯人は壁を穿った最初の銃弾を持ち去ったんだ」

「では、あの孔は現場検証班のニルスが考えたような、昔にできたものではないんですか？」カーリは言った。「だから、真下の床に新しい漆喰の屑が落ちていたんですね」

シモンが微笑した。わたしの答えに満足しているんだとわかり、カーリは自分が意外にも喜んでいることに気がついた。

「あの薬莢に刻んである型式表記と製造番号を見てみろ。われわれが二階の床で見つけた薬莢とは異なる銃弾のものだ。それはつまり、犯人がエレベーターのなかから撃つときに使ったのは、そのあとで被害者を撃つときに使ったものとは別のタイプの銃だということだ。その銃弾は二人の被害者自身の銃から発射されたものだということを、恐らくは弾道学が証明してくれるんじゃないかな」

「被害者自身の、ですか？」

「この分野に関してはおまえさんのほうが詳しいだろうが、カーリ、三人の男が秘密のドラッグ工場に丸腰でいたとは、おれには信じにくいんだよ。自分が使ったことを突き止められないようにするために、犯人が持ち去ったとしか思えないんだ」

「そうだと思います」

「わからないのは」シモンが路面電車の後ろにつきながら言った。「最初の銃弾と空薬莢をわれわれに見つけられないようにすることが、犯人にとってなぜそこまで重要だったのか、ということだ」

「その答えは明白なんじゃないですか？　撃針の刻印で銃の製造番号は突き止められるし、火器登録局へ行けば、所有者はすぐに――」

「その答えは違うな。薬莢の裏を見てみろ、撃針の刻印がないだろう。使われたのはもっと古い銃だ」

「そうですか」カーリは答え、二度と〝明白〟という言葉を使うまいと誓った。「そういうことであれば、わたしにはその答えはわかりません。でも、これからあなたが教えてくれそうな気がしてならないんですが――」

「教えてやるとも、カーリ。おまえさんがいま手に持っている空薬莢は、アグネーテ・イーヴェルセンを撃ったときに使われた銃弾のそれと同じタイプなんだ」

「なるほど。でも、あなたが言おうとしているのは……？」

「おれの信じるところでは、犯人はアグネーテ・イーヴェルセン殺しの犯人と同一人物であることを隠蔽しようとしたんだ」シモンが言い、信号が黄色に変わったので急停車した。後ろの車がクラクションを鳴らした。「犯人がイーヴェルセン殺しの現場から空薬莢を持ち去った理由は、当初おれが考えたような、撃針の刻印がついているからではなかったんだ。やつはその時点で二つ目の殺人を計画していて、われわれが二つの事件の関連に気づく危険を最小限にするための最善の努力をしていたんだ。賭けてもいいが、犯人がイーヴェルセン殺しの現場から持ち去った空薬莢は、いまおまえさんが持っている空薬莢と同じシリーズに違いない」

「銃弾も同じタイプなんですね。でも、とてもありふれたタイプですよね？」

「そうだな」

「それなら、関連があるとそこまで自信を持てるのはなぜですか？」

「自信はない」シモンは時限爆弾でも見るような目で信号を見つめていた。「しかし、左利きなのは人口の一割に過ぎないんだ」

カーリはうなずき、自分なりに答えを考えようとした。そして、諦め、ため息をついた。

「わかりません。またもや降参です」

「カッレ・ファリセンをヒーターに縛りつけたのは左利きのやつだ。アグネーテ・イーヴェルセンを撃ったのも、左利きだった」

「前者についてはわかりますが、後者については……」

「おれもどうしてもっと早く気づかなかったんだろうな。玄関からキッチンの壁への角度だよ。もしアグネーテ・イーヴェルセンを殺した銃弾が右利きの犯人によって、おれが最初に推定した場所から発射されたのであれば、犯人は敷石の小径の脇に立たなくてはならず、片方の靴の跡が柔らかい土についたはずなんだ。答えはもちろん、左手に拳銃を握って撃ったから、両足は敷石の上にあった、ということだ。おれとしたことが、警官らしくもないへまをしでかしたもんだ」

「わたしが正しく理解しているかどうか、確認させてください」カーリは両掌で顎を支えた。

「アグネーテ・イーヴェルセンとここの三人の被害者には関連がある。そして、それをわれわれに気づかれないよう、犯人は最大限の努力をしている。なぜなら、まさにその関連が自分を特定する手掛かりになるから」

「上出来だ、アーデル巡査。おまえさんは見方と位置を変えた、だから、いまは見えるんだよ」

　腹立たしげにクラクションが鳴り、カーリは目を上げた。

「信号が青ですよ」彼女は言った。

23

雨はもうそんなに強く降っているわけではなかったが、マルタは上衣を頭からかぶり、スティーグが鍵を取り出して地下室のドアを解錠するのを見守った。地下室はガレージと同様、家族の歴史を物語る品々に満ちていた——リュックサック、テントを固定するペグ、何かのスポーツ、もしかしたらボクシングに使われたのかもしれない、くたびれた赤いシューズ、橇《そり》、ガレージにあったエンジン付芝刈り機の先代だろうと思われる手動式の芝刈り機、大きな箱型冷凍庫。幅広の棚には蜘蛛の巣に覆われたジュースの瓶やジャムの瓶が一緒くたに置かれ、釘には鍵が一本と、かつてはそれがどこの鍵かを記してあったはずの文字が褪せてしまったタグが掛かっていた。マルタは一列に並んでいるスキー板の前で足を止めた。その何本かには、イースターのスキー旅行のときの泥がいまもこびりついていた。一番長くて幅の広いスキー板の片方が縦に割れていた。

家のなかに入ったとたんに、もう何年も人が住んでいないことがわかった。臭いのせいか埃のせいか、あるいは、目に見えない時間の積み重なりのせいかもしれない。居間に入ったとき、マルタの推測が正しいことが証明された。そこには、この十年のあいだに製造されたものは一つも見当たらなかった。

「すぐにコーヒーを淹れるから」スティーグが言い、隣接しているキッチンへ行った。

マルタはマントルピースの上の写真を見た。

結婚式の写真があった。スティーグはびっくりするほど――特に花嫁に――よく似ていた。

別の写真――たぶん二年ほどあとで撮られたものだろう――には、彼らと一緒にさらに二組のカップルが写っていた。三組のカップルを繋いでいるのは男たちで、女たちではないように、マルタには思われた。ほとんど気取っていると言ってもいいようなポーズを取っているところも、自信に満ちた笑みを浮かべているところも、場所の占め方も、三人ともそっくりで、おのおの縄張りを悠然と主張している友人同士――そして、ボス同士――であるかのようだった。対等な関係なのね、とマルタは考えた。

キッチンへ行くと、スティーグがマルタに背を向ける形で冷蔵庫のほうへ身を乗り出していた。

「コーヒーは見つかった？」彼女は訊いた。

スティーグが冷蔵庫の扉に貼ってあった付箋紙を素速く剝がし、ズボンのポケットに突っ込んで振り向いた。

「ああ」彼が答え、流しの上の戸棚を開けた。そして、素速く手慣れた動きでコーヒーの分量を量ってフィルターに入れ、コーヒーメーカーに水を注いでスイッチを入れた。そのあと、上衣を脱ぎ、キッチンの椅子の背に掛けた。手近にある椅子ではなく、窓に一番近い椅子で、どうやら彼のものらしかった。

「以前、ここに住んでいたのね」マルタは言った。

スティーグがうなずいた。

「あなた、本当にお母さまによく似ているわね」

スティーグがにやりと笑みを浮かべた。「みんなにそう言われたよ」

「言われた？」

「父も母ももう生きていないんだ」

「恋しいんじゃない？」

そうであることは、その表情からすぐにわかった。この簡単でほとんどありふれたと言っていい質問が、封をし忘れた隙間に楔《くさび》を打ち込んだようだった。スティーグは二度瞬きをすると、口を開き、また閉じた。思いがけない痛みにいきなり襲われて、ものを言う力が失われたかに見えた。彼はうなずき、コーヒーメーカーに向き直ると、電熱器の上にきちんと載っていなかったかのように、ポットの位置を調整した。

「あそこの写真を見せてもらったけど、お父さまはとても権威がありそうに見えるわね」

「実際、そうだったよ」

「いい意味で？」

スティーグがマルタを見た。「ああ、いい意味でね。ぼくたちをとても大事にしてくれた」

マルタはうなずき、自分の父のことを思った。わたしの父は正反対だった。

「気に掛けてもらいたかったのね？」

「ああ」スティーグがとたんに笑みを浮かべた。「気に掛けてもらいたかったんだ」

「何？　何か思い出しているんでしょう」

スティーグが肩をすくめた。

「何なの？」マルタは重ねて訊いた。

「うん、割れたスキー板を見ていたよね」

「それがどうかしたの？」

スティーグがポットに滴りはじめているコーヒーをぼんやりと見た。「毎年、イースターにはレッシャスコーグの祖父のところへ行くことになっていたんだ。あそこにはスキーのジャンプ台があって、父はそのジャンプ台の記録を持っていた。そして、父の前に記録を持っていたのが祖父なんだ。ぼくは十五で、冬のあいだずっとトレーニングをしていた。新記録樹立を狙っていたんだ。その年はイースターが遅くて、しかも天候は穏やかで、祖父のところへ行ったときも、麓は好天に恵まれて雪がほとんどなく、木の枝や岩が突き出していた。だけど、それでもぼくはやらなくちゃならなかったんだ」

スティーグがマルタを一瞥し、彼女がうなずくのに促されてつづけた。

「ぼくがどんなに逸《はや》り立っているかを父は知っていたんだけど、やめておけと諫《いさ》めた。危険すぎるから、と。ぼくはうなずいただけで、近隣の農場の息子に、証人になって距離を測定してくれるよう頼んだ。そいつと二人で着地地点周辺に雪を敷き直すと、ぼくは急いで丘のてっぺんへ上がり、父が祖父から譲り受けたスキーを履いて助走を開始した。斜面は信じられないぐらい滑ったが、うまく踏み切ることができた。実際、うますぎた。距離がどんどん伸びていって、まるで鷲になったような気分だった。ぼくは何も気にしなかった。だって、これを待っていたんだから。これこそがすべてであって、これよりすごいことはあり得なかったんだから」スティーグの目が輝いているのがわかった。「着地したのは、雪を敷き直したあたりよりざっと四メートルほど先だった。スキーがぬかるみに突っ込み、右側のスキーが鋭い石に真っ二つに切り裂かれてしまった」

「それで、あなたはどうなったの？」

「必死で止まろうとしたんだけど、ぬかるみにスキーで溝を掘りながら、ずいぶん先まで行ってしまった」

マルタは怖くなって自分の鎖骨を押さえた。「何てこと、怪我はしなかったの？」

「痣だらけだよ。それに、びしょ濡れだ。でも、骨はどこも折れていなかった。もっとも、折れていてもたぶん気づかなかっただろうけどね。だって、父に何と言われるかってことしか頭になかったんだから。やるなと言われたことをやったんだし、スキーも使い物にならなくしてしまったしね」

「それで、お父さまは何とおっしゃったの？」

「特には何も言わなかった。どんな罰がふさわしいと思うかと訊いただけだったよ」

「あなたは何と答えたの？」

「三日間の外出禁止でどうだろうって答えた。でも、イースターに免じて二日で赦してやろうと父は言ったんだ。父の死後に母が教えてくれたんだけど、ぼくが謹慎しているあいだ、父は農場の息子にぼくが着地した場所を教えてもらい、最初から最後まで話を何度も聞かせてもらって、そのたびに涙が出るほど大笑いしたんだそうだ。だけど母は父に、ぼくには言わないよう約束させた。話したら、ぼくがもっと危険を顧みずに新記録を打ち立てようとするだろうからってね。というわけで、父は修理するという口実で、割れたスキー板をここへ持って帰った。でも、母によれば、そんなのは嘘っぱちで、父にとってはとても大事な記念品だったんだそうだよ」

「もう一度見せてもらっていいかしら」

スティーグが二つのカップにコーヒーを注ぎ、二人はそのカップを手に地下室へ下りた。マルタは箱型冷凍庫に腰かけ、スティーグがかざすスキーを見た。裏に六本の溝のある、白い、スプリートケイン社製の重そうなスキーだった。何て奇妙な日なんだろう、とマルタは思った。陽が照っていたと思えばにわか雨が降るし、眩い海を見ていたかと思うと暗くて寒い地下室にいる。知らないのに、ずっと知っているような気がする男性と一緒にいる。とても遠く、とても近い。とても正しくて、とても間違っている……

「それで、ジャンプについて思ってたことはそのとおりだったの？」マルタは尋ねた。「それ以上にすごいことは本当にあり得なかった？」

スティーグが考える様子で首をかしげた。「最初にドラッグをやったときかな。あのほうがすごかった」

マルタは冷凍庫を用心深く踵で押した。冷気はここから出てきているのかもしれない。そして、電源が入っているに違いないと確信した。取っ手と鍵穴のあいだで、小さなランプが赤く光っていた。この家のすべてが長いあいだ放置されているらしいことを考えると、それは奇妙に思われた。

「でも、少なくとも新記録は樹立したんでしょ？」マルタは言った。

スティーグが微笑して頭《かぶり》を振った。

「だめだったの？」

「ジャンプでは、転倒したら失格なんだよ、マルタ」そう言って、スティーグがコーヒーに口をつけた。

彼がわたしの名前を呼ぶのを聞くのは初めてではないけれど、初めて名前を呼ばれたような気がする、とマルタは思った。

「それで、あなたはジャンプをつづけなくてはならなかった。なぜなら、男の子は父親を、女の子は母親を尺度にして自分を評価するものだから」

「そう思う？」

「息子というのは例外なく、いつの日か自分も父親のようになると信じているんじゃないのかしら？　だから、父親の弱さが露わになったとき、ひどく幻滅するのよ。自分の欠点と見なして、自分の将来にも挫折が待っていると考えるんだわ。そして、ときとしてそのショックがあまりに大きいせいで、始める前から諦めるってことがあるのよ」

「あなたがそうだったのかな?」

マルタは肩をすくめた。「母は父との結婚生活をつづけるべきでは絶対になかったの。でも、世間体を気にして我慢するほうを選んだ。一度、もう何だったか憶えてもいないけど、わたしが何かをするのを母が許さなかったとき、口論になって、それをぶつけたことがあるの。自分が幸せを諦めたからって、わたしにまで幸せを諦めさせようなんておかしいって、絶叫したの。生まれてこのかた、何かを言ってあんなに後悔したことはなかったし、母の傷ついた顔も決して忘れないでしょうね。あのとき、母はこう答えたの。『だって、わたしに最高に幸せをもたらしてくれる唯一のものを失う危険があるんだもの。あなたをね』って」

スティーグがうなずき、地下室の窓の向こうを見た。「子供は両親について本当のことを知っていると考えているけれど、それが間違っていることがときどきあるんだ。彼らは弱くなかったのかもしれない。間違った印象を子供に与える何かが起きたのかもしれない。実は強かったらどうする? 自分の愛する者たちを守るために、自ら進んで名誉を剝ぎ取られることを許し、責めを引き受け、後世に汚名が残るのをよしとしたのだとしたら? もし親がそこまで強かったのなら、子供も強いかもしれない」

ほとんどそれとわからないほどではあったが、声が震えていた。ほんの少しだけ。マルタは彼の視線が自分に戻るのを待って訊いた。

「それで、彼は何をしたの?」

「彼って？」

「あなたのお父さまよ」

スティーグの喉仏が上下し、瞬きが速くなって、口元が強く結ばれた。彼は話したがっていた。近づいてくる踏み切り地点を睨んでいるのだ。いま横様に身体を投げ出せば、墜落せずにすむ。

「射殺される前に、遺書に署名した」スティーグが言った。「母とぼくを救うために」

彼の言葉を聞きつづけながら、マルタは目眩を感じた。彼を瀬戸際へ追い詰めてしまったのかもしれないが、落ちるときは一緒に落ちるつもりだった。それに、自分が知ってしまったことを消してしまえる地点へ引き返す術がなかった。心の奥底では、自分が何をしようとしているのか、ずっとわかっていたのではないか？　こんなふうに乱暴に漂い、ついには墜落してしまうのを欲していたのではないのか？

その週末、スティーグと母親はリレハンメルで行なわれるレスリングのトーナメントに行っていた。普段なら父親も同行するのだが、やらなくてはならない大事なことがあるからと言って自宅にとどまった。スティーグは自分が出場した階級を制し、自宅に戻ると、勝利を報告すべく父親の書斎へ駆け上がった。父親は背中を見せて坐り、机に突っ伏していた。スティーグは最初、仕事をしながら眠ってしまったのだろうと思った。そのとき、銃が見えた。

「一度だけだけど、その拳銃を見たことがあった。父は書斎で日記を書く習慣があった。黒革の表紙で、ページが黄色い日記帳だ。ぼくが小さいころ、これは自分の懺悔なんだと父はよく言っていた。だから、そのころのぼくは、〝書く〟というのは〝懺悔〟という意味のもう一つの言葉なんだと思っていた。そうでないとわかったのは、十一のとき、懺悔とは自分の罪をだれかに告白することだと、宗教の時間に教師に教えてもらったときだ。その日、ぼくは学校から帰ると、父の書斎に忍び込み、机の鍵を見つけた。どこにしまってあるかはわかっていた。

マルタは息を吸った。父の罪がどんなものなのかを知りたかったんだ。鍵を開けると……」

「そこに日記帳はなかった。その代わりに、旧式の黒い拳銃がしまってあった。ぼくは引き出しを閉めて鍵をかけ、鍵をもとあった場所に返して、こっそり書斎を出た。そして、自分を恥じた。自分の父親をスパイして、秘密を暴こうとしたんだ。そのことはだれにも話さなかったし、日記帳の在処を見つけようとは二度としなかった。だけど、あの週末、書斎で父の後ろに立ったとき、そのときのことが思い出された。これはぼくがしたことに対する罰なんだと思いながら、父の首筋に手を置き、目を覚まさせようとした。もう温かくなかったどころではなく、大理石のように硬くて冷たい死が父の身体から発散されていた。これはぼくのせいだと確信した。そのとき、遺書が見えた……」

遺書を読んだときの話をスティーグがつづけるのを、マルタは彼の首の血管を見ながら聞いた——入口に母が立っているのがわかった。最初はそれを破り捨てて、なかったことにしようかと考えた。が、できなかった。警察が到着したとき、それを彼らに渡した。そして、警察官の顔を見て、彼らもまた、それを破棄したがっているのがわかった。スティーグの血管が、経験の浅い歌手のように、あるいは、あまり話し慣れていない人間のように膨らむのがわかった。

母は抗うつ剤を医師に処方してもらって服みはじめたが、やがて、勝手にほかの錠剤を使うようになった。しかし、本人がよく言っていたように、アルコール以上に速く、よく効くものはなかった。というわけで、酒を飲みはじめた。朝食の代わりにウォトカを、昼食の代わりにウォトカを、夕食の代わりにウォトカを。ぼくは母に錠剤や酒と縁を切らせようと世話を焼き、そのために、レスリングや放課後の活動をやめなくてはならなかった。教師が何人も自宅を訪れ、ドアベルを鳴らして、これまで成績がよかったのに、どうして学校にこなくなったのかと訊いた。ぼくは教師たちを追い返した。母は状態が悪化し、徐々に不安定になっていって、ついには自殺しようとまでした。十六のとき、母の寝室を片づけていて、錠剤のなかに注射器を見つけた。それが何であるかぐらいは、ぼくだって知っていた。少なくとも、何のためのものであるかぐらいは。自分の腿に注射してみると、すべてがそれまでよりよくなった。翌日、プラータで最初の一袋を買った。半年後には、家にあって簡単に現金化できるものはことごとく売り払い、なす術のない母から闇雲にお金を掠め取った。何もかもがどうでもよくなった。とりわけ自分のことが。しかし、苦しみを寄せつけないでおくためには、金が必要だった。十八歳未満だから成人刑務所に入れられる心配はなく、それをいいことに、成人なら訴追されるけれどもあまり罪の重くない強盗や窃盗を成人の犯人の代わりに自白し、それと引き替えにドラッグを買う金を手に入れるようになった。十八になるとその手はもう使えなくなり、金を何とかしなくてはならないという重圧がつきまとうようになった。その重圧が軽くなることは一時もなく、それどころか、重くなる一方だった。それで、二人を殺した犯人の身代わりになるのと引き替えに、服役しているあいだドラッグを供給しつづけてもらうことにした。

「それで、いま刑期を終えたわけね」マルタは言った。

スティーグがうなずいた。「ぼくにとっての刑期はね、それは確かだ」

マルタは箱形冷凍庫から降りると、スティーグに歩み寄った。何も考えていなかったし、もはや考えるには手後れだった。手を伸ばして、彼の首の血管に触れた。彼がほとんど虹彩いっぱいに瞳孔が開いた目でマルタを見つめた。彼女は両手をスティーグの腰に回し、彼は両手をマルタの肩に回した。どちらがリードすべきか決めかねているダンサーのようだった。二人はしばらくそうやって立っていたが、やがて、スティーグが彼女を引き寄せた。彼の身体は熱く、熱があるに違いなかった。それとも、熱があるのはマルタのほうだろうか？　マルタは目を閉じ、彼の鼻と唇が髪に触れるのを感じた。

「上へ行こう」スティーグがささやいた。「あなたに渡すものがあるんだ」

二人はキッチンへ戻った。雨はやんでいた。スティーグが椅子の背に掛かっている上衣のポケットから何かを取り出した。

「あげるよ」

そのイヤリングはあまりに美しく、マルタはすぐに言葉が出てこなかった。

「気に入らなかったかな？」

「すごく素敵よ、スティーグ。でも、どうやってこれを……あなた、これを盗んだの？」

スティーグは答えず、暗い目で彼女を見た。

「ごめんなさい、スティーグ」マルタの頭は混乱し、目には涙が盛り上がってきた。「あなたがもうやっていないのはわかってるけど、でも、このイヤリング、明らかにだれかの持ち物だったはず――」

「彼女はもう生きていないんだ」スティーグがさえぎった。「それに、美しいものは美しい人が身につけるべきなんだ」

マルタは困惑して瞬きした。やがて、ようやくわかった。「このイヤリングの持ち主は……これは……」彼女は彼を見上げた。涙で視界がぼやけていた。「お母さまのだったのね」

マルタは目を閉じた。顔に息がかかるのがわかった。スティーグの手が、頬に、喉に、首に感じられた。彼の脇腹に空いているほうの自分の手が伸びた。押し戻したいのか、引き寄せたいのか、自分でもよくわからなかった。わかっているのは、二人とも想像のなかではずいぶん前からキスをしていたということだった。最初に出会ったときから、少なくとも何百回も。しかし、ついに実際に唇が触れ合い、全身を電流が流れると、想像とはまったくの別物だった。マルタは目を閉じたまま、彼の唇を感じた。とても柔らかかった。彼の両手が腰のくびれを撫でた。彼の無精髭、匂い、彼の味を感じた。マルタはそれが、そのすべてが欲しかった。しかし、触れ合ったことが彼女を覚醒させ、甘い夢から引きずり出した。これまでそれを自分に許していたのは、夢である限りは無害だからだ。だが、いまはもう夢ではなかった。

「だめよ」マルタは震える声でささやいた。「わたし、もう行かなくちゃ、スティーグ」

スティーグが抱擁を解き、マルタは急いで背を向けた。そして、玄関を開けたが、すぐには出ていかなかった。

「わたしの落ち度よ、スティーグ。二度とこんなふうに会うわけにはいかないわ。わかった？　二度目は絶対に無しよ」

マルタは彼の返事を聞く前に玄関を出てドアを閉めた。太陽が雲の層を無理矢理に貫き、濡れて光る黒いアスファルトから蒸気が立ち昇っていた。彼女は蒸し暑さのなかへ足を踏み出した。


マルクスが覗いている双眼鏡の向こうで、あの女が急いでガレージに入り、やってきたときに乗っていた古いゴルフを外へ出そうと後退させた。幌は畳んだままだった。あっという間だったから、きちんと焦点を合わせることができなかったが、泣いているように見えた。

キッチンの窓にふたたび双眼鏡の焦点を合わせた。拡大してみると、あの男が窓際に立ち、彼女を見送っていた。両手を握り締め、歯を食いしばり、こめかみに血管が浮いて、痛みを我慢しているかのようだった。次の瞬間、マルクスはその理由がわかった。息子が両腕を伸ばし、手を開いて、窓ガラスの内側に押しつけた。陽の光に何かがきらめいた。イヤリングだった。それが左右の掌に刺さり、血が細い条になって手首へと伝い落ちていた。

（下巻に続く）

●集英社文庫

ザ・バット　神話の殺人

ジョー・ネスボ　戸田裕之＝訳

オーストラリアでノルウェー人女性が殺され、オスロ警察の刑事ハリーは捜査協力のため単身赴く。ハリーも加わった捜査班の前に次第に浮かび上がる、隠れていた一連のレイプ殺人。犯人の目星は二転三転し、さらに自身の過去にも苦しめられるハリー……。「ガラスの鍵」賞受賞のデビュー作。

●集英社文庫

ネメシス　復讐の女神　上・下

ジョー・ネスボ　戸田裕之＝訳

オスロ中心部の銀行に白昼強盗が押し入り、銀行員一人を射殺、金を奪って逃走した事件は、手がかりひとつなく難航が予想された。一方、かつてのガールフレンド、アンナと食事をしたハリーは、翌朝前夜の記憶がない状態で目覚めた。そしてアンナが死体で見つかり……。エドガー賞候補作。

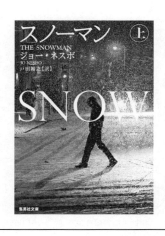

集英社文庫

ザ・サン 罪《つみ》の息子《むすこ》 上《じょう》

2016年8月25日 第1刷　　定価はカバーに表示してあります。

著 者 ジョー・ネスボ
訳 者 戸田裕之《とだひろゆき》
編 集 株式会社 集英社クリエイティブ
東京都千代田区神田神保町2-23-1 〒101-0051
電話 03-3239-3811
発行者 村田登志江
発行所 株式会社 集英社
東京都千代田区一ツ橋2-5-10 〒101-8050
電話 【編集部】03-3230-6095
【読者係】03-3230-6080
【販売部】03-3230-6393(書店専用)
印 刷 中央精版印刷株式会社 株式会社美松堂
製 本 中央精版印刷株式会社

フォーマットデザイン アリヤマデザインストア　　マークデザイン 居山浩二

ISBN978-4-08-760724-6 C0197